Geocaching in die Vergangenheit

Inhaltsverzeichnis

AF205922

Geocaching in die Vergangenheit

Wie alles begann

Uwe und Anja waren schon lange ein Paar. Nicht das Langeweile aufgekommen wäre, aber dennoch suchten sie ein neues Hobby. Bisher hatten sie sich mit Rätseln, Spaziergängen, der Fotografie und manchmal ein bisschen mit Schatzsuche beschäftigt.

Als Uwe an diesem Abend sich mit Freunden in einer Kneipe traf, kam wie so oft, dass Thema Hobbys mal wieder auf den Tisch. Jeder erzählte von seinen neuesten Erfahrungen und Ideen. Dann war auch Uwe an der Reihe. Nachdem er seine Hobbys aufgezählt hatte, sagte einer seiner Freunde: „Da kannst Du ja gleich Geocaching betreiben, dann hast Du alles in einem." „Geocaching, was ist das denn?", fragte Uwe.

Jetzt redeten alle durcheinander. Jeder, außer Uwe, hatte schon mal was davon gehört. Es kamen Wortfetzen wie: GPS, Schatzsuche, Abenteuer, Rätsel, Lost Places, Natur und viele mehr. Uwe sperrte seine Ohren immer weiter auf. Scheinbar hatte sein Kumpel recht gehabt, da war ja alles drin enthalten, was er bisher auf viele Hobbys verteilt hatte. Den ganzen Abend gab es jetzt kein anderes Thema mehr. Ein jeder kannte einen, der einen kennt, der das schon einmal gemacht hatte. Die wildesten Geschichten wurden erzählt. Uwe wusste gar nicht, was er davon glauben konnte und was nur Gerede war. Aber interessant klang es schon.

Später dann, wieder zuhause musste er unbedingt noch Anja davon erzählen. Sie schob seinen Enthusiasmus auf das eine oder andere Bier zuviel, das Uwe mit seinen Freunden getrunken hatte. Am Morgen, so dachte sie, würde dann diese Begeisterung sicher wieder den Kopfschmerzen weichen.

Dieses Mal aber hatte sich Anja getäuscht. Trotz der Kopfschmerzen erzählte Uwe gleich beim Frühstück weiter von dem Gehörten. Er hatte vor, sich im Laufe des Tages, im Internet darüber zu informieren.

Obwohl er nicht wusste, wie sich Geocaching schrieb, fand die Suchmaschine Hunderttausende von Seiten. Uwe war sehr überrascht, dass er wirklich noch nichts davon gehört hatte. Da gab es Clubs, Foren, Gruppen, er wusste überhaupt nicht, wo er beginnen sollte.

Nur gut, dass heute Sonntag war und somit sehr viel Zeit für die Internetsuche blieb. Inzwischen schaute auch Anja ihm über die Schulter. „Oh, schau mal, da sind Rätsel", waren ihre ersten Worte. Um bloß nicht vom PC weggerissen zu werden, tat Uwe ihr den Gefallen und klickte den Link an.

Die Rätsel, die sie dort fanden, waren in Schwierigkeitsgrade eingeteilt. Rätseln war ja sowieso eines ihrer gemeinsamen Hobbys gewesen, so dass sie sich gleich eine mittlere Kategorie aussuchten. Hier benötigten sie doch schon eine Weile, um zu einem Ergebnis zu kommen. Aber war das nun richtig? Zum Schluss mussten sie etwas umrechnen, so dass sich daraus die sogenannten GPS Daten ergaben.

Als sie die Daten im Internet eingaben, erhielten sie eine Ortsangabe in Süddeutschland, ca. 600 KM von ihrem Zuhause entfernt. „Na toll, wie sollen wir das denn jetzt kontrollieren", sagte Anja. Uwe schlug daraufhin vor, vielleicht doch eine der Gruppen aufzusuchen, damit es regional begrenzte Rätsel waren, die sie lösen könnten. Schließlich war Sonntag und den Nachmittagsspaziergang würden sie dann zur Kontrolle benutzen.

Uwe meldete sich bei einer der vielen Gruppen im Internet an. So viel gab es hier zu sehen und zu lesen. Die Informationen prallten nur so auf ihn und Anja ein. Aber zu tief wollten sie nicht eintauchen, sondern einfach erstmal nur ein Rätsel lösen, bei dem sie später dann den Erfolg kontrollieren konnten. Eine mittlere Schwierigkeitsstufe erschien ihnen auch hier angemessen.

Hatten sie sich überschätzt? Bis fast zum Mittag brauchten sie um auf eine Lösung zu kommen. Die Eingabe der dann errechneten GPS Daten, ergab einen

Ort, in ca. 25 KM Entfernung Uwe konnte es kaum erwarten, das dass Mittagessen vorüber war. Anja war doch überrascht. Er, der sonst gerne nach dem Mittagessen sich etwas zur Ruhe begab, war es, der zum Aufbruch drängte.

Sie packten ihre Wanderschuhe und bequeme Kleidung ein, einen kleinen Klappspaten, falls sie buddeln müssten und dann machten sie sich auf den Weg. Auf der Landkarte hatten sie sich in etwa die Suchzone herausgesucht, würden dort parken und dann den Rest als Wanderung nutzen. Uwe hatte schon die ganze Zeit die GPS Funktion seines Handys eingeschaltet. Schon während der Fahrt musste Anja ihm immer wieder die Daten nennen. Uwe, der sonst eher vorsichtige Fahrer, ignorierte am heutigen Tag einfach mal die Geschwindigkeitsbeschränkungen. Er schien wie im Bann.

Auf dem Parkplatz angekommen, nahmen sie die Karte, das Handy mit der GPS Kennung, die Fotokamera und den Spaten in die Hand und marschierten los. Wie die Pfadfinder kamen sie sich vor. Immer wieder machten sie einen kurzen Halt, kontrollierten die Himmelsrichtung und waren sich schlüssig auf dem richtigen Weg zu sein. Uwe wurde schon langsam ungeduldig.

Bestimmt hatte jemand den Schatz, den Cache, gut versteckt. So viel hatten sie schon der Gruppe im Internet entnommen. Es sollte ja auch nicht zu einfach sein, das Gesuchte zu finden. Ganz in der Nähe waren sie schon, aber nun mussten sie den Feldweg verlassen und in den nahen Wald gehen.

Es konnten nur noch wenige Meter sein. Anja hielt schon Ausschau nach besonderen Plätzen. Eine Baumwurzel, eine Vertiefung im Gelände, so etwas wäre doch ein guter Ort für ein Versteck. Die GPS Daten des Handys stimmten nun genau mit den errechneten Werten des Rätsels überein. Was aber wäre, wenn sie sich bei dem Rätsel vertan hätten? Uwe hatte sich den Ausdruck mitgenommen und noch einmal gingen sie es durch. Alles schien korrekt zu sein, aber hier war einfach nichts zu finden. „Vielleicht hat sich auch nur jemand einen Scherz erlaubt", sagte Anja. Uwes Zuversicht schien merklich zu schwinden. Hatte doch alles so gut angefangen. Er würde nicht so schnell aufgeben, sein Schatzsucherherz war da sehr hartnäckig.

Sie setzten sich auf einen umgefallenen Baum und betrachteten die Umgegend. Anja fiel es wie Schuppen von den Haaren, sie zeigte mit den Fingern auf einen dicken Baum, der eine Asthöhle hatte. Uwe sprang auf, langte mit der Hand hinein und stellte fest, er kam nicht weit genug nach drinnen. Er hätte jetzt eine kleine Leiter gebraucht, dann käme er höher und mit der Hand tiefer hinein. Oder ein langer Haken wäre auch nicht schlecht.

Die Lösung war dann eine andere, Uwe hob Anja hoch, so dass sie tief ins Innere der Baumhöhle fassen konnte. „Jetzt, habe ich was", rief sie überschwänglich. Sie zog ein Tuch heraus, in das eine Tüte gewickelt war. In der Tüte befanden sich 3 Würfel und ein Zettel mit dem Vermerk, alles wieder zurückzutun. „Aber zuerst machen wir ein Foto davon", rief Uwe entzückt.

Sie packten ihren ersten Schatz dekorativ auf den umgefallenen Baum und fotografierten ihn von allen Seiten. Dann erst packten sie alles wieder so ein, wie es war. Anschließend brachten sie das Tuch zurück in die Baumhöhle. Zufrieden mit sich und einem offensichtlich neuen Hobby, kehrten sie gemütlich zum Auto zurück. Sie brauchten nicht viele Worte, um zu wissen, dies war nicht der letzte Schatz, den sie gesucht hatten. Das Fieber hatte sie gepackt.

Die Euphorie

Kaum wieder zuhause angekommen, trugen sie stolz ihre erste Erfahrung im Internetforum ein. Es dauerte gar nicht lange, da kamen jede Menge Glückwünsche von anderen Mitgliedern. Die schienen alle zu wissen, der erste Fund macht süchtig. Diesen wunderschönen Moment hatten die anderen Mitglieder alle schon erlebt und konnten die Freude von Anja und Uwe nachvollziehen.

In einem Chat auf der Internetseite lernten sie gleich jede Menge Leute kennen. Sie waren erstaunt, wie viele davon aus ihrer Nähe kamen. Hier gab es auch Einladungen zu Treffen und gemeinsamen Veranstaltungen. Aber soweit wollten sich die beiden nun doch noch nicht in die Fänge der Sache geben. Es sollte erstmal etwas sein, was sie gemeinsam betreiben konnten und das eine neue Verbindung schuf.

Am späten Abend dann erwischte Uwe sich selbst, wie er im Internet immer wieder nach Outdoorshops schaute. Was es so alles an sinnvollen Zubehör gab, eine eigene Industrie, dachte er. Seile, Gurte, Leitern, Teleskophaken, ja sogar Angeln waren scheinbar manchmal nötig um an den gesuchten Schatz zu kommen. Uwe hatte nicht vor, gleich jede Menge Geld in das neue Hobby zu stecken, aber dennoch war ihm bewusst, das eine oder andere aus dem eigenen Repertoire sollte er zukünftig mit ins Auto packen.

Aber das Thema Auto war ohnehin ein eigenes. Sie hatten schon oft daran gedacht sich ein Neues zu kaufen. Eins mit deutlich mehr Platz, wäre da jetzt wohl die beste Lösung, dachte Uwe vorsorglich. Aber Anja jetzt schon darauf anzusprechen, könnte doch kontraproduktiv sein. Am schönsten wäre es, sie käme selbst zu dieser Erkenntnis.

Aber nun stand wieder die Arbeitswoche vor der Tür und vielleicht hatten sie ja die Möglichkeit, sich am nächsten Wochenende wieder an eine Aufgabe zu wagen. Allen Kollegen, ob sie es hören wollten oder nicht, erzählte Uwe von seinem Abenteuer. Was er dabei allerdings etwas veränderte, war das Auffinden der Baumhöhle. In seiner Erzählung war er natürlich derjenige, der die Entdeckung gemacht hatte. Wie es sich für einen Mann gehört, für einen richtigen Schatzjäger.

Als er am Abend nach Hause kam, sah er, dass auch Anja sich schon wieder mit dem Forum beschäftigte. „Ich habe schon einmal ein paar Rätsel hier aus der Nähe herausgesucht, vielleicht können wir die abends lösen und dann am Wochenende wieder Suchen gehen", sagte sie ihm zu seiner Überraschung. Auch Anja schien vom Virus infiziert zu sein. „Gerne, das können wir gut machen, das ist eine tolle Idee", war Uwes Antwort. Er freute sich aufrichtig, dass es ihr so gut gefallen hatte.

Statt Fernsehgucken war nun Rätseln angesagt. Anja hatte lauter Rätsel der nächst höheren Kategorie ausgesucht. Diese waren dann doch ganz schön knifflig. Bisher hatten sie noch nicht eins davon gelöst. Aber so schnell aufgeben, das war nicht ihrs. Sie hatten ja die ganze Woche Zeit und wenn sie es nicht schafften, dann würden sie sich am Freitag einfach noch ein paar leichtere suchen. Oft musste man bei diesen Rätseln auch um die Ecke denken. Die Lösung war genauso gut versteckt wie die Schätze scheinbar. Bis zum Mittwoch hatten sie noch immer für keines eine Lösung gefunden. Jetzt mussten sowohl Anjas, als auch Uwes Kollegen dran glauben und mithelfen. Hier ein Tipp, dort eine Information, dann ein reger Austausch über Nachrichten und so kamen die Lösungen zustande. Ob sie allerdings stimmten, das würden sie dann erst wieder am Wochenende erfahren. Konnte nicht schon einfach Samstag sein.

Leider stand wie jeden Samstag noch der Wochenendeinkauf an. Uwe neigte gerne dazu, diesen möglichst bis Samstagnachmittag heraus zu zögern. War es ihm doch zu wider, sich in das Menschengetümmel zu werfen, und dann später ewig lange an der Kasse anzustehen. Heute aber, gleich nach dem Frühstück, drängelte Uwe schon. Anja wusste gar nicht, wie ihr geschah. Schnell wurde der Einkaufszettel verfasst und erst bei den Begriffen Baumarkt und Gartencenter wurde Uwe stutzig. „Wir haben doch gar keinen Garten, oder habe ich etwas verpasst", kam Uwes Frage. Anja erklärte ihm aber, dass sie bestimmt noch einige Dinge für die Schatzsuche benötigen würden. Sie hatte sich extra dafür schon eine Liste gemacht.

Es hatte den Anschein, dass Anja das durchzog, was er sich nicht getraut hatte. Wie schon so oft, hatte er sie einfach mal wieder unterschätzt. Dabei hätte er wissen müssen, wenn sie etwas vorhatte, oder etwas wollte, dann war sie kaum zu bremsen.

Kaum war der reguläre Einkauf beendet, begann die Exkursion durch Baumarkt und Gartencenter. Das Auto füllte sich bereits bis zum Bersten, da schlug Anja noch einen Outdoorladen in der Nähe vor. „Nur mal gucken, was es da so gibt", waren ihre Worte. Uwe kannte diesen Satz, er bedeutete etwas ganz anderes. Nur mal gucken, gehörte nicht zu Anjas normalen Wortschatz. Dies wurde um so deutlicher, als sie vorschlug, doch erst noch den Wagen zuhause zu entladen; denn es könnte ja sein, dass sie doch noch etwas Platz brauchten. Uwe lachte innerlich. Sein Verdacht war bestätigt.

Der Outdoorladen, war ein Eldorado für Geocacher, wie sie sich jetzt schon selbst nannten. Sie verbrachten eine gefühlte Ewigkeit in dem Geschäft. Zwar kauften sie nur je einen Rucksack, ein paar unbedingt benötigte Werkzeuge, einen Gaskocher und Essgeschirr, aber sie schauten wie von selbst schon einmal bei Zelten, Schlafsäcken und ähnlichen Dingen, die man bei längeren Suchen benötigen würde. „Falls man mal ein ganzes Wochenende auf Suche geht", waren die Worte von Anja, die Uwe verdeutlichten, wo die Reise hingehen sollte.

Auf dem Rückweg lobten sie ihre eigenen Einkäufe, so als müssten sie sich selbst die Erlaubnis dafür noch einmal bestätigen. Dabei waren sie doch völlig unabhängig. Keine Kinder für die sie verantwortlich waren, keine Haustiere, einfach niemanden ging es etwas an, was sie taten oder kauften. Jedenfalls war der Samstag soweit um, dass es sich nicht mehr lohnen würde, noch eine Suche zu beginnen. Aber dafür war die Ausrüstung komplettiert. Noch bevor sie aus dem Gewerbegebiet, in dem sich der Outdoorladen befunden hatte, wieder heraus kamen, sagte Anja: „Du, da vorne ist doch ein Autohändler, wir suchen doch schon so lange etwas größeres". Größeres, bisher war immer nur von etwas Neuem, etwas Anderen die Rede gewesen, dachte Uwe. Aber auch hier war ihm der Sinn der Worte schnell bewusst.

Gezielt gingen sie also zu den Geländewagen. Eine Gattung Auto, über die sie bisher nur gelacht hatten, wenn sie die anderen Städter damit sahen. Kaum hatten sie sich die ersten Modelle angeschaut, da kam auch schon einer der Verkäufer und ahnte ein gutes Geschäft. Sie baten ihn aber darum, sich in Ruhe umzuschauen und ihn bei Bedarf dann dazu zu holen. An einen ernsthaften Kauf hatten ja beide nicht gedacht, es ging einfach mehr darum, die Zeit bis zum Abend noch sinnvoll zu nutzen.

Die Kriterien für so ein Fahrzeug waren schnell festgelegt. Geländegängig sollte es sein, einen großen Stauraum besitzen und natürlich bezahlbar sein. Beide taten so, als ob sie mit Interesse das eine oder andere Auto anschauten. Wie zufällig aber, näherten sie sich dabei einem großen weißen Geländewagen. Keiner hatte sich getraut zu sagen, guck mal der da. Als wäre es eine Überraschung, dass sie dort ankamen, wussten beide, der ist es. Jetzt konnte es gar nicht mehr schnell genug gehen, den Verkäufer wieder zu finden.

Wie es sich für ihn gehörte, erklärte er die vielen Vorteile dieses Wagens. Er hätte auch sonst etwas erzählen können, in ihren Gedanken, hatten beide ihn schon gekauft. Uwe tat noch so, als würde er überlegen, aber auch der Verkäufer, mit seiner jahrelangen Erfahrung, hatte die Sache schnell durchschaut. Er lud sie zu einer Probefahrt ein.

Ja, das war doch ganz was anderes. Man konnte erhöht sitzen, ein paar Schlaglöcher würden dem Fahren den Spaß nicht nehmen, sondern ihn noch erhöhen und Platz, den gab es jede Menge. Jeder von ihnen durfte eine Strecke mit dem Boliden fahren, dann war es gewiß, der sollte es sein. Noch am Nachmittag wurde der Kaufvertrag gemacht und schon in der nächsten Woche könnten sie sich der Neuanschaffung erfreuen.

Schnell noch ein paar Fotos mit dem Handy vom neuen Familienmitglied und dann ging es ab nach Hause. Jeder von beiden, ohne es dem anderen einzugestehen, hatte ein etwas schlechtes Gewissen. Es war noch keine Woche her, da hatte Uwe sich ja geschworen, nicht gleich so tief in die Sache einzusteigen und viel Geld auszugeben. Was bloß war aus seinem Vorsatz geworden. An so viel Geld hatte er noch nicht einmal im Traum gedacht.

Kaum zuhause, wurde die Neuanschaffung gleich im Internetforum bekannt gemacht. Jetzt gehörten sie richtig dazu. Aber morgen, da würden sie wieder auf Schatzsuche gehen. Für diesmal hatten sie sich zwei Schätze ausgesucht, die räumlich dicht beieinanderlagen. Gemäß Karte waren es nur knapp 3 Kilometer. Es gab im Forum schon ein paar Leute, die dieses Rätsel gelöst und den Schatz gefunden hatten. Die Kommentare dazu lauteten meist in der Regel, tolles Versteck, super Idee, weiter so. Das war nach Anjas Meinung ein deutlicher Hinweis darauf, dass es nicht ganz leicht würde, diese Punkte zu finden. Aber morgen wüssten sie mehr.

Schon früh an diesem Sonntag frühstückten Anja und Uwe; denn gleich danach sollte die Suche beginnen. Die neuen Rucksäcke wurden gepackt, die zusätzlich angeschafften Werkzeuge verstaut, etwas Proviant eingepackt und dann begann die Reise. Diesmal würden sie ein längeres Stück laufen müssen; denn beide Punkte lagen weit ab von jedem Fahrweg. Sie hatten sich einen Parkplatz ausgesucht, von dem aus sie die beiden Stellen gut erreichen konnten.

Mit allen nötigen Gegenständen bewaffnet, Karte und Handy in der Hand, machten sie sich auf die Suche. Im Gegensatz zum ersten Mal, genossen sie aber bei dieser Suche auch die Landschaft, durch die sie gingen. Es war ja einer der Schwerpunkte dieses Hobbys. So sollte man anhand der Suchpunkte auch die Landschaft kennenlernen.

Der schon schmale Feldweg wandelte sich in einen Trampelpfad. Immer schwieriger wurde das Gehen.

Hierher kamen sicher nur selten Menschen, das war gewiss. „Ob wir hier überhaupt noch richtig sind?" Fragte Anja. Uwe hielt kurz inne, nahm sich die Karte noch einmal vor und antwortete: „Doch, wir müssen sogar schon recht dicht am ersten Schatz sein."

Vor ihnen, in der flachen Landschaft hörten sie Stimmen von Wasservögeln. Ganz deutlich waren Enten und Gänse darunter zu erkennen. Dann ein paar Kurven später, sahen sie ihn, einen kleinen See. Er lag so versteckt, dass scheinbar niemand hier her kam um zu campen oder zu baden. Auch hatten sie vorher keinen Hinweis oder gar ein Schild gesehen Am Uferrand sahen sie nur ein altes Ruderboot und eine Art Fischerhütte.

Langsam näherten sie sich dem kleinen See. Die Wasservögel flogen auf und verzogen sich schnell zur anderen Seite. Sie stellten ihre Rucksäcke am Ufer ab und setzten sich erstmal in den Sand. Noch einmal überprüften sie die Koordinaten und merkten, der Suchpunkt war entweder falsch oder er lag in der Mitte des Sees. Uwe suchte sich am Ufer einen langen Stock, dann schob er das Ruderboot ein Stück ins Wasser. Anja setzte sich schon hinein, dann schob Uwe erneut kräftig und sprang entschlossen ebenfalls in das Boot. Sie ruderten das kurze Stück bis zur Seemitte.

Während Anja versuchte, das Boot mit den Rudern halbwegs auf einer Stelle zu halten, nahm Uwe den Stock und probierte den Grund damit abzutasten. Er hatte geradeso Bodenkontakt. Dann spürte er auch einen Gegenstand, konnte ihn aber nicht mit dem Stock anheben. Jetzt im beginnenden Frühling war es noch viel zu kalt, um einen Tauchvorgang zu wagen. Da fiel ihm die Angel ein, die er in einem der Onlineshops als Bedarf für Geocacher gesehen hatte. „Eine Angel müssten wir jetzt haben", sagte Uwe, „dann könnten wir den Gegenstand einfach nach oben ziehen." Aber leider hatte er die Angel noch für unnötig gehalten. Das würde sich schon beim nächsten Besuch des Outdoorladens ändern.

Mit der Gewissheit zwar den Suchpunkt, nicht aber den Schatz gefunden zu haben, kehrten sie ans Ufer zurück. Nichts war diesmal mit einem Foto und dem Beweis das sie das Ziel gefunden hatten. Im Forum würden sie diesen Fehlschlag gar nicht erst erwähnen. Sie machten noch ein paar Fotos von diesem schönen Ort und beschlossen einmal um den See zu wandern. Nach einem kurzen Stück kamen sie an die Fischerhütte. Auch hier machten sie Fotos; denn dieser Ort sah so wunderbar verlassen aus. Als Anja dann noch ein Foto von der, Rückseite der Hütte machen wollte, entdeckte sie eine Angel an der Rückseite des Häuschens.

„Uwe, hier her", rief sie. Sofort kam Uwe angerannt. Da hielt Anja die Angelrute schon in der Hand.

Nun ging es schnell zurück zum Boot, zur Mitte des Sees und Uwe begann mit der Suche erneut. Es dauerte lange und erforderte eine Menge Geduld und Geschick mit dem Haken an der Angelrute, den Gegenstand zu fixieren. Dann aber bog sich die Rute und Uwe begann zu kurbeln. Herauf kam eine Art Eimer mit einem fest nach oben stehenden Henkel. Der Eimer war schwer und verschlossen. Neugierig öffneten sie den Deckel und fanden drinnen Steine, wahrscheinlich zur Beschwerung, ein Kästchen und einen eingeschweißten Zettel. Sofort wurde auch das Kästchen geöffnet und drinnen war ein Glücksschwein. Sie fotografierten das Schwein, den Eimer, das Kästchen und natürlich den Zettel. Auf diesem stand: „Bitte die Angelrute wieder zurückstellen". Anja und Uwe lachten laut. Derjenige, der den Cache versteckt hatte, hatte offensichtlich auch Humor.

Noch den ganzen Weg zurück bis zur Fischerhütte mussten sie darüber lachen. Wie gewünscht stellten sie die Angelrute zurück; denn auch der nächste sollte ja eine Aussicht auf Erfolg haben.

Erneut setzten sie sich an den kleinen Sandstrand und machten erstmal eine Pause. „Eine Angel sollten wir uns auch zulegen", waren Anjas Worte. „Die steht schon auf meinen Einkaufszettel", antwortete Uwe lachend. Was hätten sie nur ohne ihre Entdeckung gemacht. Seinen Arbeitskollegen am Montag würde Uwe schon erzählen, wer die Angel gefunden hatte. Er natürlich.

Zufrieden mit ihrer Ausbeute zogen sie zum nächsten Punkt ihrer Suche. Hier war schon im Vorfeld genannt worden, dass es sich um einen furchterregenden Ort handeln sollte. Die Wächter würden den Schatz gut bewachen, war ein weiterer Hinweis gewesen.

Gegen den jetzigen Weg war der zum See eine Autobahn gewesen. Obwohl noch früh im Jahr waren Sträucher und Gräser schon kniehoch. Viele Mulden und Löcher machten den Weg nicht leichter. Immer wieder kontrollierten sie auf der Karte den Weg. Hier konnte schon lange niemand mehr gewesen sein. Wie zum Trotz gegen das Weiterkommen standen sie nun auch auch noch vor einem kleinen Wäldchen. Dieses war mit umgefallenen Bäumen, heruntergefallenen Ästen und allerlei Gestrüpp gespickt. Immer wieder blieben sie mit ihren Sachen irgendwo hängen und Anja hatte schon Angst um ihre Kleidung. Fast wie im Urwald kamen sie sich vor. „Ein Himmelreich für eine Machete", hörte Anja Uwe rufen.

Was aussah, wie ein kleines Wäldchen wurde nun immer dichter. Kaum noch Tageslicht drang hinein. Sie hatten sich eine grobe Richtung gemerkt und wollten davon nun auch nicht abweichen. In der Ferne hörten sie einen Eichelhäher, der die Tiere des Waldes warnte. Kurze Zeit später hörten sie, wie scheinbar einige Rehe durch den Wald rannten. Anja war nur froh, dass Uwe bei ihr war, sonst hätte die Angst sie zur Umkehr gezwungen. Immer weiter und tiefer gingen sie hinein. Es dauerte noch eine ganze Weile, bis sie in der Ferne etwas Helles sehen konnten. Das war das Licht, das von der anderen Seite in den Wald fiel. Also musste er dort zu ende sein, oder aber sie kämen auf eine Lichtung.

Es war eine Lichtung, aber eine riesig große. Vor ihnen bot sich ein gar grausiges Bild. Eine Art Mausoleum von Pelikanfiguren bewacht. „Das sollen wohl die Wächter sein", sagte Anja ehrfürchtig.. Ein leichter Schauer der Angst überkam beide. Dies war ein Ort, an dem man nicht gerne alleine wäre. Anja und Uwe setzten sich erstmal auf eine Mauer und atmeten tief durch. Was wohl das Geheimnis dieses finsteren Ortes war? Sie würden sich später damit beschäftigen und vielleicht wüsste das Internet mehr darüber.

Jetzt aber wollten sie den Schatz finden. Die GPS Koordinaten führten sie immer dichter an die Gruft. Dazu mussten sie den Innenraum des Rechteckes betreten, das mit groben Mauersteinen eingefasst war. Langsam und ängstlich gingen sie einige Stufen herunter. Dann sahen sie eine kleine Steinplatte. „Hier muss es sein", sagte Uwe. Er hob die kleine Platte an und sogleich fand er ein Kästchen mit dem Schatz. Dieser war ein alter, kaputter Pelikanfüller und wie immer ein Zettel. Auf dem Zettel stand nur: „Der Weg war das Ziel".

Alles fotografierten sie und machten auch noch jede Menge Bilder von diesem horrormäßigen Ort. Dann packten sie den Schatz zurück und wunderten sich immer noch, wer so einen Ort erschaffen hatte. Was war der Gedanke desjenigen gewesen? Was hatte ihn bewogen, in so einer einsamen Gegend, so etwas zu bauen?

Diesmal könnte Uwe sogar hinterher mit gutem Gewissen erzählen, er wäre derjenige gewesen, der diesen spektakulären Ort und den Schatz gefunden hatte. Seine Arbeitskollegen würden einen Helden in ihm sehen. Sicher dauerte es nicht mehr lange, bis die ersten von ihnen ebenfalls diesem Hobby nachgingen.

Zurück ging es wieder durch den kleinen Urwald. Mit einem komischen Gefühl im Rücken, so als würden immer noch Menschen aus der Gruft steigen und ihnen folgen, suchten sich Anja und Uwe ihren Weg in die Normalität. Dieser von ihnen entdeckte Ort, hatte einen starken Eindruck bei ihnen hinterlassen. Wie viele solcher verwunschenen Orte würden sie wohl noch finden. Für die Leute, die die Schätze versteckten, musste es wohl immer eine ganz besondere Herausforderung sein.

Wieder zuhause war ihr erster Weg der zum PC. Schnell teilten sie ihre Erfahrungen und Erfolge des heutigen Tages mit. Die Glückwünsche der Community ließ nicht lange auf sich warten. Besonders zur zweiten Suchstelle wurden ihnen noch viele Fragen gestellt. Sie luden ihre Bilder hoch und warteten auf die Beurteilung der anderen. Ein rundum gelungener Tag, wenn man mal von dem Glück mit der gefundenen Angelrute absah. Beide wussten, sie müssten ihre Ausrüstung bestimmt immer wieder ergänzen.

Aber nun stand in der kommenden Woche ja erst einmal die Neuanschaffung des Geländewagens bevor. Dieser würde ihre Möglichkeiten deutlich erweitern, sei es in der Erreichbarkeit von abgelegenen Orten oder in der Möglichkeit viel Ausrüstung mitzunehmen. Sie freuten sich beide auf ihren Kauf.

Gleich am Montag mussten Uwes Arbeitskollegen wieder dran glauben. Allen erzählte er seine Heldentaten. Wie er es war, der die Angel gefunden hatte und natürlich wie er Anja die Angst an dem furchterregenden Ort genommen hatte. Hinter seinem Rücken sprachen die ersten schon vom

Wochenendhelden. Bestimmt käme er eines Tages aus dem Wochenende und hatte die Welt gerettet.

Da war er, der neue Geländewagen. Anja und Uwe hatten ihn abgeholt und ihr erster Weg führte sie standesgemäß zum Outdoorladen. Als der Verkäufer das Gefährt durch das Fenster sah, witterte er schon große Geschäfte in Form einer Komplettausstattung einer Expedition. Da mussten ihn Anja und Uwe aber doch etwas enttäuschen, sie hatten einfach nur noch einen kurzen Bummel vor. Das Enzige was sie mitnahmen, war eine Angelrute, man konnte ja nie wissen. Allerdings geschaut hatten sie wieder bei vielen Outdoorgegenständen. Immer wieder führte sie ihr Weg dort zu den Zelten. Bisher hatten sie ihre Urlaube immer in Form von Pauschalreisen durchgeführt und wenn andere über Camping sprachen, eher die Nase gerümpft.

Sie verwiesen dann auf das Unbequeme, den Regen, der einen ereilen konnte, die Lautstärke auf den Campingplätzen. Ach es gab tausend Gründe nicht zu campen. War diese Einstellung immer ein Irrtum gewesen. Wie viel hatten ihnen Freunde doch davon vorgeschwärmt. Sie beschlossen, es diesen Sommer im Urlaub einmal zu testen. So könnten sie mehrere Orte anfahren und vielleicht ja auch noch den einen oder anderen Schatz heben.

Bestimmt könnte man ihnen da in der Community auch weiterhelfen. Sicher gab es genügend Leute, die schon Erfahrungen gesammelt hatten oder vielleicht sogar Ruten vorschlagen konnten.

Als Uwe am nächsten Morgen mit dem neuen Geländewagen bei der Arbeit vorfuhr, fragten ihn die Kollegen neugierig, wann denn nun die Expedition stattfinden sollte. Er spürte so ein bisschen Neid aufkommen. Hatte er vielleicht doch etwas dick aufgetragen? Aber so waren die Menschen, da teilte man ihnen seine Freude mit, in der Hoffnung sie würden sich auch daran erfreuen und was man erhielt, war Neid und Missgunst. In Zukunft würde er sich einfach etwas mehr zurückhalten, was seine Erzählungen betraf.

Urlaubsplanung

Leider war der Urlaub noch sehr lange hin. In diesem Jahr hatten beide erst spät ihren Sommerurlaub, da ja wie immer die Kollegen mit schulpflichtigen Kindern, ihren nur in den Ferien nehmen konnten. Sie als kinderlose, mussten da wie jedes Jahr etwas ausweichen. Bis Ende August, Anfang September mussten sie noch warten. Aber das hatte den Vorteil, sie könnten länger planen und meistens war das auch eine sehr regenfreie Zeit.

Im Internetforum hatten sie schon unzählige Tipps erhalten. Diese reichten von der Nordsee bis in die Alpen, wenn man sie auf Deutschland begrenzte. Aber so richtig gefallen hatte ihnen das alles nicht. Auch schwebte ihnen nicht vor, die ganze Zeit an einem Ort zu verweilen. Immer mal wieder kam Anja mit dem Vorschlag einem Flusslauf zu folgen. Dies war bisher ihr Favorit.

Heute allerdings brauchte Uwe Anja nicht darauf ansprechen, sie war recht übel gelaunt. Auf die Frage für den Grund dafür, erhielt er nur ein kurzes: „Die Kollegen sind alle doof". Da begann Uwe von seiner Erfahrung am Heutigen Tag zu erzählen und schnell stellten sie die Gemeinsamkeiten fest. Auch Anja hatte von der Anschaffung des Wagens ganz stolz und freudig erzählt. Dann aber hatten die Kollegen begonnen sie nieder zu machen. Spritfresser, Umweltsünder und viele solcher Begriffe waren gefallen. Keiner hatte sich mit ihr zusammen gefreut.

Sie hatte also die gleichen Erfahrungen gemacht wie Uwe. Sie hatte sich ebenfalls dazu entschlossen in Zukunft weniger von sich zu berichten. Wobei sie dies eigentlich sehr schade fand.

Überhaupt hatte sich so eine Einstellung der Menschen in den letzten Jahren ungemein verstärkt. Lag es auch daran, dass der Druck bei der Arbeit immer größer wurde, der Konkurrenzkampf immer heftiger, oder einfach nur am normalen Zeitgeschehen? Das Einzige, dass Anja wusste, dass es ihr nicht gefiel. Sie hatte keine Lust mit auf diesen Zug aufzuspringen. Oft in der letzten Zeit hatte sie sich mit Uwe darüber unterhalten und auch er hatte die gleiche Einstellung. Uwes Erklärung hierfür war dann die Globalisierung, das Internet und natürlich die Regierung.

Sicher war es zu einfach, wenn man sagte, früher war alles viel besser, aber dran war da schon was. Die Leute hatten vor ein paar Jahren noch einfach mehr Zeit. Viel mehr gemeinsame Sachen wurden unternommen. Heute war fast jeder nur noch mit seinem Smartphone verbandelt und die Freunde in den sozialen Netzwerken waren wichtiger als die wirklichen. Viele definierten sich nur noch über die Anzahl der virtuellen Freunde und die Likes, die sie auf irgendwelche Bilder und Kommentare bekamen. Schon bei den Kindern, die er morgens an der Bushaltestelle sitzen sah, ließen Uwe nur noch mit dem Kopf schütteln. Früher, als er selbst noch zur Schule ging, da wurde gespielt und getobt. Heute saßen alle, wie die Hühner auf der Stange, auf einer Bank und jedes der Kinder war in sein Smartphone vertieft. Statt miteinander zu sprechen, wurden Nachrichten versendet.

Wie schön war es doch da, sich zumindest am Wochenende in die Natur zurückzuziehen. Die kannte so etwas nicht, die Natur war immer noch ehrlich, auch wenn sie unter den Menschen leiden musste. Gerade bei ihrem neuen Hobby war es so wichtig, jemanden an seiner Seite zu haben, auf den man sich verlassen konnte, mit dem zusammen man Schwierigkeiten bewältigte. So blieb mal wieder nur die Vorfreude auf das kommende Wochenende, zum ersten Mal mit dem neuen Geländewagen, und natürlich auf den Urlaub.

Es war der Dienstagabend, als Anja mal wieder mit einer ihrer Überraschungen kam. „In der Gruppe wird am Wochenende ein großes Treffen stattfinden, Samstag und Sonntag, wollen wir da nicht teilnehmen und ein paar gleichgesinnte Leute kennenlernen?" Fragte sie Uwe. „Das wäre doch eine wunderbare Gelegenheit gleich einmal ein kurzes Camping abzuhalten und zu schauen, ob es wirklich was für uns ist", folgte sofort. Uwe war etwas überrascht, über das Tempo mit dem Anja lospreschte. Aber warum nicht, jetzt wo sie den neuen, grossen Wagen hatten, wäre es ja gut möglich. „Dann müssen wir aber noch das Zelt, Schlafsäcke und einiges besorgen", sagte Uwe. „Und wir müssen das Rätsel lösen, das den Ort des Treffens verrät", fügte Anja hinzu.

Total begeistert machten sie sich an die Aufgabe. Bewusst war diese wohl nicht so schwer gestellt, sonst wäre bestimmt kaum jemand zum Treffen gekommen. Es dauerte also nicht lange, bis sie wussten, wo das Treffen stattfinden würde. Gleich morgen würden sie dann noch die benötigten Gegenstände besorgen. „Der Mann im Outdoorladen hat neue Stammkunden", feixte Uwe.

Beide konnten den Einkauf dort kaum noch erwarten. Sie müssten sich bestimmt beraten lassen; denn Erfahrung mit Camping hatten sie nun wirklich nicht. Aber der Verkäufer war mehr als gerne dazu bereit. An vieles hätten Anja únd Uwe gar nicht gedacht. Klar, Zelt, Schlafsack, ein größerer Campingkocher, das waren Dinge die einleuchteten. Aber so etwas wie ein Wasserkanister, Isomatten, Klapptisch mit kleinen Stühlen, all diese Dinge hätten sie selbst nicht bedacht. Als sie den Outdoorladen verließen, waren sie reichlich bepackt und auch eine ganze Menge Geld los. „Jetzt müssen wir einfach hoffen, dass es uns auch gefällt, sonst müssen wir all diese Dinge wieder verkaufen", waren Uwes Worte beim Verladen der Ausrüstung.

Kaum waren die beiden zuhause, da versuchten sie hinter dem Haus, das Zelt aufzubauen. Sie hatten keine Lust, sich vor den ganzen anderen Geocachern zu blamieren. Während Uwe direkt begann, war Anja so schlau, die Bedienungsanleitung zu lesen. „Männer brauchen keine Bedienungsanleitung", lachte Uwe sie aus. Das dem nicht so war, stellte er dann aber doch schnell fest, als er immer wieder mit dem Zusammenbau scheiterte. Also noch einmal alles von vorn und dann nach Plan. Siehe da, wie von Zauberhand, passte plötzlich alles und das Zelt stand. Anja lächelte nur wissend, wollte Uwe aber für sein männliches Gehabe nicht weiter aufziehen; denn sie wusste, da war er etwas übersensibel.

Beide waren erstaunt, wie viel Platz so ein Zelt bot. Was von draußen noch klein aussah, war drinnen ein förmliches Raumwunder. Zur Probe legten sie die Isomatten und die Schlafsäcke hinein, verstauten ein paar Taschen, ihre weiteren Einkäufe und sahen, sie hatten eine gute Wahl getroffen. Der Verkäufer hatte sie richtig beraten. Nun aber schnell wieder alles einpacken und den Abend genießen. Das mit dem schnell klappte auch ganz gut, wenn man vom Verpacken des Zeltes in die Originaltasche einmal absah. Dies erschien den beiden nun schwieriger als das Zelt aufzubauen und sie brauchten auch mindestens genauso lange.

Insgesamt aber ein gelungener Abend und nun freuten sie sich schon auf das Wochenende. Bestimmt würde es toll, so viele Geschichten von den verschiedenen Suchen zu hören. Gerade als Anfänger konnten da noch jede Menge Tipps hilfreich sein.

Wie immer wenn man sich auf etwas ganz besonders freut, dann erscheint die Zeit stillzustehen. Die Woche zog sich wie Gummi und Uwe hatte auch keine Lust mehr, den Kollegen von seinem Vorhaben am Wochenende zu berichten. Wozu auch, sie hätten es ja doch nur niedergemacht.

Den Rest der Woche befassten sich die beiden immer noch einmal mit dem Rätsel, um auch ja sicher zu sein, den richtigen Ort zu finden. Dann wurde eine Liste erstellt, was sie alles mitführen wollten. Es machte so viel Spaß so eine Reise vorzubereiten. Hier traf das Sprichwort: „Vorfreude ist die größte Freude", wirklich zu.

Endlich war die Woche vorbei. Am Freitagnachmittag, ließ Uwe den Wagen waschen, dann wurde vollgetankt und nun begann der Spaß des Verladens. Anja hatte doch tatsächlich eine Zeichnung gemacht, was wohin sollte. Uwe fügte sich ihren Wünschen; denn er wusste, so etwas beherrschte sie nur zu gut.

Nach einer vor Aufregung fast schlaflosen Nacht, einem kurzen Frühstück, machten sie sich auf den Weg. So eine gute Stimmung hatten sie schon ewig nicht mehr gehabt. Sie freuten sich wie Kinder auf ihre erste Campingerfahrung. Der Bolide schnurrte, das Autoradio spielte fröhliche Musik, besser konnte es nicht sein. Obwohl es weniger als 150 Kilometer waren, machten sie eine kurze Rast. Sie wollten noch einmal ein paar Minuten für sich sein, bevor sie sich dann in das Getümmel der Leute stürzen würden. Der Zielort war ein kleiner Campingplatz in der Nähe eines Sees. Die Veranstalter hatten diesen in der Vorsaison extra ausgesucht, da so wohl noch ausreichend Platz für alle wäre.

Als sie bei dem Campingplatz ankamen, war die Begrüßung wie bei einer Familie, die sich schon ewig kennt. Ein jeder sprach sich mit Vornamen an und seltsamerweise, waren Fragen wie, was machst Du, wie wohnst Du usw. ein scheinbares Tabu. Hier ging es nicht darum, wer oder was man war, hier zählte nur die Gemeinschaft. Sogleich wurde ihnen ein Platz für Zelt und Auto zugewiesen und ihre Nachbarn halfen sogar beim Aufstellen des Neuerwerbs. Gut nur, dass sie es schon einmal geübt hatten, so erkannte nicht gleich jeder, dass sie noch Grünschnäbel waren. Die Nachbarn waren auch Paare, so dass sie schnell ins Gespräch kamen und sich sofort geborgen fühlten. Wie anders es doch war, als mit den Kollegen bei der Arbeit. Eine richtige kleine, eingeschworene Gemeinschaft.

Der Haupttreffpunkt aller schien der riesige Grill zu sein. Dort brutzelten unentwegt, Würste, Steaks und viele andere Leckereien. Irgendwer war wohl immer hungrig. Der Campingplatz füllte sich im Laufe des Tages immer weiter und Anja und Uwe waren erstaunt über die große Zahl an Teilnehmern. Noch war es schwer, sich die vielen Namen zu merken. Viele kannten sich wohl schon lange, andere waren genau wie sie das erste Mal bei so einem Treffen.

Irgendwie hatten sie erwartet, dass noch eine gemeinsame Suche stattfinden würde, aber der Leiter der Veranstaltung hatte dem widersprochen. Es ging nur um einen Austausch, und darum sich einfach mal real kennenzulernen. So wäre später in der Community auch alles viel einfacher, weil man eine Vorstellung hatte, wer sich hinter welchem Namen, verbarg. Abends dann am Lagerfeuer wurden die wildesten Geschichten von verschiedenen Suchen erzählt und Anja und Uwe hörten aufmerksam zu. Auch Anja berichtete von dem Platz mit den Pelikanwächtern und stellte es so schaurig dar, dass viele nach diesem Rätsel fragten um den verlassenen Ort zu finden. Sie hatten nicht das Gefühl nur dabei zu sein, nein sie waren mittendrin.

Der Abend ging lange und völlig müde, auch wohl durch die vergangene Nacht, schlichen sie erst spät in ihre Schlafsäcke. Nur noch ein paar Worte wurden gewechselt, dann schliefen beide mit den Gedanken an die Geschichten von den spannenden Suchen ein. Obwohl die Nacht kühl war, hatte keiner von ihnen gefroren. Dank der Isomatten und der guten Schlafsäcke war es richtig angenehm gewesen.

Der Veranstalter hatte schon ein riesiges Frühstück für alle vorbereitet. Es gab frische Brötchen, Croissants und alles, was das Herz begehrte. Wieder gab es nur ein Thema, die Rätsel, die Suchen und was für dubiose Gegenstände als Schatz versteckt wurden. Aber auch über das für und wider von einzelnen Hilfsmitteln und Ausrüstungsgegenständen wurde gesprochen.

Ein Pärchen, Ulrike und Bernd, mit denen sich Anja und Uwe schon gestern unterhalten hatten, gesellten sich wieder zu ihnen. Die beiden waren etwa gleichen Alters und schienen recht nett zu sein. Sie tauschten auch ihre Adressen aus und vielleicht könnte man ja mal eine gemeinsame Suche veranstalten, hatte Ulrike vorgeschlagen. Anja und Uwe hatten dem gerne zugestimmt; denn es war doch bestimmt noch viel lustiger und spannender so etwas gemeinsam zu machen. Während sie noch beim Frühstück saßen, kam unter den Vieren auch das Thema Urlaub auf.

Bernd erzählte, wie sie in diesem Sommer vor hatten eine Campingtour zu mehreren Seen zu machen. Sie würden dann immer 2 bis 3 Tage dort verweilen und dann weiterziehen. Jetzt waren sie schon dabei, sich einige Rätsel über die verschiedenen Orte auszusuchen und würden im Urlaub probieren diese Schätze dann zu finden. Uwe lachte nur und erklärte, dass sie etwas ähnliches im Sinne hatten, nur statt Stauseen eben einen Flusslauf. Aber noch hatten sie sich ja nicht entschieden. Für den Rest des Vormittages war somit das Gesprächsthema festgelegt. Ulrike und Bernd waren schon lange in der Szene und hatten eine Menge Erfahrung. Das hörte man ganz deutlich aus ihren Erzählungen heraus. Dabei machten sie aber nicht den Eindruck, dies hervorzuheben oder sich damit groß zu tun. Es waren einfach angenehme Menschen, die man gut um sich haben konnte.

Mit dem gemeinsamen Mittagessen endete die Veranstaltung leider schon. Viele hatten einen langen Heimweg, so dass sie zeitig fahren mussten. Auch Anja und Uwe bauten ihr Zelt wieder ab, verstauten ihre Ausrüstung und verabschiedeten sich von der

Allgemeinheit. Danach noch von Ulrike und Bernd. Man freute sich jetzt schon auf gemeinsame Unternehmungen und über die Community würde man ohnehin in Kontakt bleiben.

Auf der Rückfahrt hielten sie ein Resümee über das Treffen. Anja hätte sich gewünscht, das Treffen hätte schon am Freitagabend begonnen und den Samstag hätte man gut für ein paar gemeinsame Unternehmungen wie lösen von Rätseln und gemeinschaftliche Suchen nutzen können. Aber ansonsten war sie zufrieden damit und ganz besonders froh darüber Ulrike und Bernd kennengelernt zu haben. Uwe sah es ganz ähnlich und machte den Vorschlag, so etwas doch mal in der Gruppe vorzuschlagen. Sicher war es nicht ganz einfach, besonders für diejenigen, die eine weite Fahrt hatten oder mit Kindern kamen.

Wieder zuhause, stand Auto ausräumen auf dem Plan und am Abend sprachen sie noch lange über die Idee mit der Seentour und zogen so etwas auch mit in Betracht.

Die Arbeitswoche war wie immer frustrierend. Vielleicht lag es aber auch daran, dass Anja und Uwe am kommenden Wochenende nicht auf Schatzsuche gehen konnten. Sie waren bei Bekannten zur Hochzeit eingeladen. Klar freuten sie sich auch darauf, einige Leute mal wieder zu treffen, die sie schon lange nicht mehr gesehen hatten, aber Schatzsuche blieb eben Schatzsuche.

Zumindest konnten sie die Zeit nutzen, einige Rätsel zu lösen und sich dann für das kommende, wieder freie Wochenende, ein paar Ziele aussuchen. Immer noch bewegten sie sich in der mittleren Kategorie, was den Schwierigkeitsgrad der Rätsel betraf. Diese schafften sie meist im Laufe eines Abends und auch schon immer ohne fremde Hilfe. Gerade waren sie am überlegen, vielleicht doch mal eine Stufe höher zu steigen, als plötzlich ein ganz schräger Post in der Gruppe aufleuchtete.

Ein ungewöhnliches Rätsel

Wir sind die Lebenden unter den Toten.
Wer uns findet, der löst den Knoten.
Vom Seil der Raffgier, das Euch umschlingt
Und uns um das Tageslicht bringt.
Wer uns findet, bekommt viel,
Wer nicht lebt weiter seinen Stil.
Nur ein trockener Sommer führt zu uns,
Wo sonst badet Hinz und Kunz.
Nur unter den Toten findet ihr das wahre Leben,
ihr müsst den Steinen nur einen Ruck geben.
150 Seelen sind wir hier * die Tage unserer finsteren
Qual
Ist die erste Zahl
150 Seelen + die ersten 3 Ziffern
Als unsere Burg erwähnt wurde * die komplette
Jahreszahl und davor der Ort bei Darmes Qual,
Dann habt ihr die zweite Zahl.

Anja war völlig erschrocken, was das nun wieder sollte. Ein Rätsel solch finsterer Natur und dann einfach nur gepostet. Sofort gab es viele Kommentare darunter und keiner wollte es gewesen sein, der dieses Rätsel verfasst hatte. Auch der Admin der Gruppe hatte keine Ahnung und sprach von einem Hacker. Es war auch nicht möglich, diesen Eintrag zu löschen.

Die Zahl der Kommentare stieg immer rasanter und die ersten äußerten auch schon Ideen. Anja und Uwe aber suchten sich ein Rätsel der höheren Stufe und wollten dieses dubiose lieber den Profis überlassen.

Aber so sehr sie sich auch mühten, der Text ging ihnen einfach nicht mehr aus dem Kopf. Nicht das sie sich damit beschäftigten, aber irgendwie hatte er sich eingebrannt. In der ganzen Community hörte man nichts anderes mehr. Alles drehte sich nur noch um diesen verfluchten Text. Es war, als hätte jemand eine Bombe geworfen und alle anderen Fragen und Ideen ausgelöscht.

Für diesen Abend hatten die beiden jedenfalls genug. Ihr Rätsel hatten sie zwar begonnen, aber noch nicht gelöst. Eine Stufe höher spürte man gleich in den Anforderungen. Selbst im Bett bekam Uwe keine Ruhe vor diesem komischen Post. Mit finsteren Gedanken an Tote schlief er erst am frühen Morgen ein.

Dementsprechend schwer fiel ihm das Aufstehen. Seine Kollegen sahen ihm auch gleich seine Müdigkeit an und neckten ihn, ob er statt sich mit Rätseln mal wieder ausgiebig mit seiner Frau beschäftigt hätte. Uwe ließ das kommentarlos so stehen. Es war wie immer unter den Kollegen, entweder wurde gegen irgendwen gehetzt oder aber das Thema Sex hatte höchste Priorität. Das Wort Empathie schien hier niemand zu kennen. Uwe war nur froh, dass endlich Feierabend war und wusste, heute würde er früh zu Bett gehen.

Einen Blick in die Community musste er aber noch wagen, vielleicht hatte ja einer schon das ominöse Rätsel gelöst. Uwe rief die Internetseite auf und wurde von Kommentaren zum Rätsel erschlagen. Er überflog sie nur kurz und kam zum Entschluss, dass es noch keiner geschafft hatte. Er wollte die Seite gerade wieder schließen, als Anja hinzukam. Auch sie wollte wissen, ob schon jemand was wusste. Als Uwe das verneinte, wollte sie selbst nochmal die Kommentare lesen; denn auch sie hatte es nicht losgelassen.

Es dauerte lange, bis Anja wieder vom PC zurückkam, Uwe hatte derweil erst Fernsehen geschaut und sich dann wieder über ihr neues Rätsel her gemacht. Anja war entzückt, dass er schon einen Teil dessen gelöst hatte. Uwe wurde immer besser in solchen Dingen. Dann sprachen sie noch über den Tag und kamen auch endlich mal wieder auf das Thema Urlaub. Anja erzählte, das Ulrike sie gefragt hatte, ob sie nicht vielleicht eine Woche um Pfingsten herum gemeinsam etwas unternehmen wollten. Die beiden hatten vor, sich schon einmal 1 oder 2 Seen für die Sommertour anzuschauen. Uwe gefiel die Idee, er würde morgen gleich mal schauen, ob er da noch ein paar freie Tage einschieben könnte. Sicher wäre sein Chef nicht begeistert über so eine kurzfristige Änderung, aber versuchen kostete ja nicht. Auch Anja müsste dann noch ein paar Urlaubstage einreichen,

Gleich am nächsten Morgen stand Uwe bei seinem Chef. Sie kannten sich schon so lange und sein Chef wusste, Uwe ist niemand der so etwas oft oder willkürlich macht. Wenn es ihm so wichtig war, dann wollte er den Urlaubsplan noch einmal ändern. Uwe bekam seine freien Tage und von seiner Seite stand nun dem gemeinsamen Ausflug mit Ulrike und Bernd nichts mehr im Wege. Schon in der Mittagspause rief Anja ihn an und sagte, dass sie ebenfalls frei bekäme. Noch am Abend rief sie Ulrike an und teilte ihr die frohe Nachricht mit. Jetzt gab es noch etwas vor dem ersehnten Jahresurlaub, auf das sie sich freuen konnten. Ulrike und Bernd hatten je 3 Tage am Diemelsee und 3 Tage am Edersee vorgeschlagen. Diese beiden Seen lagen recht dicht beieinander, so dass nicht noch eine große Tour zwischendurch nötig wäre. Uwe holte den Autoatlas hervor und schaute sich die beiden Seen an. Sie lagen am Ländereck Nordrhein Westfalen und Hessen. Beides waren künstlich angelegte Stauseen, die kurz vor bzw. der Diemelsee einige Jahre nach dem ersten Weltkrieg gebaut wurden, um bei Niedrigwasser die Schifffahrtswege der Weser aufrecht zu erhalten. Anja war das genug an Information, sie freute sich einfach auf ein paar Tage Erholung und auf Ulrike und Bernd.

Noch am Abend schafften sie ihrer Meinung nach, das Rätsel für das übernächste Wochenende zu lösen. So wie es aussah, war es ein Ort in der Lüneburger Heide. Das war eine gut zu fahrende Entfernung und bestimmt hätten sie wieder ihre Freude.

Die Hochzeit am Wochenende war eine lustige Gesellschaft, viel Musik und Tanz standen im Vordergrund. Die Unterhaltungen mit Bekannten, die sie lange nicht gesehen hatten, waren aber leider genauso oberflächlich wie die mit den Arbeitskollegen. Auch hier ging es nur darum, wer was geschafft hatte, was für ein Haus, was für ein Auto und was man sonst noch alles so besaß. Scheinbar schien sich jeder nur noch über sein Eigentum oder sein Bankkonto zu definieren. Uwe überlegte, ob das früher auch schon so schlimm war, oder ob es ihm einfach immer mehr nervte und daher auffiel.

Ursprünglich hatten sie vorgehabt, im Hotel wo gefeierte wurde zu übernachten, aber auch Anja schien von den Leuten genervt und wollte ebenfalls nur noch nach Hause. Den ganzen Heimweg sprachen sie über die Veränderung der Menschen. Immer mal wieder kam das Thema in ihnen hoch. Wie sollte das noch weitergehen, wenn man mal 20 Jahre weiterdachte. Uwe und Anja gefiel dieser Gedanke überhaupt nicht, aber was sollte man schon dagegen tun. Arbeiten um zu Leben musste nun einmal sein und somit konnte man sich der Gesellschaft auch nicht entziehen. Nur an den Wochenenden in der Natur, da fühlten sie sich noch richtig wohl und geborgen.

Erst weit nach Mitternacht kamen sie wieder zuhause an. Aber es war trotzdem besser so, das gemeinsame Frühstück am nächsten Morgen wäre bestimmt kaum zu ertragen gewesen. Ohne es miteinander abzusprechen hatten sie sich entschlossen, sich nach Möglichkeit nur noch mit Menschen zu umgeben, die nicht so oberflächlich waren. Die anderen sollten mal schön unter sich bleiben und konnten sich dann gegenseitig vorschwärmen, wie toll sie waren.

Bis um 10 Uhr hatten Anja und Uwe geschlafen. Dann gab es ein gemütliches Frühstück und so konnte der Tag beginnen. Es war doch eine gute Idee gewesen, noch am Abend zurück zufahren. Nach dem Frühstück schauten die beiden erstmal wieder in die Community. Inzwischen hatten sich die Kommentare dort wieder etwas normalisiert. Es schien so, als ob alle aufgegeben hätten, dieses komische Rätsel zu lösen. Aber vorhanden war es immer noch, es konnte wohl nicht entfernt werden. Uwe überlegte schon, ob sie nicht vielleicht heute noch ihren Ausflug in die Lüneburger

Heide machen sollten, aber Anja schien heute nicht so motiviert. Vielleicht war sie einfach noch zu müde. Sie schlug hingegen vor, vielleicht noch ein zweites Rätsel aus der Gegend dort zu lösen und dann wie beim letzten Mal einen Doppelschlag zu landen.

Uwe, den auch schon wieder die Müdigkeit überkam, stimmte ihr zu und sie beschlossen, heute einfach mal auf doof und gemütlich zu machen. Anja hatte sich auch schon auf das Sofa zurückgezogen und war umlagert von Autoatlas, Reiseführer und einigen selbst geschriebenen Zetteln. „Fehlt nur noch, dass Du Dich mit einer Zeitung zudeckst", ulkte Uwe. Aber in Wirklichkeit war er nur auf den normalerweise freien Platz scharf. So musste er wohl oder übel den Sessel wählen.

Am Abend nahmen sie sich noch ein Rätsel der mittleren Kategorie vor um zumindest ein zweites Ziel für das kommende Wochenende zu haben. Dieses hatten sie auch schnell gelöst und es versprach ebenfalls ein besonderer Ort zu sein. Die Spannung wuchs, wäre da nur nicht schon wieder diese blöde Arbeitswoche. Nicht das beide nicht gerne arbeiteten, es waren die Kollegen, bzw. die Menschen um sie herum, die dazu führten, dass sie so langsam nur noch mit Widerwillen zur Arbeit gingen.

Die Woche zog sich mal wieder lang hin. Abends ein Blick in die Community, mal schauen, was es an neuen Equipment gab, noch ein paar Tipps holen und dann war der Abend auch schon wieder vorbei. Aber egal wie sehr sich die Woche Mühe gab unendlich zu erscheinen, irgendwann kam das Wochenende.

Am Samstag wurde wie so oft der Einkauf erledigt, das Auto schon bepackt; denn gleich am Sonntagmorgen sollte es ja wieder auf Schatzsuche gehen. Beide freuten sich schon auf den Sonntag. Gleich nach dem Frühstück fuhren sie los. Ihr grober Zielort lautete Uelzen. Eine Kleinstadt in der Lüneburger Heide. Das erste Rätsel führte sie zum Bahnhof. Im Rätsel selbst waren sie zuerst über einen Künstler gestolpert, der mit viel Wasser zu tun hatte. Es hatte nicht lange gedauert, bis ihnen der Hundertwasserbahnhof in den Sinn kam. Zuviel hatten sie schon davon gehört und gelesen. Aber eine wunderbare Möglichkeit, sich das Bauwerk einmal genau anzuschauen.

Von Außen sah es fast aus wie jeder andere Bahnhof auch. Erst als sie näher kamen, entdeckten sie die Unterschiede. Nichts war hier gerade, alles irgendwie rund oder krumm. Drinnen wurde es dann noch viel imposanter. Die verschiedensten Arten von Kacheln, immer ebenfalls in unterschiedlichen Formen, zierten die Wände. Jede Treppe, jeder Bogen war anders als die anderen. Es schien wie eine eigene Welt. Uwe blickte auf die GPS Anzeige und sie näherten sich dem gesuchten Punkt immer mehr. In der Unterführung dann, in einer Nische fanden sie ihren Schatz. Wie immer schnell ein Foto als Beweis und dann wieder zurück damit.

Da es diesmal sehr leicht war und schnell ging, beschlossen Anja und Uwe, sich im schicken Café noch einen kurzen Aufenthalt zu gönnen.

Aber was sahen sie denn da? Die kannten sie doch nur zu gut. Was für ein Zufall, Ulrike und Bernd saßen ebenfalls im Café. Es gab ein großes Hallo und schon schien der Tag einen anderen Verlauf zu nehmen. Schnell kam heraus, dass die beiden auch auf der Suche nach dem gleichen Schatz gewesen waren. Anja erzählte dann von ihrer zweiten, noch bevorstehenden Suche. Ulrike und Bernd hatten dieses zwar nicht geplant, beschlossen aber kurzfristig, einfach mitzukommen. Zu viert würde es bestimmt viel mehr Freude machen.

Sie fuhren durch die Stadt und parkten auf einem leeren, großen Marktplatz, der an den marktfreien Tagen als Parkplatz ausgewiesen war. Dann holten sie die Karte hervor und verglichen noch einmal die Koordinaten. Sie mussten ca. 2 KM laufen um an ihr Ziel zu kommen. Es wurden 2 lustige Kilometer; denn durch die Unterhaltung mit den neuen Freunden, verging die Zeit sehr schnell. Sie waren so mit sich beschäftigt und dem Wanderweg gefolgt, dass sie schon lange über ihr Ziel hinausgeschossen waren. Erst ein Blick auf die GPS Anzeige, weckte sie wieder auf. Aber sie hatten auch keinen markanten Punkt im Gelände gesehen, der eine Schatzsuche gerechtfertigt hätte.

Sie beschlossen umzukehren und diesmal die Augen aufzuhalten. Uwe und Bernd schritten voran, die Augen gebannt auf das Handy fixiert. Fast hätten sie es dadurch wieder übersehen, ein riesiges Hügelgrab. „Oh man, wie konnten wir denn da vorbeilaufen", fragte Uwe in die Runde. Alle lachten laut. Es war so groß, dass sie es einfach nicht gesehen hatten. Vielleicht waren sie aber auch durch die angeregte Unterhaltung zu sehr abgelenkt gewesen. Jedenfalls sollten sie das nicht in der Community posten, sonst wären sie für alle Zeit der Lacher unter den Leuten.

Der Schatz war kurz hinter dem Hügelgrab verbuddelt und auch schnell gefunden. Aber noch bevor sie wieder zurückgingen, hatten die beiden Frauen die Idee gehabt, den Tag doch gemütlich in einem hiesigen Lokal ausklingen zu lassen. Dann könnten sie auch gleich die Vorbereitungen für die Pfingsttour besprechen. Anja stand noch angelehnt an den großen Findlingssteinen des Grabes und schaute sich eine Ameisenarmee an, die fleißig darunter verschwand und am anderen Ende

wieder auftauchte. „Die Lebenden unter den Toten",
schrie sie förmlich heraus. Alle starrten sie an und
hatten Fragezeichen in den Augen. „Na aus dem
komischen Rätsel, einer der Sätze darin, der sprach von
den Lebenden unter den Toten", erklärte sie . Jetzt ging
allen ein Licht auf, was sie gemeint hatte.

Bernd zückte das Handy und wollte sich gerade in die
Internetseite einloggen, als er feststellte, kein Empfang.
Sie waren einfach zu weit außerhalb der Ortschaft. Aber
später im Lokal, da könnten sie nochmal nachschauen.
Der Satz stand wie Magie in ihren Köpfen. Sollte das
etwa ein Ansatzpunkt für die Lösung sein.

In dem kleinen Restaurant angekommen, suchten sie
sich einen Ecktisch um ungestört über Anjas Gedanken
zu sprechen. Bernd hatte die Internetseite der
Community aufgerufen und gemeinsam schauten sie
sich noch einmal den Text an und fanden die von Anja
benannte Stelle. Dann schauten sie nach den
Kommentaren und fanden keinen einzigen Hinweis,
der in diese Richtung ging. Aber das sprach ja nicht
dagegen. „Wäre es nicht toll, wenn wir gemeinsam
dieses schwere Rätsel lösen könnten", sagte Anja. Ja das
wäre eine Sensation, kam es wie aus einem Munde.

Nun aber sprachen sie erstmal über ihr Vorhaben an
Pfingsten. Der erste Anlaufpunkt sollte der Diemelsee
sein. Es war der Kleinere von beiden. Dann sollte es

zum riesigen Edersee gehen. Die Campingplätze waren schon bestätigt und so sollte der Sache nichts mehr im Wege stehen. Beide Paare sollten ein paar Rätsel zu den jeweiligen Seen suchen, damit sie auch genügend Beschäftigung dort hatten. Die Sehenswürdigkeiten wären ohnehin bestimmt mit eingebunden, so dass sie sich dafür keine weitere Planung einfallen lassen mussten. Mitten in alle weiteren Gedanken platzte das bestellte Essen. Sie mussten den Tisch frei räumen, damit die Kellnerin ihn eindecken konnte.

Auch während des Essens gingen die Gedanken immer wieder an die große Aufgabe, das ungewöhnliche Rätsel. „Wenn wir den Steinen einen Ruck gegeben hätten, dann wären die Ameisen, also die Lebenden sichtbar geworden", fügte Bernd hinzu. Uwe wäre fast der Bissen im Hals stecken geblieben. „Ja das stimmt, aber Ameisen konnten diesen Satz nicht verfasst haben", entgegnete Uwe. „Das nicht, aber ich finde, wir sollten alle diese Ideen sammeln", sagte noch halb kauend Ulrike. Ja, Ansatzpunkte gab es, das ließ sich nicht von der Hand weisen, sie mussten nur konsequent dabei bleiben, dann würden sie es vielleicht schaffen.

Nach dem Essen verabschiedeten sich die beiden Paare und freuten sich schon gemeinsam auf ihre Pfingsttour. Bis dahin würden sie sicher noch oft miteinander telefonieren und schreiben. Wie es sich für eine eingeschworene Gemeinschaft gehört, hatten sie beschlossen, nichts von ihren Ideen in der Community zu veröffentlichen.

Noch auf dem Heimweg sprachen Anja und Uwe über diesen schönen Tag. „So ein Tag mit richtigen Freunden entschädigt doch für vieles", sagte Anja. Uwe nickte nur und war in seinen Gedanken schon wieder beim großen Rätsel. Die Herausforderung, dieses zu lösen, war für ihn ein hoher Ansporn. Wenn sie das schaffen würden, wären sie die Helden der Gruppe. Aber das war nicht der Ansporn, sondern das Rätsel selbst. Was Uwe am meisten dabei beschäftigte, war die Tatsache, dass niemand wusste, wo es herkam. Hatte es vielleicht sogar einen höheren Sinn als nur einen Schatz? Es war ja schließlich die Rede vom wahren Leben und dem Seil der Raffgier. Letzteres hatten sie ja beide in den vergangenen Jahren festgestellt, wie sich das Seil der Raffgier immer enger um die Menschen schnürte. Aber welcher Weg sollte da nur wieder herausführen und warum nahm das gleiche Seil ihnen das Tageslicht? Es gab so viel mehr Fragen als Antworten.

Zuhause angekommen, schrieb Uwe das Rätsel noch einmal Satz für Satz auf einen Zettel. Zwischen den einzelnen ließ er immer etwas Platz, um eventuell Ideen einfügen zu können. Die beiden Ideen, die schon vorlagen, trug er gleich mit ein. Ja so musste er vorgehen, immer wieder Stück für Stück. Anja fand die Idee ebenfalls genial. Sie hatte ein komisches Gefühl, traute es sich aber nicht auszusprechen, aus Angst Uwe würde sie auslachen.

Das Gefühl sagte Anja, dass dieses Rätsel für sie gemacht war. Es hatte was mit ihren Leben und dem weiteren Verlauf zu tun. Sicher gab es keinerlei Hinweis darauf, es war eben einfach nur ein Gefühl, wie es nur eine Frau haben konnte. Deshalb wäre es für Uwe auch nicht zu verstehen. Dieses Rätsel musste einen viel tieferen Sinn haben, das wurde Anja immer klarer. Sie würden es irgendwann schaffen.

Zufrieden mit sich und der Welt in der sie heute waren, gingen sie zu Bett. An das was morgen früh wieder folgen würde, wollten sie noch gar nicht denken. Ihre Gedanken blieben einfach bei dem Schönen.

Brutal und ohne jede Rücksicht auf irgendwelche Träume, holte der Wecker morgens um 6 Uhr beide in die Realität zurück. „Wäre doch schon Pfingsten", waren Uwes ersten Worte an diesem Tag. „Oh ja das wäre wunderschön", war Anjas Antwort. Mit dieser Vorfreude, auf die kommende Zeit, nahmen sie den Tag in den Angriff.

Den ersten Satz, den Uwe bei der Arbeit zu hören bekam, war: „Na schon den Schatz der Nibelungen gefunden?" Auf so etwas hatte Uwe schon lange gewartet und daher kam die Antwort prompt: „Nein ich habe mit Deiner Frau geschlafen, als Du in der Kneipe zum Saufen warst." Das hatte gesessen. Die anderen mussten den Kollegen zurückhalten, sonst hätte es gleich am Morgen eine Schlägerei gegeben. So blieb es bei ein paar Beschimpfungen und einem großen Gelächter der anderen Kollegen. Uwe hatte schon wieder die Nase voll, auch wenn er hier einen Volltreffer gelandet hatte; denn er wusste ja, dass am Wochenende sein Kollege immer diesem Hobby nachging und oftmals konnte man es am Montagmorgen auch noch riechen.

Aber auch Anja traf es genauso, bei ihr lautete die Frage nur weiblicher und mindestens ebenfalls so fies: „Was trägt denn Frau in diesem Jahr so in der Wildnis?" „Humor, Anstand und Empathie, aber davon verstehst Du ja leider nichts", war ihre Antwort. Auch bei ihr im Büro herrschte den ganzen Tag Zickenalarm. Ob es am Mond lag, oder sahen ihr die anderen Frauen nur an, wie zufrieden sie mit ihrem Leben war und machte sie das neidisch? Die Stimmung blieb den ganzen Tag mies und Anja war froh, als sie endlich wieder nach Hause konnte. Gefrustet erzählte sie Uwe von ihrem Tag. Aber dem war es ja ebenfalls nicht besser ergangen. Ach könnte das Leben schön sein, wenn die doofe Arbeit nicht wäre. Dann lachten beide über Uwes und Anjas gelungene Retoure.

Später schauten sie noch am PC ob es etwas neues gab. Plopp machte es nur, dann stand da eine neue Meldung:

**Wenn ihr unser kleines Rätsel löst,
hilft es, Euer Großes zu lösen.
Gebt uns ein bisschen von dem,
was Ihr uns genommen habt
und wir geben Euch das,
was Ihr Euch täglich nehmt.
Es ist das letzte Jahr, in dem es geht,
danach fehlt uns das,
was Euch später fehlen wird.
Dafür haben wir erhalten,
was Euch schon verloren ging.**

Anja und Uwe wussten sofort, wozu dieser Post gehörte. Wieder hatte der Fremde zugeschlagen und seine Zeichen hinterlassen. Uwe ergriff diesmal gleich einen Zettel und schrieb auch diese Zeilen ab.
Was zuerst wie eine zusätzliche Hilfe wirkte, verwirrte sie jetzt umso mehr. Es dauerte keine 5 Minuten, bis das Telefon klingelte und Ulrike an der Strippe war. Auf die Frage, ob sie es schon gesehen hätten, antwortete

Anja nur mit einem Kurzen: „Ja gerade im Moment". Viele Überlegungen wurden hin und her angestellt, aber sie spürten selbst, dass sie sich nicht von der alten Fährte abbringen lassen durften. „Es klingt ein bisschen wie ein Hilferuf", sagte Uwe. „Aber warum dann so versteckt?", fragte Anja. Sie waren sich einig, dass es wohl so sein sollte, damit nicht jeder es finden kann, sondern nur eine bestimmte Personengruppe. Der Eindruck, den die Zeilen erweckten, war eine gegenseitig nötige Hilfe. „Aber was kann es bloß sein, was wir uns täglich gegenseitig nehmen?", fragte Anja erneut. Sie waren gebannt von diesen Zeilen und gleichzeitig verwirrt.

„Ich glaube", sagte Anja, „Diese Zeilen sind für uns bestimmt. Mein Gefühl sagt es mir ganz deutlich. Wir müssen beginnen, bei uns zu suchen, was uns fehlt und was wir, die Menschen, uns gegenseitig nehmen." „Na die Erfahrung machen wir doch jeden Tag an der Arbeit, Achtung voreinander, Rücksicht, Empathie und Respekt", antwortete Uwe. Anja und Uwe einigten sich darauf, diese Informationen mit in ihren Zettel einzutragen, vielleicht wären sie noch mal irgendwann von Nutzen.

Aus dem kurzen Abend am PC wurde somit mal wieder ein Langer. Erst spät und immer noch mit den Gedanken bei den neuen Zeilen kamen sie ins Bett.

Tausend Dinge schwirrten Anja noch durch den Kopf. Jetzt hatte sie zumindest doch ihr Gefühl über die Zeilen Uwe mitgeteilt. Das Überraschende dabei war, dass er ganz anders reagierte, als sie gedacht hatte. Sie hatte schon viel Glück mit ihrem Mann gehabt, wenn sie so sah, wie die Kolleginnen über ihre Männer lästerten, dann konnte sie schon sehr zufrieden sein. Er war nicht so ein Rüpel wie viele andere, er hatte doch deutlich mehr Gefühl. Obwohl Uwe schon eingeschlafen war, beugte sich Anja zu ihm herüber und flüsterte in sein Ohr: „Schatz, ich liebe Dich."

3 Wochen waren es noch bis zum Pfingsturlaub. Langsam stiegen die Stimmung und die Vorfreude bei Anja und Uwe. Plötzlich fiel die Arbeit viel leichter und die nervigen Kollegen störten deutlich weniger. Einige Rätsel hatten sie schon herausgesucht, mit der Lösung wollten sie aber warten, bis sie mit Ulrike und Bernd zusammen waren. Es wäre doch viel spannender, gemeinsam zum Erfolg zu kommen. Die Ausrüstung war ebenfalls komplett und jetzt hieß es nur noch auf gutes Wetter hoffen und darauf, dass die Zeit bis dahin schnell verging.

Diese Vorfreude auf den Urlaub war so ganz anders als sonst. Es war ja nicht der übliche Pauschalurlaub, sondern wirklich eine Art Abenteuer. Uwe ärgerte sich etwas über sich selbst, wie er früher immer die Camper belächelt hatte. Nun war er einer von ihnen. Der ganze Zwang, den man sonst im Hotel hatte, würde hier wegfallen. Es war einfach egal, was man morgens zum Frühstück trug. Keine Schlacht mehr um einen Platz am Pool und was das Allerbeste war, keine nervenden Animateure. Das alles hatte ihn schon immer genervt, aber er hatte es nie gesagt, mit Rücksicht auf Anja.

Anjas Gedanken waren ganz ähnlich. All die Jahre hatte sie beim Urlaub Rücksicht auf Uwe genommen. Er hatte einen anstrengenden Job und so war er bestimmt immer froh gewesen, sich am Pool zu erholen und hin und wieder sich von den Animateuren bespaßen zu lassen. Gut nur, dass er seine Meinung jetzt geändert hatte und sie nicht mehr auf ihn eingehen musste. Endlich ein Urlaub, wie sie ihn sich schon lange gewünscht hatte. Nie hätte sie es sich gewagt das zu sagen, lästerte doch Uwe sonst immer über die Camper. Wie hätte sie ihm da beibringen können, dass auch sie Lust darauf gehabt hätte.

Die Pfingstreise

Wie es sich für eine Frau gehört, begann Anja schon rechtzeitig mit dem Packen. Nur gut, dass der neue Wagen so viel Stauraum hatte. Es war auch schwer, zu planen, was man an Kleidung benötigen würde, Ende Mai / Anfang Juni war doch immer noch mal eine etwas ungewisse Zeit. Gerade am Wasser wurde es bestimmt gegen Abend kühl, so dass es schon noch Sinn machte, ein paar dickere Jacken mit einzupacken.

Uwe sah mit Besorgnis den Berg der Kleidung anwachsen, den sie mitnehmen wollten. Die einzige Gewissheit, die er hatte, war, dass Anja, bestimmt an Alles denken würde. In solchen Dingen war sie einfach unschlagbar. Erst als Anja ihm einen Einkaufszettel mit Lebensmitteln für die komplette Zeit präsentierte, rebellierte Uwe etwas. „Ich glaube, dort gibt es auch schon Geschäfte", sagte er mit einem Lächeln. Anja ließ sich überreden, nur für die ersten beiden Tage einzukaufen und den Rest dann vor Ort zu besorgen.

Morgen sollte es endlich losgehen. Ja endlich, das war das richtige Wort. So sehr freuten sich Anja und Uwe auf diesen Trip. Der Wagen war bepackt und das bis zum Anschlag. Jeder weitere Einkauf wäre nicht mehr verstaubar gewesen. Bestimmt hatten sie viel zu viel mitgenommen, aber daraus würden sie lernen und es dann im Sommer besser machen. Jeden Abend in den letzten Tagen hatten sie mit Ulrike und Bernd telefoniert. Alle Einzelheiten waren geklärt, nur das große Rätsel machte ihnen Sorgen, hier waren sie keinen Schritt weiter gekommen. Aber sie bauten darauf, wenn sie auf dem Campingplatz abends zusammen säßen, dann kämen sie bestimmt der Lösung näher. So am Telefon war das doch immer etwas schwierig.

Am Abend dann gingen Anja und Uwe noch einmal die lange Liste mit allen Gegenständen durch, die sie mitnehmen wollten. Anja las vor und Uwe bestätigte, was er eingepackt hatte. Nicht schien zu fehlen, also ab ins Bett und morgen früh würde es dann losgehen.

Nach dem Frühstück hüpften sie vor Freude in das Auto und die gute Stimmung, wie schon beim Treffen der Geocacher, war sofort wieder da. Rauf auf die Autobahn und ab Richtung Süden. Als sie an den Ausläufern des Harzes vorbeikamen, so kurz vor Göttingen, da spürten sie das Gewicht der Zuladung doch recht deutlich. An manchen Bergen musste Uwe mehrfach runterschalten, damit der Geländewagen nicht von den LKWs überholt wurde. Aber so konnten sie sich schon einmal daran gewöhnen, denn das Ziel, das hessische Upland war ja auch nicht ohne. Dort gab es immerhin Berge von 600m bis 850m Höhe. Das war dann eben doch anders, als im niedersächsischen Flachland.

Welch ein Gefühl, als das Navi endlich die Abfahrt Richtung Diemelstadt zeigte. Nun hieß es runter von der Autobahn und rein ins Abenteuer. Die immer schmaleren Straßen, mit ihren Bergen und Tälern, zogen sich doch noch lange hin. Was auf der Karte wie ein Klacks aussah, gestaltete sich in der Realität doch ganz anders. Aber sie genossen jeden Kilometer. Die waldreiche Gegend hatte schon etwas Besonderes. Hier konnte man nicht bis in die ewige Ferne schauen, hier gab es riesige Berge mit einem üppigen Baumbestand. Selbst für den Fahrer war es viel abwechslungsreicher. Nicht immer nur flach geradeaus, sondern viele enge Kurven und hinter jeder erwartete einen etwas Neues. Da kamen plötzlich Täler, die von einem kleinen Bach durchzogen waren, winzige Dörfer, die an die Hänge gebaut schienen und vor allem eine scheinbar nicht enden wollende Zahl von Kurven.

Jetzt waren es nur noch wenige Kilometer, dann hatten sie es geschafft. Anja war die Erste, die den See erblickt hatte. Da lag er im Tal, majestätisch vor ihnen. Bei der nächsten Gelegenheit fuhr Uwe rechts ran, damit sie ein Foto von der Gesamtübersicht machen konnten. Sie stiegen aus, atmeten tief durch und waren de festen

Überzeugung, hier im Wald war eine ganz andere Luft. Nachdem sie die ersten Bilder gemacht hatten, standen sie noch einen Moment Arm in Arm vor diesem wunderschönen Anblick. Dann erst wieder stiegen sie ein, um das letzte Stück noch hinter sich zu bringen.

Nun standen sie vor der Schranke am Campingplatz. Anja stieg kurz aus und klärte die Formalitäten. Sie hatte eine Übersichtskarte bekommen, auf der ihr Platz angekreuzt war. Kurz orientierten sie sich und dann ging es im Schritttempo zur ausgewählten Parzelle. Ulrike und Bernd, die den Platz direkt neben ihnen hatten, waren noch nicht vor Ort. Uwe parkte den Wagen und dann begann der mühsame Zeltaufbau. Nur gut, dass sie inzwischen schon etwas Erfahrung damit gesammelt hatten. Der Campingplatz war gut besucht, wahrscheinlich würde er zum Wochenende komplett gefüllt sein. Ihr Zelt stand, die Sachen waren verstaut, nur von ihren Freunden war noch nichts zu sehen. So beschlossen Anja und Uwe, erst einmal den Platz zu erkunden.

Sie nahmen sich die Übersichtskarte mit und schlenderten los. „Zuerst die wichtigen Punkte, Toilette, Dusche und den kleinen Laden", schlug Uwe vor. Anja nickte und ihre erste Suche begann. Schnell hatten sie die gewünschten Orte gefunden und waren froh, dass ihr Platz so dicht an den Sanitäranlagen lag.

Das würde vieles einfacher machen. Nun aber weiter zum Strand. Da lag er nun vor ihnen, der Diemelsee. Auch von hier hatte man einen wunderschönen Blick auf das Gewässer. „Hmmm ein Platz direkt hier vorne, wäre auch toll gewesen", sagte Anja. Aber sie erkannten dann doch recht schnell, dass so ein Platz auch mit viel Lärm verbunden war und es sah auch aus, als ob diese Plätze alle von Dauercampern besetzt waren. Zumindest sprachen die eingezäunten Wohnwagen, mit gestylten Vorgärten, ihre eigene Sprache.

Auf dem Rückweg schauten sie noch kurz in dem kleinen Laden vorbei, um zu sehen, was sie Notfalls dort erwerben könnten. Die Preise waren dann doch etwas anders als im Supermarkt, aber für das Nötigste war auch hier gesorgt. Am Zelt angekommen, bereitete Anja einen Kaffee und sie machten es sich an ihrem kleinen Klapptisch, soweit es ging gemütlich. Uwe holte noch ihren Ordner, der inzwischen aus der Zettelsammlung entstanden war, heraus um alles noch einmal anzuschauen. Das war der Moment, wo Ulrike und Bernd eintrafen. Es gab eine freudige Begrüßung und dann war Nachbarschaftshilfe beim Ausladen und beim Zeltaufbau angesagt. Zu viert hatten sie das schnell erledigt und das Erste was Bernd danach aufbaute war ein Grill. Der arme Kerl schien mächtig hungrig zu sein.

Während die Frauen sich noch mit der Einrichtung im Zelt beschäftigten, standen die Männer am Grill und versuchten, die Holzkohle zu entzünden. Nach ein paar Versuchen und wilden Pusten gelang es ihnen auch tatsächlich. Nun wurden die Kühltaschen mit dem Fleisch und den Würstchen geplündert und alles auf dem Rost platziert. Hier, wie an vielen anderen Stellplätzen, entstieg dem Grill ein hungrig machender Duft, der dann auch die Frauen aus dem Zelt lockte. Jetzt wo sie es rochen, bekamen auch sie Hunger. Bernd scherzte schon mal: „Pass auf Uwe, gleich kommt der Spruch, Du musst auch Gemüse mitgrillen." Er hatte den Satz kaum ausgesprochen, allerdings nur so laut, dass Uwe es hören konnte, da folgte der Satz auch schon aus Ulrikes Mund. Die Männer lachten laut los und die Frauen wunderten sich worüber. Aber es wurde Nichts verraten, sie behielten es für sich. Ganz im Gegenteil, Uwe setzte noch einen oben drauf und sagte lachend: „Wir können ja ein Rätsel daraus machen und wenn ihr die Lösung habt, vielleicht lacht ihr dann auch."

Es war einfach herrlich, so mit Freunden in der freien Natur. Anja spürte förmlich, wie der ganze Stress der Arbeit und der Ärger mit den Kolleginnen von ihr abfiel. So könnte es immer sein, dachte sie. Bernd konnte es gar nicht abwarten, sein Steak zu probieren.

Man sah dem Stück Fleisch zwar noch an, dass es recht roh war, aber Bernd musste einen Mordshunger haben. „Schon fast gut", hörte man ihn mit vollem Mund sagen. Die anderen warteten lieber noch etwas und das war auch eine gute Entscheidung.

Jetzt kam auch heraus, warum Bernd so hungrig war. Ulrike erzählte, wie er schon den ganzen Morgen so aufgeregt war, dass er nicht frühstücken konnte. Dann unterwegs hatte er sie immer gefragt, ob sie denn nicht noch einmal anhalten wollten, um etwas zu essen. Aber Ulrike hatte das mit einem Lachen immer wieder verneint. Sie kannte seine Art, es war immer so, dass er vor der Fahrt so nervös war.

Am Nachmittag wollten sie sich ein paar Sehenswürdigkeiten und besondere Aussichtspunkte anschauen. Da sie hier am Diemelsee nur 2 Tage bleiben würden, hatten sie alle Rätsel auf den Edersee verschoben und waren auch der Meinung, die ersten beiden Tage einfach mal zur Erholung zu nutzen. Am Abend dann würden sie sich bei einem Glas Wein zusammensetzen und versuchen beim großen Rätsel weiter zu kommen.

Für ihre Tour rund um den See nahmen sie das Auto von Anja und Uwe, dass ihnen nun ja leergeräumt, eine Menge Platz bot. Sie fuhren die Randstraße entlang und immer wieder, wenn ein Aussichtspunkt oder ein vielversprechender Parkplatz kam, hielten sie an, schauten sie um und machten Fotos. Dann entdeckte Bernd einige Angler. Nun war er nicht mehr zu halten. Als passionierter Angler musste er einfach hingehen und zuschauen, bzw. einige Fragen stellen. „Den sind wir los", war Ulrikes Kommentar dazu. „Ich ahne es schon, bestimmt hat er irgendwo seine Fliegenrute und das restliche Zubehör versteckt, ich kenne ihn nur zu genau", fügte sie dem noch hinzu. Dass Bernd ein Angler war, hatte er noch gar nicht erzählt. Ulrike erklärte dann, dass er zwar nur selten zum Angeln ging, aber in jedem Urlaub seine Ausrüstung irgendwo doch versteckt hatte. Sie schauten noch einen Moment zu, dann ließ auch Bernd sich erweichen wieder mitzukommen. „Ich weiß gar nicht, ob meine Angelsachen noch in der alten Zelttasche sind", holte Bernd aus. Ein großes Gelächter entstand und er fühlte sich irgendwie ertappt.

Den Abschluss der ersten Besichtigungstour bildete die imposante Staumauer. Uwe hatte alle technischen Daten zur Hand und tat diese auch gern kund. Jeder hörte sie, aber keiner merkte sich diese Daten. Es schien im Vergleich zur Wirkung, die das Bauwerk auf sie hatte, auch verschwindend unwichtig. Nur als Uwe dann darüber sprach, dass im 2. Weltkrieg einige Staumauern zerstört wurden, diese aber nicht, da waren die anderen aufmerksamer. Sie stellten sich bildlich vor, wenn ein riesiges Loch in dieser Mauer wäre, was dann mit den Wassermassen passieren würde. In einer gewaltigen Flut würden sie zu Tal rasen und alles, was sich unterhalb der Staumauer befand, würde hinweg gerissen. „Das muss ja mehr als schrecklich gewesen sein", sagte Ulrike aufgeregt. Uwe verwies darauf, dass sie darüber am Edersee dann mehr erfahren würden, da dieser ja 1943 davon betroffen war. Mit diesem leicht schaurigen Gedanken verließen sie wieder die Mauer und fuhren etwas nachdenklich zurück. „Schlimm, wie die Menschen gegenseitig Unheil über sich bringen", fasste Anja die Situation zusammen. „Im Großen wie im Kleinen, im Krieg wie im Alltag", vervollständigte Uwe die Angelegenheit.

Wieder am Campingplatz angekommen, erwarteten alle, dass Bernd gleich wieder den inzwischen abgekühlten Grill anwerfen würde. Aber dem war nicht so. Bernd war irgendwie suchend am oder fast schon im Auto verschwunden. Somit kümmerten sich die anderen um das Feuer. „Da ist sie ja, so ein Zufall", hörten sie ihn rufen. In der Hand hielt Bernd eine Fliegenrute, einen Kescher und noch ein kleines Köfferchen. „Ja wie jedes Jahr, sind die Angelsachen zufällig im Auto, ist schon komisch", lachte Ulrike. Sie wusste, er würde das niemals lassen. Aber sie gönnte ihm diesen Moment, wo er alles scheinbar völlig zufällig fand. Prompt schleppte Bernd alle seine Fundstücke zum Tisch, blockierte sämtlichen Platz und begann mit diversen Bastelarbeiten. Er war so in seinem Element, dass er noch nicht einmal bemerkte, dass die anderen drei an den Tisch von Anja und Uwe ausgewichen waren und mit dem Essen begonnen hatten. Erst das Klappern des Geschirrs und das Knurren seines Magens, brachten auch ihn endlich dazu, seine Arbeiten einzustellen und sich den anderen wieder anzuschließen.

„Vielleicht könnte ich nach dem Abendessen, hier am Strand noch ein paar Probewürfe machen", warf Bernd einfach mal so ein. „Wag Dich", war Ulrikes kurze, aber bestimmte Antwort darauf. Es wurde vereinbart, dieses am Edersee, wo sie doch ein paar Tage länger Zeit hatten, auszuführen.

Nach dem Essen dann wurden beide Tische zusammengestellt, Ordner und Zettel hervorgeholt und sie machten sich über die ersten Rätsel in der Nähe des Edersees her. Sie hatten eine recht anspruchsvolle Kategorie ausgewählt, aber zu viert, sollte das wohl lösbar sein. Recht schnell hatten sie die Koordinaten heraus bekommen, aber das alleine genügte ja noch nicht. Es war ja auch immer wichtig, dass angedachte Versteck zu finden. Am besten konnte man dies zwar direkt vor Ort, aber es konnte ja nicht schaden, sich schon mal einen Überblick zu verschaffen. So war die Rede von einer dicken Nazigröße, die der Nachwelt einen Bärendienst erwiesen hatte. „Haben sie das nicht alle getan?" Kam Bernds Frage. Die anderen nickten nur und schauten weiter. Die Anzahl der Bären in Metern nach Süden an dem Punkt, wo sie eigentlich immer sein sollten, da liegt der Schatz vergraben. Mit einer Eingabe der wichtigen Worte in eine Suchmaschine des Internets hätte hier sicher schnell für Klarheit gesorgt, aber das wäre nicht standesgemäß. So wurden Reiseführer und Karten hervorgekramt. Nun waren die Tische mit Papier völlig eingedeckt.

In einem der Reiseführer fanden sie etwas über die Waschbärenplage in der Region Nordhessen. Nun musste aber doch die Suchmaschine herhalten. Schnell fanden sie so heraus, das Hermann Göring dort 4 Waschbären aussetzen ließ, die sich ohne natürliche Feinde, unheimlich vermehrt hatten. Es gab zwar noch jede Menge Text über Waschbären und Hermann Göring, aber der half ihnen im Moment nicht weiter. Den Rest mussten sie vor Ort klären.

Das zweite Rätsel beschrieb ein Tal mit einer Fischerhütte. Der entscheidende Satz für Bernd war: „Du angelst nicht im Teich, Du angelst nicht im See, Du bist genau dazwischen und fällst Du rein, tust Du dir weh." Das war ja nun etwas für ihn. Sie müssten auf alle Fälle die Angel mitnehmen, nur gut, dass er sie zufällig gefunden hatte. Bernd erhielt mal wieder sein Gelächter und war fast etwas pikiert. Aber nur für einen Moment, dann musste er selbst über sich lachen.

Im Anschluss sprachen sie noch über das große Rätsel. Jeder trug dazu bei, was sie ohnehin schon wussten. Sie kamen hier einfach nicht weiter. Die einzige Neuigkeit war, dass es hier in der Gegend keine Hügelgräber gab und sie nach so etwas keine Ausschau halten mussten. Auch Ulrikes Einwand, dass wenn man davon ausginge, alle Toten in den Himmel kamen und sich somit die Lebenden ohnehin unter den Toten befanden, wurde verworfen. Es schien zu abwegig und wie käme man so auch auf 150 Seelen. Es schien nahezu unlösbar. In aller Gemütlichkeit und mit dem Alkohol auch zunehmend immer wilderen Spekulationen, gingen sie erst spät in ihre Zelte. Es war ein gelungener, ja wunderschöner Abend gewesen.

Am nächsten Morgen vermissten sie Bernd beim Frühstück. Ulrike erzählte, dass ihm der Wein wohl nicht so bekommen wäre und er sich seit geraumer Zeit auf Toilette befand. Erst als sie schon fast fertig waren, da kam er angerannt und schrie schon von weitem: „Ich hab was, ich weiß was". Alle blickten ihn erstaunt an. Dafür das er so „krank" war, sah er ziemlich munter aus. Noch im Ankommen begann er zu reden: „Der Wein ist mir auf die Verdauung geschlagen, jetzt weiß ich die beiden ersten Zahlen von den zweiten Koordinaten". Alle schauten sich fragend an. „Darmesqual, na der Ort bei Darmesqual, das ist das WC oder auch „00" genannt", kam es aus Bernd freudig heraus. Ohne Länger darüber nachzudenken, wussten sie, er hatte Recht. Genau das war es. Schnell trug Uwe diese Eingebung auf seinem Zettel ein. Wieder war ein Stück geschafft. Irgendwann würden sie es schon noch heraus bekommen.

Den Rest des Tages verbrachten sie damit, die andere Seeseite zu erkunden. Heute waren sie mit 2 Autos aufgebrochen. Während die Frauen noch eine Shoppingtour in der nahen Kleinstadt machen wollten, hatten Uwe und Bernd vor eine Bootstour über den See zu genießen. Sie verabredeten sich dann erst wieder zum Abend am Grill. Dann würden sie auch mit dem großen Rätsel fortfahren.

Bernd und Uwe suchten sich einen Parkplatz in der Nähe des Bootsanlegers. Sie waren froh draußen zu sein und nicht von Geschäft zu Geschäft laufen zu müssen. Jetzt würden sie gemütlich bis zum Anleger wandern und sich dann fein über den See kutschieren lassen. Einfach mal nur genießen ohne etwas tun zu müssen. Uwe hatte die Fotokamera mitgenommen und Anja versprochen, ein paar schöne Erinnerungsbilder zu machen.

Da kam sie auch schon, die weiße Pracht vom Diemelsee. Eines der für solche Stauseen üblichen Motorschiffe. Man konnte auf dem freien Oberdeck sitzen oder aber bei schlechtem Wetter im geschützten unteren Bereich. Wie es sich für wahre Männer gehört, nahmen Uwe und Bernd natürlich oben Platz. Die Reise ging in einem Zick Zack Kurs über den kompletten See. An verschiedenen Anlegern stiegen Leute ein und aus. Immer wieder hinter einer Biegung, die der See machte, tat sich eine völlig neue Perspektive auf. Viele kleine Segelboote und einige Surfer waren auf dem See zu sehen und an den vielen privaten Anlegern lagen sogar ganz beachtliche Yachten, die scheinbar wie ein Wochenendhaus bewohnt waren.

Obwohl sie ja nun selbst auf einem Campingplatz ihr Zelt aufgebaut hatten, waren sich beide einig, wie schön muss es hier früher gewesen sein, als dieser ganze Rummel noch nicht da war. Jetzt sah man überall die Bootsanleger und es schien mehr eine Partystimmung als ernsthafter Segelsport zu sein. An den Parkplätzen standen die dicken Karossen, derer die sich so eine Yacht leisten konnten. Es war nicht der Neid, der hier aus ihnen sprach, sondern einfach nur das Unverständnis über den Umgang mit der Natur.

Eine Strecke hatten sie schon zurückgelegt und Uwe hatte schon eine Menge Bilder im Kasten. Auf der Rückfahrt gönnten sie einen Kaffee und genossen den Sonnenschein. Das sanfte Schaukeln des Schiffes hatte Bernd in den Schlaf gewogen. Die letzte Nacht war für ihn wohl doch kurz und anstrengend gewesen. Aber immerhin hatte sie den Erfolg mit dem „00" gebracht. Auf dem Edersee würden sie wieder so eine Fahrt machen, dort dauerte die dann auch viel länger, da dieser ja über die mehrfache Wasserfläche verfügte. Die Seen waren jetzt im Frühjahr sehr gut mit Wasser gefüllt, fast bis zur Oberkante stand es. Bernd erzählte, als er wieder wach wurde, wenn er und Ulrike im Spätsommer hier wären, dann wäre das ganz anders. Die Seen wurden ja als Wasserspeicher für die Schifffahrt auf den Flüssen genutzt. Gab es dann einen trockenen Sommer, dann würden Unmengen an Wasser abgelassen, so dass die Schiffe auch weiterhin die Flüsse benutzen konnten. Heute waren sie zwar mehr eine Geldquelle für den Tourismus, aber zur Zeit des Baues war daran noch gar nicht gedacht worden. Für die Bevölkerung, in dieser sonst so öden Gegend, war das natürlich ein wertvoller Wirtschaftsfaktor.

Das Schiff legte wieder an, Uwe und Bernd gingen, erholt von Bord und freuten sich schon auf ein kräftiges Abendessen. Zurück auf dem Campingplatz waren sie noch vor den Frauen angekommen. Diese schienen sich noch in den Geschäften zu tummeln. Zusammen bereiteten sie den Grill vor, deckten schon die Tische ein, so dass die beiden, wenn sie zurück wären, sich nur noch hinsetzen brauchten. Als hätten sie nur darauf gewartete, dass die Männer die Arbeit schon gemacht hatten, erschienen Anja und Ulrike auch. Sie hatten einiges an Taschen und Tüten zu schleppen. Uwe bekam schon Angst, wo dies noch alles beim Beladen des Autos Platz finden sollte.

Wie es sich aber später herausstellte, waren es fast mehr Tüten, als Dinge die sie gekauft hatten. Für Uwe und Bernd hatten sie noch je einen Kompass mitgebracht. „Damit ihr auch immer die richtige Richtung findet", hatte Ulrike das begründet. In Wahrheit, so wussten Bernd und Uwe, wollten sie damit nur von ihren Einkäufen ablenken. Mit Rücksicht auf die Fahrtüchtigkeit am nächsten Morgen, wollten sie heute Abend auf den Rotwein verzichten. Nach dem Abendessen gingen sie noch an den nahen Strand und bummelten dort entlang. Die Abendsonne tauchte den See in ein wunderbares Licht und es war ein Moment der absoluten Zufriedenheit. Als sie alle zusammen dicht beieinander dem Sonnenuntergang zuschauten, sagte Anja: „Wir sind sehr froh darüber, Euch kennengelernt zu haben." „Das geht uns nicht anders", antwortete Ulrike. Sie waren schon eine eingeschworene Gemeinschaft.

Nach dem Frühstück, am nächsten Morgen, wurden die Zelte abgebaut, alles soweit wie möglich gut verstaut und dann sollte die Fahrt gemeinsam zum Edersee weitergehen. Uwe wunderte sich, dass trotz Anjas Neuanschaffungen alles seinen Platz fand. Der Kauf des Wagens, der ihn manchmal doch ein etwas schlechtes Gewissen bereitet hatte, zahlte sich nun doch noch aus.

Die Strecke bis zum Edersee, war an sich nicht weit, doch ihr Campingplatz lag so, dass sie einmal komplett drumherum mussten. Es war die schönste Strecke, die Uwe bisher gefahren war. Der See, immerhin 27 KM lang, war komplett mit einer Randstraße versehen. Jeder Bucht, jeder Biegung des Sees folgte die Straße. Nur langsam kamen sie voran und das war gut so. Uwe genoss jeden Kilometer und dachte daran, wie es gewesen sein musste, als hier früher noch Motorradrennen gefahren wurden. Den armen Kerlen muss ja völlig übel gewesen sein, es folgte einfach Kurve auf Kurve.

Die Hänge an den Seiten waren zum Teil enorm steil. An vielen Stellen von Netzen geschützt, da sonst der Steinschlag des doch brüchigen Schiefers, immer wieder die Straßen unbenutzbar gemacht hätte. Man konnte sehen, wie sich unten in den Stahlnetzen die dicken Brocken gesammelt hatten. Ohne diese Netze wäre es bestimmt gefährlich gewesen, hier lang zu fahren. Der See ließ sich außer, dass er ebenfalls ein Stausee war, nicht mit dem Diemelsee vergleichen. Die Ausmaße waren doch ganz andere.

Hoch über dem See thronte die Burg Waldeck. Das Wahrzeichen des Landkreises. Falls keines ihrer Rätsel sie dorthin führen sollte, würden sie auf jeden Fall einen Abstecher dahin machen. Es musste eine gigantische Aussicht von dort sein. Die alten Ritter hatten schon gewusst, wo es sicher ist. So weit oben auf dem Berg, war die Burg bestimmt nur schwer zu stürmen gewesen. Nur die armen Arbeiter taten Anja leid, die alles hatten den Berg hinauf schleppen müssen.

Jetzt kamen sie ihrem Ziel immer näher. Schon konnten sie die imposante Sperrmauer sehen. Ein gar monströs anmutendes Bauwerk. Sie durfte sogar mit dem Auto befahren werden, aber leider nur von der anderen Seite. Als sie daran vorüber waren, konnte Anja, die nach hinten schaute, die ganze Größe der Mauer erkennen. Es war ein Schauspiel, wie durch die oberen Wasserdurchlässe das Nass in die Tiefe stürzte und dann als Fluss Eder weiterfloss. Im nächsten Ort mussten sie abbiegen, noch einmal einen steilen Berg hochfahren und dann lag wieder der See vor ihren

Augen. Jetzt war es nicht mehr weit bis zu ihrem Campingplatz. Dieser Platz lag terrassenförmig an einem Steilhang. So hatte jeder Besucher freie Sicht auf den See. Zwar war der Campingplatz nicht groß, aber dafür war die Aussicht einfach phänomenal.

Es brauchte schon fast einige Kunststücke, um mit dem Auto an den richtigen Platz zu kommen. Für die nächsten Tage würden sie dann einfach eins außerhalb parken, so dass sie nicht immer wieder diese Tortur hinter sich bringen mussten.

Endlich da. Auspacken, Aufbauen und den Rest des Tages genießen, so war der Plan. Der Ort hieß Bringhausen, zu dem der Campingplatz gehörte. Allerdings lag der Ort selbst noch ein Stück weiter oben im Wald und man musste eine S-Kurve und einen Hang hinauf fahren, um dort hinzugelangen. Gleich am Mittag machten sie sich auf eine erste Erkundungstour zu Fuß. Langsam schlenderten sie die Straße herunter zum See. Schon aus einiger Entfernung konnten sie den Strand sehen. Auch eine Surfschule, ein paar kleine Läden und Restaurants, sowie eine Aalräucherei fanden sie. Dann war dort noch eine Stelle, wo große Yachten zu Wasser gelassen werden konnten. Eine hing gerade an einem großen Kran und viele Leute standen neugierig drumherum. Bernd und Uwe aber zog es wie magisch zur Aalräucherei. Der Magen knurrte und Uwe sprach: „Ich höre ganz deutlich, wie mein Magen das Wort Aal geknurrt hat."

So kam Uwe zu seinem ersten geräucherten Ederseeaal. Als er damit fertig war, hatte er diese Räucherei gleich als festen Anlaufpunkt in sein Tagesprogramm übernommen. „Das war bestimmt nicht der letzte", war sein einschlägiges Urteil zur Qualität des Fisches. Auch die anderen ließen sich nicht lange bitten und suchten sich das aus, worauf sie Lust hatten. Gut gestärkt gingen sie am See entlang den Weg zurück. Leider gab es am Steilhang nicht nur den Campingplatz, sondern auch eine Unzahl von Wochenendhäusern, so dass hier unheimlich Betrieb herrschte. Natürlich war Pfingsten sicher auch eine der Zeiten, wo am meisten Betrieb hier am See herrschte. Schon die volle Randstraße hatte darauf hingewiesen.

Am Nachmittag hatten sie wieder mit allerlei Kartenmaterial die Tische zugepflastert. Sie machten schon den Plan für den morgigen Tag. Dann wollten sie in einer großen Wanderung die ersten beiden Rätsel lösen. Die Wanderstrecke war nicht ohne, es waren schon deutlich über 10 Kilometer. Für Städter und Bürohengste eben eine Herausforderung, zumal es nicht eben dahinging, sondern wie die Höhenlinien der Karten zeigten, schon einige Täler und Berge auf dem Weg lagen.

Die Männer machten die Wegplanung, die Frauen bereiteten das Abendessen vor. Als alle pappsatt waren, schlug Uwe vor, sich doch noch etwas zu bewegen. Sie sprachen verschiedene Möglichkeiten durch, dann in Anbetracht der langen Strecke am morgigen Tag, legten sie sich auf eine Partie Minigolf fest. Die Minigolfanlage lag direkt neben dem Campingplatz, so dass es mit der Bewegung sich in Grenzen hielt. Das Spiel Männer gegen Frauen, konnten die Damen mit 2 Schlägen Vorsprung für sich entscheiden. Leicht frustriert, zumindest was das Herrenteam betraf, wurde der kurze Rückweg angetreten. Bei einem Glas Wein mit den letzten Vorbesprechungen für den morgigen Tag, beendeten sie den Abend.

Neben einem reichlichen Frühstück am Morgen musste noch für Wegzehrung gesorgt werden. Als die Rucksäcke mit allen nötigen Geräten für die Suche bestückt waren, machten sie sich auf den Weg. Schon der Anstieg zum Ort Bringhausen, nahm ihnen fast die Luft. Sie waren es einfach nicht gewohnt, solche Anstiege zu laufen. Der Ort in seiner alten Substanz war nicht sehr groß. Es gab eine Kirche, eine Gaststätte, einen Imbiss und einige Wohnhäuser. Das Gesamtbild hier wurde dann aber wieder von jeder Menge Ferienhäuser gestört. Als sie langsam aus dem Ort in Richtung Wald weitergingen, erzählte Bernd noch aus seinem Wissensfundus, dass dieser Ort beim Anstauen des Sees neu aufgebaut wurde. Der ehemalige Ort war in den Fluten versunken. Sogar die Kirche hatte man damals abgebaut und hier wieder neu errichtet. Nach wenigen hundert Metern standen sie vor einem großen Gattertor. Das ganze Gebiet hier war umzäunt und als Naturschutzgebiet ausgewiesen. Der gut zu laufende Weg, durfte allerdings von Forstfahrzeugen und den Anliegern der beiden Ortschaften am jeweiligen Ende zur Durchfahrt genutzt werden.

Uwe öffnete das schwere Tor und als alle hindurch waren, ließ er es wieder zufallen. Jetzt waren sie in einem tiefen Mischwald. Der Weg schlängelte sich langsam dahin und es schien irgendwie immer nur bergauf zu gehen.

Nach 2 Kilometern kamen sie an ein einsames Grab. Dieses war von einem kleinen Jägerzaun umgeben und auf der Inschrift konnten sie lesen, dass sich früher hier ein Revierförster hatte beerdigen lassen. „Welch ein schöner Ort, der kannte sich wirklich aus", sagte Ulrike. Sie blieben einen Augenblick andächtig stehen, dann folgten sie weiter ihrem Weg. Eine Viertelstunde später, kamen sie an eine Kreuzung mit einer großen Lichtung. Dort standen noch andere Wanderer und offensichtlich ein Einheimischer. Den mussten sie unbedingt befragen.

Sie warteten höflich ab, bis die anderen Wanderer ihren Weg gefunden hatten, dann sprach Anja den Mann an: „Entschuldigen Sie bitte, wir haben da mal ein paar Fragen, Sie sehen so aus, als würden Sie sich hier auskennen". Der Mann nickte freundlich und erwartete nun die Fragen nach dem Weg. Aber es kam etwas anders. Zuerst wollte die Gruppe wissen, was es denn mit dieser scheinbar künstlichen Lichtung auf sich hatte. Er erklärte ihnen, dass hier früher immer Volksfeste mit Tanz stattgefunden hätten. Dieser Platz lag genau zwischen den sich anschließenden Orten, eben Bringhausen und Gellershausen. Es war sozusagen eine Art Treffpunkt auch zum Kennenlernen für spätere Paare.

Mit dieser Erklärung zufrieden, kam die Frage nach den Waschbären und Hermann Göring. Auf das Thema Waschbären war der Mann nicht so gut, zu sprechen, er betitelte sie als Biester. Aber trotzdem wollte er ihnen gern behilflich sein. Es gäbe gar nicht weit von hier, ca. 2 Kilometer, eine alte Jagdhütte, die trug den Namen Hermann Göring Hütte. Dort so sagte er, wurden damals die Biester freigelassen, die heute jeden Obstbaum plündern würden. Die Hütte würde direkt am Wege liegen und später, wenn sie dem Weg weiter folgen würden, kämen sie durch das wunderschöne Banfetal. Dort würden sie dann eine große ehemalige

Fischerhütte finden und eine verlassene Teichanlage, die über einen kleinen Ablauf in den Edersee mündete. Vor dort aus kämen sie dann wieder direkt am See entlang Richtung Bringhausen. Es wäre ein wunderschöner Rundgang, den er nicht besser hätte auswählen können.

Mit seiner freundlichen und ausführlichen Erklärung hatte der Mann ohne es zu wissen, schon ihre zweite Frage beantwortet. Die Gruppe bedankte sich höflich und ein jeder ging seinen Weg. „Die Menschen hier scheinen ausgesprochen freundlich zu sein, das ist mir jetzt schon mehrfach aufgefallen", sagte Ulrike. Die anderen stimmten ihr zu. „Das liegt bestimmt an dieser zwar wunderschönen, aber sicher nicht immer ganz einfachen Landschaft", fügte Anja noch hinzu. Es schien so, als würde sie die Natur miteinander verbinden und so einen ganz anderen Umgangston mit sich zu bringen.

Sie bogen gleich an der nächsten Kreuzung wieder rechts ab, so wie der freundliche Herr es ihnen beschrieben hatte. Immer noch ging es leicht bergauf und sie konnten sich gar nicht vorstellen, wie hoch sie schon sein mussten. Nach ungefähr einem Kilometer mündete ein weiterer Weg auf den ihrigen. Nun konnten sie schon die Jagdhütte sehen. Es war eine recht massiv gebaute Hütte, mit einer wunderschönen

Terrasse, die zum Verweilen einlud. Endlich eine Rast, kam es wie aus einem Munde.

Die Hütte war aus starken braunrot gefärbten Bohlen gebaut. Es schien ein Bauwerk für die Ewigkeit zu sein. Leider war sie verschlossen, genauso wie die Fensterläden. Es wäre bestimmt interessant gewesen, hier einmal hinein schauen zu dürfen. Sie setzten sich erstmal, die Brote wurden aus dem Rucksack geholt, Kaffeekanne und Becher verteilt und dann folgte eine zünftige Rast. Nach einiger Zeit als sie fertig waren, machten sich Uwe und Bernd auf, die Tassen kurz auszuspülen. Sie hatten in geringer Entfernung eine Schwengelpumpe entdeckt. Sie mussten einige Male pumpen, dann kam auch das Wasser. Aus einiger Entfernung hörten sie Anja lachend rufen: „Guck mal Ulrike, unsere persönlichen Waschbären sind bei der Arbeit".

Sie wusste ja nicht, wie Recht sie damit hatte. An einem Ort, wo die Waschbären sich aufhalten müssten, kam es Bernd in den Sinn. Vier Waschbären gleich 4 Meter. Er holte seinen neuen Kompass heraus, Schaute wo Süden war, machte vier große Schritte und rief: „Hier müssen wir buddeln, hier muss es sein". Etwas überrascht kamen die Frauen mit den Rucksäcken und den Geräten an. Sie kramten den Klappspaten heraus und Uwe war es vorbehalten, dass Loch zu graben. Er brauchte nicht lange, da stieß er schon auf eine Metallkassette. Schnell war diese geöffnet und hervorkamen 4 kleine Plüschwaschbären und ein Zettel, auf dem stand: „Bitte nicht freilassen". Anja hätte am liebsten einen von den hübschen Bären mitgenommen, aber das Verbot natürlich die Regel. Also blieb nur übrig ein Foto zu machen und dann kam die ganze Bärenbande wieder zurück in die Kassette.

Da sie noch ein gutes Stück Weg vor sich hatten, machten sie sich auf die Socken. Endlich ging es mal ein Stück seicht bergab. In einigen langen Kurven schlängelte sich der Weg so ins Tal. Ohne Karten, Kompass und Navigationsapp wären sie hier, so tief im Wald, hoffnungslos verloren gewesen. Wie zur Bestätigung sagte Bernd noch: „Der größte zusammenhängende Buchenwald in Deutschland." Damit war das Gefühl bestätigt. Immer wenn sie nun dachten, nach der nächsten Kurve müssen wir aber unten sein, zeigte sich schon die kommende Schleife.

Aber dann war es doch soweit, der Weg ging wieder geradeaus und folgte einem kleinen Bergbach. Ein langes, schmales Tal, mit hohen Bergen an den Seiten lag vor ihnen. Ein imposanter Anblick. Hier zu wandern, war eine Erholung für die Seele. So unverbraucht war die Natur. Schon aus großer Entfernung konnten sie eine große Hütte, nein eher ein

Haus, sehen. Das musste die ehemalige Fischerhütte im Banfetal sein.

Je dichter sie kamen, desto schöner wurde der Anblick. Uwe musste immer wieder stehenbleiben und Fotos machen. Aus hellen Bruchsteinen war das ganze Haus erbaut. Es passte sich in L-Form malerisch in die Umgebung ein. Als sie etwas von Fischerhütte gelesen und gehört hatten, war kein Moment der Gedanke an so ein wunderschönes, großes Haus gekommen. Hier wohnen zu dürfen, musste ein wahres Glück sein. Der kleine Bach floß direkt am Haus lang und dahinter konnten sie einige nicht mehr bewirtschaftete Teiche erkennen. Es war ein uriges Gelände, wie im Märchenwald. Dann hörten sie ein lautes Fliessgeräusch. Hinter den Teichen mündete der Bergbach in ein Wehr und was man bis wenige Meter davor noch nicht hatte sehen können, in den Edersee. Ein Traum von einer verlassenen Bucht lag vor ihnen. Ulrike sagte seufzend: „Ich will hier nie wieder weg." Das war genau das Gefühl, welches sie alle hatten. Es war unbeschreiblich ruhig und schön. Kein Fahrweg, außer für den Forst", führte zu diesem Ort. Es war der Edersee in seiner ursprünglichsten Form.

„Wir sollten vor lauter Natur aber unser Rätsel nicht vergessen", warf Bernd ein. „Stimmt, da war doch noch was", fügte Anja hinzu. Uwe holte seine Zettel hervor und las: „Du angelst nicht im Teich, Du angelst nicht im See und fällst Du hinein, dann tust Du Dir weh." Als sie genau zwischen dem Wehr und dem See auf der Brücke standen, wussten sie, dass sie hier richtig waren. Genau hier war es. Nicht mehr in den Teichen, aber auch noch nicht im See, sondern direkt hinter dem Wehr wo das Wasser herunterfiel.

Nun war Bernd gefragt, er hatte die Angel schon ausgepackt und einen mächtigen Haken an der Schnur angebunden. Jetzt senkte er die Schnur, welche mit einem schweren Blei bestückt war, hinab. Er brauchte einige Versuche, bis er einen Widerstand spürte. Dann bog sich die Spitze der Angelrute stark und Bernd zog kräftig an ihr.

Es war wieder mal ein mit Steinen beschwerter, verschlossener Eimer, den Bernd am Haken hatte. Neugierig öffneten sie den Eimer und fanden einigen alte Fotos und einen Zettel. Auf dem Zettel war notiert: „Die Fotos stammen aus dem Jahre 1983, als hier die Welt noch in Ordnung war." Das konnten sie nun gar nicht deuten; denn die Natur war hier doch noch unberührt. Sie schauten sich die Bilder an und entdeckten Aufnahmen von der Fischerhütte, von der Brücke, auf der sie standen und der Bucht. Aber auch einige, die scheinbar hinter der Bucht entstanden waren und die ganze Schönheit des Sees zeigten. Sie fotografierten ihren Schatz und machten sich weiter auf den Weg.

Langsam schlenderten sie die Bucht entlang und folgten dem hölzernen Hinweisschild: „Bringhausen." Kaum kamen sie um die erste Kurve der Bucht, da wussten sie, was der Schreiber des Zettels gemeint hatte. Ein riesiger Bootsanleger mit vielen Yachten, einem großen Parkplatz, lauter Musik und unzähligen Menschen war hier entstanden. Die ganze Schönheit der Natur war dem Kommerz gewichen und wurde mit Füßen getreten. „Ich könnte heulen vor Wut", waren Bernds Worte. Auch die anderen drei hatten ein ganz komisches Gefühl im Bauch. Wie konnte man so etwas nur machen. Diese ganze bisher so wunderschöne Wanderung war mit einem Schlag dahin. „Die Gier der Menschen zerstört einfach alles", sagte Anja und dann gingen sie mit traurigen Gesichtern weiter.

Für das folgende Schöne, auch die Segelboote auf dem See, hatten sie den Blick verloren. Zu brutal war dieser Einschnitt gewesen. „Erinnert ihr Euch noch an das große Rätsel?" Fragte Anja. „War da nicht die Rede vom Seil der Raffgier?" Fügte Ulrike hinzu. So richtig konnten sie es noch nicht zuordnen, Uwe aber versprach es in seine aufgezeichneten Gedanken mit aufzunehmen. Am Abend würden sie sich mal wieder in die Community einloggen und nochmal nachschauen, ob sich schon wieder neue Kommentare zum besonderen Rätsel fanden. Anja wurde immer sicherer, dass es was mit ihnen und ihrem Leben zu tun hatte.

Am Abend dann, wieder auf dem Campingplatz, ließen sie ihren Tag noch einmal Revue passieren. Bis auf den schlimmen Einschnitt war es ja nun doch eine wundervolle Erfahrung gewesen, die sie gemacht hatten. Sie hatten beide Schätze geborgen, eine tolle Wanderung gemacht und wenn sie es zugeben müssten, doch eine Menge schöner Natur gesehen.

Jetzt aber wurde es Zeit für einen Blick in die Community. Das mit dem Seil war schon so, wie sie es sich unterwegs gedacht hatten. Neue Kommentare oder Ideen aber gab es nicht, scheinbar hatten alle die Lösung aufgegeben. Es hatte immer mehr den Anschein, als ob sie es sein müssten, die das Rätsel lösen würden. Ewig lange Zeit durften sie sich aber nicht mehr lassen, war doch davon die Rede, dass es nur noch in diesem Jahr möglich war. Für den morgigen Tag nahmen sie sich eine Besichtigung der Sperrmauer und der Burg Waldeck vor. Ein Tag ohne Suche nach Schätzen.

Kaum gefrühstückt, machten sie sich auf die kurze Fahrt. Noch waren nicht so viele Menschen an der Staumauer, da konnten sie sich in Ruhe dieses riesige

Bauwerk anschauen. Sie schlenderten hinüber und fanden auch einige Schrifttafeln, die noch einmal über die Geschichte der Entstehung, aber auch über die Zerstörung durch Bomben im Mai 1943, erzählten.

Der Edersee war in den Jahren vor dem Ersten Weltkrieg geflutet worden. Der Bau der Mauer hatte einige Jahre gedauert. Im See waren 3 Dörfer sowie eine alte Burg und einige Güter mit untergegangen. Die Menschen wurden umgesiedelt, ja selbst die alte Kirche von Bringhausen war ab- und später im neuen Ort wieder aufgebaut worden. Bei Niedrigwasser konnte man noch heute einige der Gebäudereste, Brücken und den alten Friedhof von Bringhausen sehen. Bei der Zerstörung dann gab es eine Flutwelle, die bis zur Stadt Kassel reichte. Viele Menschen waren ertrunken und eine Menge an Infrastruktur war zerstört worden.

Sie stellten es sich grausam vor. In Anbetracht der Füllmenge zu dieser Jahreszeit musste es eine gigantische Welle gegeben haben. In den Dörfern unterhalb der Mauer hatte diese bestimmt schrecklich gewütet.

Die vielen kleinen Souvenirläden mieden sie lieber, da gab es nichts, was sie in irgendeiner Weise beeindruckt hätte. Weiter ging die Fahrt die Ederseerandstraße entlang. Nach ein paar Kilometern kam die Abzweigung zum Ort Waldeck. Dieser war direkt unterhalb der Burg gelegen. Es gab nun die Möglichkeit, mit dem Auto hinauf zu fahren, oder aber die Seilbahn zu benutzen. Ein Blick auf die Höhe, in der die Gondeln der Seilbahn liefen, ließ sie die Entscheidung zum Auto wählen.

Sie machten noch ein paar Fotos von der Seilbahn und sich dann mit dem Wagen auf den Weg die Serpentinen in Richtung Waldeck zu fahren. Die Straße zum Ort war enorm steil und hatte sehr scharfe Kurven. Fast bereuten sie schon, nicht die Seilbahn benutzt zu haben. Die Stadt Waldeck war schon ein ansehnliches Städtchen, das noch teilweise einen mittelalterlichen Flair besaß. Sie fanden einen Parkplatz der zur Burg gehörte und wie alle Besucher mussten sie das letzte Stück zu Fuß gehen.

Es war ein ewig alter Kopfsteinpflasterweg, der sie hinauf führte. Irgendwann kam der erste Torbogen, wo früher sicher für alle anderen der Zutritt durch Wachen geregelt war. Heute waren auf der Burg ein Hotel und ein Restaurant untergebracht. Aber es gab auch noch ein altes Verlies, durch das auch Führungen vorgenommen wurden. Erstmal gingen sie weiter; denn was sie als Nächstes sahen, waren 2 große alte Kanonen. Diese waren auf Erhöhungen platziert und wiesen in Richtung See. Nur ein paar Meter weiter endete die Burgmauer. Sie war so dick, dass man sich problemlos darauf setzen und den Fernblick genießen konnte. Ein kolossaler Blick auf den See war ihnen hier vergönnt. Uwe fühlte den Zwang, die Kamera heiß laufen zu lassen. Unzählige Fotos schoss er. Diesen Blick musste man genossen haben. Die Burg war so errichtet worden, dass alle Angreifer aus dem ehemaligen Tal, schon von weitem zu sehen und zu bekämpfen gewesen waren.

Noch vor dem Mittagessen, zu dem sie sich im hiesigen Restaurant entschlossen hatten, nahmen sie an einer Führung durch das finstere Verlies teil. Zuerst wurde ihnen ein tiefes Loch mit einem Gitter darüber gezeigt. Hier hinein wurden die Gefangenen geworfen, für die Lösegeld von den Rittern verlangt wurde. Bezahlten dann die Verwandten nicht, ließ man die armen Kerle dort einfach verhungern. Weiter ging es durch einige finstere Kammern, in denen die absurdesten Foltermaschinen standen. Dort konnten die Delinquenten durch Strecken, Gelenke zerquetschen, matern mit Dornen und vielen anderen Nettigkeiten zu Geständnissen überredet werden. So oft die Zeit des Mittelalters als besonders romantisch dargestellt wurde, hier zeigte sie sich von einer ganz anderen Seite, nämlich von der düsteren.

Trotz dieser menschlichen Abgründe, die sie auf der Führung erfahren hatten, drängte ihr Hunger sie nun in das Restaurant. Neben dem Essen gab es hier als Zusatz wieder eine famose Aussicht.

Mit dem Gefühl, etwas gewaltiges gesehen zu haben, machten sie sich auf den Rückweg. Wieder die Serpentinen hinunter und den See entlang ging die Tour. Ulrike hatte sich schon über Bernds Ruhe gewundert, aber nun kam der Moment, wo er sich nicht mehr zurückhalten konnte. „Können wir nicht noch einmal kurz bei den Anglern anhalten", sagte Bernd. Mit einem Lächeln stimmten die anderen zu. Er könnte sich mit denen unterhalten und sie würden einfach ein bisschen am Ufer entlang spazieren gehen. Uwe wollte aber lieber bei Bernd bleiben, so dass sich die Gruppen wieder aufteilten.

Es waren Hechtangler, mit denen sie sprachen. Der Edersee war berühmt für riesige Hechte. Sie hatten an den Touristenbuden an der Sperrmauer schon einige ausgestopfte Riesenexemplare gesehen. Bisher war noch keiner der Angler erfolgreich gewesen, aber die fanden tausend Gründe, warum ausgerechnet heute das so war. Schnell wurde dann von den früher gefangenen gesprochen und je länger die Unterhaltung dauerte, umso größer wurden die Fische. Etwas später erklärte Bernd dann Uwe etwas über das sogenannte Anglerlatein, das genau dieses Phänomen beschrieb. Für viele war es aber einfach nur die Entspannung in der freien Natur, die sie suchten. Es ging ihnen nicht wirklich um den Fang, sondern oft nur um das draußen sein.

Ein Stück weiter gab es andere, die nur Jagd auf Kleinfische machten und wo dann wohl eher die Anzahl der Fische die entscheidende Größe war. Hier war das Zuschauen insofern interessanter, da sie einen Fisch nach dem anderen fingen. Nachdem sie hier noch eine Weile standen, sahen sie, wie auch die Frauen schon wieder zurückkamen. Zusammen gingen sie zum Wagen und fuhren zum Campingplatz zurück.

Durch die vielen Fische, die sie gesehen hatten, bekam Uwe noch einmal Lust auf Aal. So besprachen sie, dass er für das Abendessen einiges besorgen sollte und somit seinen Gelüsten nachgeben konnte. Später dann wollten sie noch ein paar lokale Rätsel lösen.

Uwe machte sich auf den Weg und den üblichen Fehler, wenn man mit hungrigem Bauch einkaufen geht. Er orientierte sich an seinem Appetit und kaufte viel zu viel. Da es sich aber mit vollem Bauch schlecht Denken lässt, beschlossen die 4, noch einmal zum Minigolf zu gehen. Die Männer wollten eine Revanche. Aus dieser wurde ein Desaster und die Frauen wussten, nach diesem Spiel brauchten sie ihre Männer nicht mehr zu fragen.

Noch leicht verstimmt machten sie sich an die neuen Rätsel heran. Es wurde sich für eine mittlere Kategorie entschieden und schnell waren 2 weitere Rätsel gelöst. Gemäß den gefunden Koordinaten, befand sich ein Cache auf der sogenannten Liebesinsel und der andere in der Nähe einer Sommerrodelbahn. Es würde also bedeuten, sich mussten sich im Bootsverleih ein Ruderboot mieten um zu dieser Insel zu kommen; denn zum Schwimmen war das Wasser noch viel zu kalt.

Am nächsten Tag führte sie also der erste Weg zum nahen Bootsverleih, wo sie das Gewünschte fanden. Die Männer ruderten die kurze Strecke, die Frauen machten Fotos von ihren Helden, die sich in die Riemen legten. An der Liebesinsel angekommen, sprang Uwe mutig vom Boot auf die Insel und zog das Boot am Seil heran. Die Insel mit einer Länge von ca. 70 Metern und einer Breite von 20 Metern war schnell abgesucht. In der Mitte, zwischen den beiden kleinen Hügeln, lag das Versteck. Als sie die kleine Dose öffneten, fanden sie einen Zettel, auf dem stand: „Im Spätsommer und bei dicken Eis schafft man das auch trockenen Fußes". Dahinter waren ein paar lachende Smileys gemalt. Sie machten ihr obligatorisches Foto, dann noch ein paar von der Insel aus zum Campingplatz, den man gut von hier sehen konnte. Nun mussten sie auch schon wieder zurück; denn die

Mietzeit hatte nur eine Stunde betragen, die sie auch gerne einhalten wollten. Wieder im Auto ging es weiter zur Sommerrodelbahn.

Sie folgten wieder der kurvenreichen Randstraße und Uwe machte sich inzwischen einen Spaß daraus die Kurven mit hoher Geschwindigkeit zu durchfahren. Seine Mitfahrer wurden mit zunehmender Streckenlänge immer blasser dabei. Die Bahn befand sich in der Nähe der Seilbahn. Es war schwierig, einen Parkplatz zu finden, zu überlaufen war diese Attraktion an diesem Tage. Als sie es endlich in einiger Entfernung geschafft hatten, machten sie sich auf zum letzten Rätsel. Vor der Kasse der Bahn stand eine nicht enden wollende Schlange von Wartenden. Die Männer hatte es schon gejuckt, hier mal ihr Talent zu testen, doch in Anbetracht der Wartezeit, verzichteten sie dann doch. Sie beschränkten sich auf das Zuschauen und wanderten dabei bis zum höchsten Punkt der Anlage. „Am höchsten Punkt, da sollt ihr suchen, lauft ihr hin, so werdet ihr fluchen", war die Anweisung ja gewesen. Der höchste Punkt war gefunden, die Koordinaten waren klar. Aber wo in aller Welt sollte der Schatz sein? Das einzig Auffällige hier war eine große Stahlmülltonne. Fast angewidert ging Uwe hin um sie zu öffnen und nachzuschauen. Sie war verschlossen. Er ging drumherum und fand ein Schild, auf dem stand:

„Nur für Schatzsucher, den Schlüssel für die Tonne erhaltet ihr am Kassenhäuschen". Jetzt wusste er warum das Wort fluchen im Rätseltext stand. Die Männer waren der Meinung, da sie ja schon gerudert waren, könnten die Frauen den Weg auf sich nehmen. Die Frauen aber sprachen etwas von Gentleman und Verlierern beim Minigolf. Da es zu keiner freiwilligen Entscheidung kam, wurde gelost. Der „Gewinner" war Bernd. Aber Uwe versprach ihn aus Solidarität zu begleiten. Also den ganzen Hang noch einmal hinunter, warten bis man an die Kasse kam, den Schlüssel holen und wieder hinauf, so hätte es sein können. Aber die Männer machten es etwas anders. Sie holten den Schlüssel und 4 Karten für die Bahn, fuhren dann mit dem Lift hinauf und endlich konnten sie ihren Cache finden. Drinnen lag ein Zettel, auf dem man in einer Liste eintragen konnte, ob man den zweiten Weg mit dem Lift oder zu Fuß gemacht hatte. Sie trugen sich natürlich bei zu Fuß ein; denn sie wollten ja nicht als Faulpelze tituliert werden.

Dann ging es für alle 4 in rasanter Fahrt nach unten und so hatten die Männer doch noch ihren Spaß bekommen. Wozu doch dieses Hobby alles gut ist, dachte Uwe für sich.

Den Nachmittag ließen sie alle gemeinsam auf einem der weißen Personenschiffe der Ederseeflotte ausklingen. So bekamen sie noch einmal die gesamte Fläche des großen Stausees zu sehen. Mit 27 Kilometer Länge schon eine beachtliche Größe. Auf dem Sonnendeck, mit Getränken und Essen gut versorgt, ließ es sich wunderbar aushalten. So konnten sie für Morgen, den letzten Tag noch einmal Kraft sammeln; denn dann wollten sie schon früh aufbrechen und eine Wanderung zum Peterskopf machen. Dort so erzählte, der Fachmann für Fakten, Bernd gäbe es ein riesiges Wasserbecken, von dem tagsüber durch die großen mehr als mannshohen Rohre, dass Wasser zu Tal schoss und Turbinen zur Stromgewinnung antrieb. Nachts, wenn dann weniger Strom benötigt wurde, pumpte man das Wasser einfach wieder nach oben. So konnte in Spitzenzeiten die Stromversorgung sicher gestellt werden. Auf der Karte hatten sie gesehen, dass es ein anstrengender Weg würde. Auf dem Hinweg ging es nur steil bergauf. Aber das würden sie Morgen schon erfahren, jetzt war erstmal entspannen und Erholung angesagt.

Auf eine Partie Minigolf verzichteten die Männer am Abend, statt dessen stärkten sie sich mit Rotwein. Diesmal aber in Maßen genossen, kam es nicht wieder zur „Darmesqual" bei Bernd. Warum auch, dieser Teil des großen Rätsels war ja bereits gelöst.

Im Moment haderten sie ohnehin mit diesem verflixten Rätsel. Zwar hatten sie einige Hinweise, aber wirklich weiter, waren sie nicht gekommen.

Die Rucksäcke waren gepackt, die Wanderschuhe geschnürt, die Tour zum Peterskopf konnte beginnen. Sie fuhren das kurze Stück bis zum Café Dornröschens Höh, parkten dort und dann begann der Aufstieg. Was immer sie sich bisher unter steil bergauf vorgestellt hatten, wurde nun stark relativiert. Die schmale Teerstraße zog sich zwar in Serpentinen nach oben, aber dafür immer noch so steil, wie wahrscheinlich Baufahrzeuge damals hatten nur fahren können.

Es war ungemein anstrengend. Da aber jeder Weg irgendwann ein Ende hat, kamen sie doch oben an. Ein riesiges Wasserreservoir fanden sie vor. An einem Infostand gab es einige Fotos vom Bau der gigantischen Anlage. Sie war damals zu ihrer Entstehungszeit die größte Baustelle Europas gewesen. Gigantische Raupen und Muldenkipper waren auf den Fotos abgebildet. Es mussten ungeheure Erdmengen bewegt worden sein. Jetzt gab es die Möglichkeit, dass Becken auf einem Fußweg zu umrunden. Mit Rücksicht auf die anstrengende Hintour verzichteten sie aber nur zu gerne darauf. Sie stärkten sich kurz und machten jede Menge Fotos. Dann ging es den steilen Berg wieder herunter. Den heutigen Tag, es war ja der Letzte, wollten sie gemütlich auf dem Campingplatz ausklingen lassen.

Nach dem Kaffeetrinken machten sie noch einen letzten Spaziergang am Strand entlang; denn Uwe wollte doch noch etwas Räucheraal zum Mitnehmen kaufen. Er konnte einfach nicht genug davon bekommen. Obwohl noch kein Badebetrieb war, sondern nur die Surf- und Segelschule zur Zeit Betrieb hatte, gab es schon eine Unmenge von Menschen hier am Strand. „Im Sommer, wenn das Wasser warm genug ist und Hinz und Kunz hier schwimmen gehen, dann bekommt man bestimmt keinen Fuß mehr auf den Boden", sagte Anja. Die anderen stimmten ihr zu. Sie waren schon einige Meter gegangen, da schrie Uwe laut hurra.

Die drei anderen guckten ihn erschrocken und verdutzt an. „Ich glaube, ich habs, ich kenne die Lösung für das verrückte Rätsel", waren seine nächsten Worte. Ein großes Fragezeichen stand in den Augen der anderen, sie hatten den Mund geöffnet, konnten aber nichts sagen. „Lasst uns gleich zum Platz zurückgehen, dann zeige ich es Euch", versprach Uwe und schaute dabei, als habe er die Weltformel entdeckt. Er war stolz wie Oskar.

Des Rätsels Lösung Teil 1

So schnell waren sie noch nie von einem Spaziergang zurück gewesen. Die Tische wurden zusammen geschoben, alle Ordner und Zettel geholt und dann begann Uwe: „Anja hat mich auf die Idee gebracht, als sie sagte, wenn Hinz und Kunz dort baden." „Genau das ist doch der Wortlaut."! „Dann weiter, erinnert ihr Euch an die Tafeln an der Sperrmauer, als das Gebiet hier geflutet wurde, alles wurde neu aufgebaut, aber nicht der Friedhof". Nur schwer konnten die anderen ihm folgen.

Uwe holte einen Taschenrechner, multiplizierte die 150 Seelen mit 365 Tagen und dann noch einmal mit 103 Jahren; denn das war die Zahl, seit der Überflutung bis heute. So erhielt er die erste Koordinate. Sicher würde sie noch etwas abweichen, da ja nicht der genaue Tag bekannt war, aber das wäre herauszufinden. Nun war die Suchmaschine nach einer Burg gefragt. Neben der Burg Waldeck wurde noch von einer ebenfalls überspülten aber schon damals zerfallen Burg berichtet. Deren erste Erwähnung war im Jahre 1196. Nun die Anzahl der Seelen, addiert mit den ersten drei Ziffern und multipliziert mit der Jahreszahl und davor die doppelte Null, die Bernd geliefert hatte, ergab die zweite Koordinate.

Alle waren baff. Selbst dieser ungefähre Wert zeigte einen Platz im See, und zwar ganz in ihrer Nähe. Es war auf dem Stück zur Liebesinsel. „Da muss der untergegangene Friedhof liegen", sagte Uwe. „Der Satz, nur ein trockener Sommer führt zu uns, bedeutet wohl, man kann es nur finden, wenn nicht mehr viel Wasser im See ist, denkt an den Zettel beim Cache auf der Liebesinsel", führte er wie ein Professor fort.

Es war kaum zu glauben, er hatte es tatsächlich gelöst. Nur ein Problem gab es dabei, der Wasserstand ließ es nicht zu es zu überprüfen. Alle schauten sich an und ohne ein Wort zu sagen, wussten sie wo ihr Urlaub im Spätsommer stattfinden würde. Ohne zu zögern, gingen sie zur Pforte vom Campingplatz. Der Betreiber war noch vor Ort und als er die Daten der Urlaubstage hörte, guckte er gleich in seinen Kalender und nickte. „Da gibt es noch ein paar Plätze, da sind die Ferien zu Ende und schon wieder was frei", sagte er. Diese Worte klangen wie Magie in den Ohren der Suchverrückten.

Sie überlegten, ob sie die Lösung posten sollten, kamen doch dann schnell überein, dies zu lassen. Sie würden was anderes tun. Uwe rief den Post mit dem Rätsel auf und setzte als Kommentar darunter: „Wir wissen es, wir helfen Euch". Was dann auf der Seite der Community geschah, war unglaublich. Es hagelte nur so von Anfragen, aber niemanden sagten sie ihr Ergebnis.

Den ganzen Abend hatten sie nun damit zu tun, die Anfragen abzuwimmeln. Anja sagte: „Ich habe es von Anfang an gespürt, dass nur wir das Rätsel lösen können, es muss einen höheren Sinn dafür geben".

„Aber endgültig ist es erst gelöst, wenn wir ´genau den Punkt gefunden haben und auch wissen was dahintersteckt. Dafür ist es aber zwingend notwendig, dass sich der Wasserstand absenkt." Bekräftigte Uwe noch einmal. Es war eine fast unerträgliche Situation, so ein schweres Rätsel gelöst zu haben und trotzdem nicht zum Erfolg zu kommen. Völlig abhängig vom Wetter waren sie nun. Was wäre, wenn es keinen trockenen Sommer geben würde, dann wäre es zu spät, da es ja nur noch in diesem Jahr möglich war. Es war einfach verflixt, jetzt zur Untätigkeit gezwungen zu sein. Einerseits glücklich über die Lösung und dann doch wieder traurig über die Wartezeit, beendeten sie den Abend.

Noch ein letztes Frühstück am Edersee, dann ging es wieder nach Hause. Sie gingen noch kurz zum Strand, überlegten wo in etwa der versunkene Friedhof sein musste und bauten dann die Zelte ab. Wieder wurde alles verstaut, dann kam der traurige Moment des Abschieds von den guten Freunden. Dass sie in

Kontakt bleiben würden, mussten sie sich nicht zusichern, das wussten sie ohnehin.

Das lange Warten

Die ganze Heimfahrt schwärmte Anja vom Urlaub. Es war eine tolle Zeit gewesen. Nicht nur die Freunde, auch die Menschen in dieser Region waren außerordentlich nett gewesen. Aber in knapp 3 Monaten wären sie ja wieder hier und dann, käme das große Finale. So richtig Lust hatten beide nicht auf die Heimfahrt und vor allem die dann auch wieder beginnende Arbeit. „Wären doch die Menschen alle so wie unsere Freunde, dann wär das Leben so viel einfacher", sagte Uwe. Anja nickte ihm bejahend zu.
Am frühen Nachmittag waren sie wieder im trauten Heim.
Auto ausräumen, machte viel weniger Spaß als einräumen und in den Urlaub fahren, stellte Uwe fest. Es dauerte lange, bis alles wieder an seinem Platz war.
Am Abend dann rief noch Bernd an und sagte, dass auch sie gut angekommen waren und nun die lange Zeit des Wartens begann.
Später dann warfen sie noch einen Blick in die Community. Dort wurden sie einerseits als Helden

gefeiert, andere wieder waren sauer, dass sie die Lösung nicht preisgaben.

Kurz bevor Anja das Programm schließen wollte, kam wieder der schon bekannte Plopp.

Nur wer bereit ist alles aufzugeben.
Der schafft es auch den Stein zu heben.
Nur wer bereit ist für immer zu gehen.
Der wird die andere Seite sehen.
Trennt euch von all eurem materiellen Glück.
Denn ihr bekommt das Richtige,.
Aber könnt nie wieder zurück.

Anja und Uwe erschraken. Was hatte das nun wieder zu bedeuten? Demnach müssten sie alles hinter sich lassen. Haus, Auto, alle verkaufen und das Geld verschenken, oder gleich alles verschenken. Vor allem der Satz, dass sie nie wieder zurückkönnten, machte ihnen Angst. Was wenn ihnen nicht gefiel, was sie fanden, oder noch schlimmer, wenn alles nur ein Scherz war? Das Risiko der Ungewissheit war viel zu groß.

Anja wartete schon auf das Klingeln des Telefons. Genau so kam es, Ulrike war auf der anderen Seite. „Das ist ja erschreckend, was da steht, das können wir doch nicht riskieren", sagte Ulrike. Anja stimmte ihr zu und sagte auch, dass es ein Wahnsinn wäre. In dieser Einigkeit beendeten sie das Gespräch.

„Wir könnten eine Art Testament im Auto hinterlassen und bestimmt wird es nach einigen Tagen geöffnet, falls wir wirklich nicht mehr zurückkönnen. Aber wo soll das sein, wo wir dann sind? Es ist nicht zu begreifen und wer überhaupt schreibt diese Nachrichten. Das ist alles so unfassbar.

Mit einem Kopf voller Gedanken gingen sie zu Bett. Wie ungewohnt es sich wieder anfühlte, in einem richtigen Bett zu schlafen. Das tat gut.

Leider begann gleich am nächsten Morgen wieder die Arbeit. Wieder diese traurigen, leeren Gesichter. Gerade jetzt am Montag war es wohl das Neueste, damit zu prahlen wie viel man am Wochenende getrunken hatte. Uwe hätte schon gleich wieder gehen können, wenn es nach ihm gegangen wäre. Doch leider war die Arbeit nun einmal notwendig. Kurz fiel Uwe der Post von gestern Abend ein und dann dachte er ganz kurz: „Vielleicht ja auch nicht, vielleicht gab es ja doch noch etwas anderes. Zu schön, um wahr zu sein."

Bei Anja war der erste Tag nicht ganz so schlimm. So hatten sogar 2 der Kolleginnen gefragt, wo sie denn im Urlaub gewesen wäre. Als sie dann allerdings auf das Camping kam, hatten sie nur die Nase gerümpft und über andere Dinge gesprochen. „Wenn die wüssten, wie schön das war", dachte sie nur. Was aber der Tag für beide gemeinsam hatte, war, dass sie schnell wieder im normalen Trott waren. Der Alltag hatte sie wieder zurück.

Am Abend dann erzählten sich Anja und Uwe über ihren ersten Tag. Uwe berichtete auch wie ihm der Gedanke kam, alles könnte ganz anders sein und er müsste nicht mehr jeden Tag diese Kollegen sehen. Anja sagte: „Stell Dir mal eine Welt vor, wo alle nett wären, wo jeder auf den anderen Rücksicht nehmen würde und wo Hilfsbereitschaft und Empathie das Wichtigste für die Menschen geböten."

Fast 3 Monate waren es noch bis zum Sommerurlaub. Über das Internet verfolgte Uwe nun jeden Tag die Wasserstandsmeldungen vom Edersee und studierte die Wettervorhersagen. Es kam ihm vor, als würde er an der Börse spekulieren und jeden Tag die Kurse kontrollieren. In einer Tabellenkalkulation trug er seine Daten ein und konnte sie grafisch darstellen. Das war sein neues Baby, wie er es nannte. Auch zog er Vorjahreswerte zum Vergleich heran und wusste inzwischen genau, in welchen Jahren es möglich gewesen war, diese Stelle trockenen Fußes zu erreichen. Im Netz gab es jede Menge Fotos von dem versunkenen Friedhof. Leider waren die Aufnahmen meist in zu großem Abstand gemacht, als dass man

Einzelheiten auf den Grabsteinen und Platten erkennen konnte. Sie mussten ja irgendetwas finden, wo ein Seil dargestellt war. Durch den Schlamm, der jedes Jahr auf den Steinen mehr wurde, war es fast unmöglich etwas zu erkennen. Darauf müssten sie sich vorbereiten, sie mussten eine Möglichkeit finden, die Steine dort sozusagen abzuwaschen oder zumindest zu spülen. Bestimmt würden dann zu so einem Ereignis viele Menschen herum wimmeln, so dass sie sich auch nicht verraten durften, oder sogar eine Anzeige wegen Frevel erhielten. Das alles mussten sie unbedingt bedenken.

Was aber würde geschehen, wenn sie wirklich das fanden, wonach sie suchten? Wie sollten sie sich dann verhalten? Wäre es sinnvoll, wenn erst nur einer schauen würde? Aber wie vor allem konnte es dort 150 Seelen geben. Zwar war ja die Sprache von Lebenden, aber das war ja unvorstellbar. Waren nur noch die Seelen am Leben und die Menschen tot? Es waren einfach zu viele unbekannte Größen in dieser Aufgabe. Jeden Abend zermarterten Anja und Uwe sich das Gehirn. Die Sache hatte inzwischen so einen hohen Stellenwert in ihrem Leben eingenommen, dass alles andere nur noch nebenbei lief. Auch hatten sie jetzt schon lange keine anderen Rätsel mehr gelöst, irgendwie war nach diesem Rätsel und dem Vorhaben alles andere so klein geworden. Noch vor dem

Einschlafen sprachen sie jeden Abend darüber. „Wenn man nur wüsste, ob es in diesem Jahr sichtbar wäre und man etwas finden könnte, wo alles anders wäre, dann würde ich sofort aufhören zu arbeiten und mich nur noch auf diese Sache vorbereiten", sagte Uwe eines Abends. „Wenn dann aber alles nur ein Fake ist, was dann?" Sagte Anja. „Dann hast Du Deinen Job verloren und stehst ohne irgendetwas da." Fügte sie noch hinzu. Das war ja genau das Problem, dachte Uwe. Aber gab es nicht die Möglichkeit von unbezahlten Urlaub. Aber solange ohne Gehalt, das wäre schon mit enormen Einschränkungen verbunden. Er musste diesen Gedanken einfach wieder verwerfen und wohl oder übel nur die Freizeit für sein Vorhaben nutzen.

Bernd und Ulrike hatten sich auch schon einige Tage nicht mehr gemeldet. Anja fand das komisch und würde sie morgen einmal anrufen. Hatten sie vielleicht das Interesse an der Sache verloren, gar zu viel Angst bekommen? Morgen wüsste sie mehr.

Wieder einmal genervt vom Arbeitstag, kehrten Anja und Uwe nach Hause zurück. Gleich nach dem Abendessen rief Anja bei Ulrike und Bernd an. Ulrike erzählte ihr, dass sie ein paar Probleme zuhause hatten. Bernd hatte über ihren Kopf hinweg seinen Job gekündigt. Ulrike war fast den Tränen nahe, das spürte Anja. Bernd würde sich nur noch diesem verflixten

Rätsel widmen. Für sie war das fast unerträglich, die Angst vor der Ungewissheit war ihr einfach zu groß. Anja versuchte sie zu trösten und erzählte, dass auch sie und Uwe schon über ähnliche Dinge gesprochen hatten. Das Gespräch dauerte sehr lange, aber Uwe störte das nicht, er war zu sehr mit seinen Statistiken beschäftigt und am Sondieren von Bildern.

Später dann, als Anja Uwe vom Gespräch erzählte, war dieser förmlich angetan von Bernds Entscheidung. „Der traut sich was, der macht es richtig", waren seine Worte. Anja war erschrocken über diese Meinung. Sie hoffte nur, Uwe wäre nicht genauso verrückt. Uwe spürte ihre Gedanken und beruhigte sie dahingehend.

Wer nun dachte, jetzt wo sie das Rätsel, soweit es ging, gelöst hatten, würde Ruhe einkehren, der wurde eines besseren belehrt. Es hatte sie völlig in seinen Bann gezogen. Fast gab es kein anderes Thema mehr, der ganze Tagesablauf hing nur noch mit dem Rätsel zusammen. Anja machte sich auch schon Sorgen um ihre Beziehung. Es musste einfach was geschehen. Wie froh wäre sie doch, wenn erstmal der Sommerurlaub da wäre. Dann würde sich so vieles entscheiden, ob so oder so. Hauptsache dieses Warten wäre vorüber; denn das war die schrecklichste Zeit. Es gab Tage, das verfluchte Anja das neue Hobby, an anderen war sie dann selbst wieder genauso gebannt davon. Das

Einzige, was ihr immer bewusster wurde, war, dass es irgendwie ihr ganzes Leben verändern würde. Sie hoffte so sehr, zum Guten.

Diesen Abend kam Uwe deutlich später von der Arbeit zurück als sonst. „Musstest Du Überstunden machen?" Fragte Anja. Uwe erzählte ihr, dass er bei einer Wahrsagerin gewesen war. „Ein richtig altes Schrumpelweib", fügte er noch hinzu. „Es war ganz seltsam, sie sagte mir, dass eine riesige Veränderung mir bevorstehen würde. Eine Veränderung wie ich sie mir in meinen kühnsten Gedanken nicht vorstellen könnte. Aber ich sollte Vertrauen haben, die Entscheidung, die mein Herz treffen würde, wäre die Richtige. Aber ich müsste auch bereit dazu sein, sonst wäre ein Scheitern vorherzusehen."

Anja glaubte nicht an solche Dinge. Aber irgendwie traf es genau die Situation, das war schon sehr ungewöhnlich. Später dann machte sich Uwe wieder an seine Wetter und Wasserstandsauswertungen. Er hatte sich schon zu einem richtigen Fachmann entwickelt, was diese Dinge betraf. Nach Uwes Prognose würde der Sommer sehr warm werden und spätestens Ende August, wäre der Wasserstand niedrig genug.

Für das kommende Wochenende hatten sie sich mit Ulrike und Bernd zu einem Treffen verabredet. Die beiden würden am Freitagabend schon zu ihnen kommen und dann bis Sonntag bleiben. Ihr Vorhaben war aber nicht das Lösen von Rätseln, sondern sie wollten alte Friedhöfe aufsuchen, möglichst Gräber die schon hundert Jahre alt waren. Dort sollten die Inschriften studiert werden, damit sie sich an den Sprachgebrauch der damaligen Zeit gewöhnen konnten.

Anja freute sich sehr auf die beiden. Es würde zumindest eine Abwechslung in den Tag bringen. Sie hatte schon das Gästezimmer vorbereitet und war nun mehr wieder dabei die Wohnung auf Vordermann zu bringen. Sie hatte selbst gemerkt, wie sie auch diese Dinge vernachlässigt hatte. Es wurde einfach mal wieder Zeit, sich mehr mit den normalen Dingen des Alltags zu beschäftigen.

Endlich Freitag, auch Uwe hatte es nicht mehr erwarten können, die beiden Freunde endlich wiederzusehen. Es gab eine große Begrüßung. Uwe und Anja zeigten den beiden das Haus und ließen sie erstmal ihre Sachen im Gästezimmer deponieren. Nach dem Abendessen gab es dann natürlich nur noch ein Thema, das verflixte Rätsel.

Uwe präsentierte seine Wetter- und Wasserstandsaufzeichnungen und gab auch gleich seine positive Prognose für den Sommer ab. Auch erzählte er von der Wahrsagerin und ihren Aussagen. Bernd erklärte dann die Sache mit seinem Job und obwohl es schon alle wussten, begründete er seine Entscheidung noch einmal. Ulrike schien sich inzwischen, was das betraf wieder beruhigt zu haben und Anja spürte, wie auch Ulrike deutlich von dem Virus infiziert war.

Noch lange sprachen sie an diesem Abend über die verschiedenen Möglichkeiten und Hoffnungen, die sie in die Sache steckten. Aber so richtig hatte keiner eine Ahnung, was sie erwarten würde, es waren alles nur Mutmaßungen. „Wenn nur diese Unsicherheit nicht wäre, wenn man zumindest in etwa abschätzen könnte, was einen dort erwartet", sagte Anja. Mit dieser Einschätzung gingen sie zu Bett.

Schon früh, gleich nach dem Frühstück, machten sie sich auf zu verschiedenen Friedhöfen. Leider gab es nicht viele alte Gräber. Die meisten waren kaum älter als 20 Jahre. Aber ein paar fanden sie dennoch. Dies waren welche von höher gestellten Persönlichkeiten, die entweder durch die jeweilige Stadt oder die Familie noch weiter gepflegt wurden. Entgegen den jetzigen Steinen mit ihren kalten Fakten waren die Inschriften auf diesen alten Grabsteinen oder Platten deutlich länger. Es waren in der Regel Bibelsprüche oder bekannte Gedichte, die die Steine zierten. Manchmal auch ein paar Worte, die wohl das Leben desjenigen betrafen.

Die größte Umstellung für sie war die blumige Sprache, die verwendet wurde. Sie war wie die Veränderung der Menschheit. Was früher mit freundlichen, besinnlichen Worten umschrieben war, stellte sich heute nur noch in Daten und Fakten dar. Immer wenn sie so eine Inschrift fanden, notierten sie diese auf ihrer Zettelsammlung und versuchten sie auch gleich zu deuten. Eines aber, wonach sie suchten, fanden sie nicht. Ein Symbol von einem Seil oder einer Kette oder ähnlichen. „Vielleicht dürfen wir auch das Wort Seil nicht zu wörtlich nehmen", sagte Ulrike. „Wir sollten später mal nach Synonymen dafür suchen, vielleicht hilft uns das weiter oder erweitert zumindest unseren Horizont", fügte sie noch hinzu.

Bis auf eine kurze Mittagspause, die sie an einem Imbiss abhielten, waren sie den ganzen Tag unterwegs gewesen. Jede Menge Material hatten sie gesammelt und sich auch schon langsam an die Sprache von vor hundert Jahren gewöhnt. Ob es ihnen von Nutzen wäre, das wussten sie nicht, aber unversucht konnten sie es ja nicht lassen. Am Abend dann wieder zuhause, wurde weiter versucht die Texte zu übersetzen und andere Begriffe für das Wort Seil zu finden. Dabei schienen einige ganz interessant, wie z. B. Band, Trosse, Bündnis, Schleife und viele ähnliche. Wenn sie so richtig nachdachten, Bänder und Schleifen hatten sie einige Male gesehen, ihnen aber da noch keine Bedeutung geschenkt. Auf jeden Fall würde Uwe dies mit in seinen speziellen Zettel eintragen.

Für den Sonntag hatten sie vereinbart mal einen Tag nicht über das alles bestimmende Thema zu sprechen. Beim Frühstück hielten sich auch noch alle daran, später dann erwischte sich der eine oder andere dann selbst dabei, wie schwer es war, dieses auszuklammern. Den Vormittag machten sie noch einen gemeinsamen Spaziergang, wo die Männer und die Frauen sich einige Meter voneinander entfernten und wohl mal über die Dinge sprachen, die das andere Geschlecht nicht so interessierten oder aber gar nicht erst hören sollte.

Bei den Frauen herrschte das Thema wirtschaftliche Sicherheit vor, bei den Männern lag der Schwerpunkt bei Abenteuer. Den guten Vorsatz, hatten sie schon alle wieder lange vergessen. Uwe bestärkte Bernd in seinem Entschluss, den Job geschmissen zu haben. Er erzählte vom Ärger mit den Kollegen und das er auch schon oft darüber nachgedacht hatte. Bei Bernd war die Problematik ähnlich gelagert gewesen. Er hatte einfach nicht mehr mit der Ignoranz und dem wichtig tun der Kollegen umgehen können. Es ging nur noch um so Dinge wie das neueste Handy, Autos und diese ganzen anderen materiellen Werte. Über die Werte wie Menschlichkeit, Freundschaft, Höflichkeit, Respekt und Verhalten wurde nicht mehr gesprochen. Wer sich zu so etwas bekannte, der war gleich draußen aus der Gemeinschaft und wurde nur noch belächelt.

Nach dem Mittagessen verabschiedeten sich Bernd und Ulrike wieder. Die Gespräche hatten allen gutgetan. Sich einmal mit Freunden auszutauschen half doch immer wieder ein bisschen weiter. Nun waren es ja auch nur noch wenige Wochen bis zum Urlaub und bis zur großen Entscheidung. Dann wussten alle mehr.

Die Tage und Wochen wurden immer schlimmer. Es war schon wieder wie vor dem Besuch von Bernd und Ulrike. Uwe war in seine Statistiken und Bilder versunken und auch Anja wurde immer unruhiger. Jetzt kam Uwe auch noch damit, ein Testament zu machen. Schaden könnte es nicht, hatte er gesagt, man wüsste ja ohnehin nie. Jeden Tag konnte etwas passieren und davon das man es aufschob, wäre auch niemanden geholfen.

So kam es dazu, dass Uwe und Anja ihr Testament machten. Im Falle des Todes, oder falls sie nicht mehr wiederkehren würden, hatten sie ihr Vermögen an verschiedene Hilfsorganisationen vermacht. Das Testament hatten sie bei einem Notar hinterlegt und somit ihr Bestes getan. Als sie später am Telefon Ulrike davon erzählten, lachte diese nur und sprach: „Das haben wir auch schon vor ein paar Tagen gemacht, kurz nachdem wir von euch weggefahren sind. Wir hatten es noch auf der Rückfahrt besprochen." Wie sehr sich die Dinge doch immer wieder glichen. Endlich näherte sich der Sommerurlaub. Die Kollegen, die schulpflichtige Kinder hatten, waren schon aus dem Urlaub wieder zurück. Alle braungebrannt und nur noch am erzählen, welches Hotel den tollsten Pool hatte und wo man für eine Flatrate am meisten hatte saufen können. Uwe lächelte nur noch, wenn er das hörte. Seine Gedanken waren schon ganz woanders.

Der Sommerurlaub und die Entscheidung

Gleich würde es losgehen. Das Auto war gepackt. Kühltruhe und Kühlschrank abgetaut, alle Geräte vom Stromnetz getrennt. Selbst für das Frühstück hatten sie nicht mehr eingekauft, sie würden unterwegs frühstücken. Sie standen Arm in Arm vor ihrem Häuschen, schauten noch einmal drauf und hatten beide Tränen in den Augen; denn ihr Gefühl sagte ihnen ganz deutlich, dass sie nicht mehr hierher zurückkommen würden. Es war wie ein endgültiger Abschied. Sollte aber alles nur ein Fake sein, dann könnten sie einfach in ihr altes Leben wieder zurück. Diese Gewissheit hatten sie ja.

Sie stiegen in den Geländewagen und die Fahrt begann. Ganz im Gegensatz zum letzten Mal war die Stimmung eine ganz andere. Sie waren nicht fröhlich, sondern eher bedrückt. Aber die Neugier trieb sie an, sie konnten sich nicht mehr dagegen wehren. Bei der Erinnerung an die erste Reise in diese Richtung wurde ihnen etwas flau. Letztes Mal hatten sie noch die Berge, die Schönheit der Natur beobachtet und sich daran erfreut. Jetzt war die Fahrt, wie die morgens zur Arbeit. Es gab nur noch das Ziel, der Weg dahin spielte überhaupt keine Rolle mehr. Mit seiner Prognose, was das Wetter und den Wasserstand betraf, hatte Uwe Recht behalten. Es fehlten nur noch ein paar Zentimeter, bis die alten Gemäuer frei liegen würden. Selbst in der regionalen Presse hatten sie schon davon gelesen. Da es nicht in jedem Jahr so war, hatte die Zeitung damit das Sommerloch gefüllt. Sogar ein paar ziemlich miese Fotos hatten sie abgedruckt.

Beim Frühstück am Rasthof sagte dann Anja: „Noch können wir zurück oder einfach woanders hinfahren, wenn wir jetzt wieder einsteigen und bei der Route bleiben, dann haben wir die Entscheidung gefällt." Uwe fragte sie ganz ernsthaft: „Entscheide bitte Du, egal wie Du wählst, ich werde den Weg mit Dir gemeinsam gehen.". Anja wusste, auch sie musste nicht mehr überlegen, auch für sie war die Entscheidung getroffen. Sie waren sich einig, sie wollten das Abenteuer.

Komisch, nach diesem Entschluss veränderte sich ihre Stimmung schlagartig. Jetzt war jeder sein schlechtes Gewissen dem anderen gegenüber los und es machte sie die Abenteuerlust breit. Jetzt nahmen sie auch die Landschaft wieder zur Kenntnis. Uwe schaltete das Autoradio ein und die Stimmung war ausgelassen und so als ob sie vor einem großen Neuanfang ständen. Sie schauten sich trotz der Fahrt in die Augen und wussten, sie lieben sich. Das war das Schönste aller Gefühle und das könnte ihnen auch niemand nehmen.

In dieser Stimmung kamen sie am Campingplatz an. Der Betreiber begrüßte sie wie alte Bekannte und wies ihnen ihren Platz zu. Als sie dorthin kamen, waren Ulrike und Bernd schon beim Aufbau. Es gab wieder ein freudiges Hallo und auch den beiden war die gute Laune förmlich ins Gesicht geschrieben.

Zusammen wurde erst das Zelt von Ulrike und Bernd aufgebaut, dann das von Anja und Uwe. Kaum waren sie damit fertig, ging der erste Weg zum Strand. Mit Freude sahen sie den niedrigen Wasserstand. Was die Angler und Badegäste etwas ärgerte, war genau das, was sie sich so sehr gewünscht hatten. Fast trocken war die Fläche bis zu Insel schon. Nur in ein paar Vertiefungen stand noch etwas Wasser. Aber auch das würde die Sonne schnell verdunsten lassen.

Sie ließen es sich nicht nehmen, schon mal ein paar Schritte in Richtung Friedhofsreste zu unternehmen. Aber eine richtige Suche war es noch nicht. Sie wollten auf gar keinen Fall die Aufmerksamkeit der Menschen erregen. Sie würden immer so tun, als ob sie ganz beiläufig sich den Friedhof anschauen würden. Was sie schnell feststellten und sich auch schon gedacht hatten, war die Schlammschicht auf den Steinen und Grabplatten. Sie würden diese irgendwie reinigen müssen. Wenn jemand sie dabei sah, würden sie als Ausrede von einem Ahnen sprechen, der hier begraben sein musste und sie nicht genau wüssten, welches Grab es wäre. Dann würden die Menschen schon aus Pietät weitergehen und keine Fragen mehr stellen.

Die Koordinaten überprüften sie immer wieder und konnten somit auch den Bereich einigermaßen eingrenzen. Nach diesem ersten kurzen Versuch gab es nur einen Weg, den Uwe gehen musste, den zur Aalräucherei. Sie erkannten ihn sogar wieder dort. Die Verkäuferin ahnte wohl schon, dass sie ihn in den nächsten Tagen oft wiedersehen würde. Uwe wusste das auch. Danach tingelten sie noch etwas weiter und in einem der typischen Touristenshops sah Bernd etwas, was seine Aufmerksamkeit erregte. Eine riesige

Wasserpistole, eine Art Pumpgun mit großem Wassertank. Ein förmliches Monster. Bernd kaufte gleich 4 Stück davon und auf die Frage des Verkäufers, ob er ein großes Duell vorhätte, lachte er nur und sagte: „So in etwa, ich hoffe, auf den Endgegner zu stoßen." Da lachte auch der Verkäufer und sie nahmen ihre Artillerie mit. Die anderen hatten sogleich begriffen, was er damit vorhatte. Er wollte sie zum Abspritzen der Steinplatten benutzen. Aber noch alberten sie damit herum und als sie wieder beim Campingplatz ankamen, waren alle vier komplett nass.

Nach dem Umziehen wurde der Grill angeworfen und die Strategie für den nächsten Tag besprochen. Als Erstes würden sie alle Gräber absuchen, die Steinplatten hatten, das schuldeten sie der Erinnerung an das Hügelgrab; denn sie glaubten, dies wäre eine Art Vorsehung gewesen. Danach, falls nötig, wären die Restlichen dran. Sie würden gleich mit Beginn der Helligkeit anfangen. So früh waren noch nicht so viele Menschen unterwegs. Die Morgen- und Abendstunden waren für sie am geeignetsten. Schon bald wüssten sie nun mehr.

Kaum war die Dämmerung am nächsten Morgen verschwunden, da waren alle vier schon auf dem Weg zum versunkenen Friedhof. Jeder mit seiner Pumpgun bewaffnet, machten sie sich daran die Steinplatten zu säubern. Es war sehr aufwendig, den Dreck der schon so viele Jahre auf den Platten lastete wieder ab zu bekommen. Gerade mal zwei Platten hatten sie geschafft, bis die Anzahl der Schaulustigen zu groß wurde und die ersten schon komische Blicke ihnen zukommen ließen. Diese beiden Platten hatten aber ähnlich denen heute, nur Daten und Namen enthalten, nichts Besonderes also. Sie hatten ihnen auch weiter keine Beachtung geschenkt.

Vom Campingplatz aus konnten sie das Treiben dort einigermaßen einsehen und die sicherste Anzeige über den Besucherandrang war der Parkplatz. Als dieser sicher wieder merklich leerte, begann die abendliche Suche. Uwe hatte diesmal noch den Fotoapparat mitgebracht. Er hatte vor, jedes Grab noch einmal in Nahaufnahme zu dokumentieren. So konnte er auch interessiert wirken und ohne das es ungewöhnlich aussah, lange an den Gräbern stehenbleiben.

Wieder schafften sie es, zwei Platten zu reinigen, aber wieder kein Erfolg. Auf der einen war zwar ein längerer Text, aber dieser stammte aus dem Neuen Testament und hatte nicht im entferntesten mit ihrer Suche zu tun. So wie sie das sahen, gab es noch 8 Gräber mit Steinplatten, die sie noch nicht gereinigt hatten, die anderen hatten normale Steine, oder das, was noch davon übrig war. Das würde bedeuten, in 2 Tagen wüssten sie schon wieder mehr.

Später dann auf dem Campingplatz schauten sie zur Kontrolle noch einmal alle Fotos an, die Uwe gemacht hatte. Aber sie hatten nichts übersehen. Nur der eine Text, ansonsten nur Daten und Namen. Aber die Mehrzahl blieb ja auch noch, so dass ihre Hoffnung noch nicht gesunken war.

Der nächste Morgen war auch nicht erfolgreicher, jetzt hatten sie die Hälfte der Plattengräber durch. Alle weiteren Versuche veränderten die Situation nicht. Sie hatten inzwischen alle Steinplatten gereinigt und nichts gefunden. Langsam stieg in ihnen die Angst empor, es könnte sich um einen Fake handeln. Die normalen Grabsteine auf denen noch etwas zu erkennen war, hielten sie für abwegig, aber dennoch würden sie natürlich weitersuchen und nicht jetzt schon aufgeben. Dafür hatten sie viel zu viel in diese Sache investiert.

An diesem Abend waren sie etwas spät dran, der Grill war heute etwas widerspenstig gewesen. Als sie vom Platz zum Strand gingen, war der Campingplatzbetreiber schon dabei seine Hütte abzuschließen und die Stühle und Tische wo man sonst sitzen konnte weg zupacken. Diese wurden immer unter das Vordach geschoben, damit sie nicht nass wurden und gegen etwaige Randalierer festgebunden.

Heute hatte er als Hilfe seinen kleinen Sohn mit dabei. Sie schauten ihm noch einen Moment zu und lächelten über den Jungen, wie er sich mit den Stühlen abmühte. Der Vater grüßte sie noch höflich und als der Junge alle Stühle unter das Vordach getragen hatte, rief der Vater ihm zu: „Hast Du prima gemacht, dann gibts ja gleich das erhöhte Taschengeld. Bring mal das Reep noch her, damit wir sie festbinden können." Der Junge brachte einen Strick und dann wurden die Stühle gesichert.

Sie gingen zum See, der schon einsam und verlassen da lag. Selbst die stehenden Steine, oder das was noch davon übrig war, mussten sie erst abspritzen um etwas zu erkennen. Allerdings ging es bei diesen wesentlich schneller, aber dafür waren es auch viel mehr. Was aber wäre, wenn die Botschaft auf einen der schon zerfallenen Steine gestanden hatte? Ein bisschen hatte sie der Mut verlassen. An diesem Abend schaffen sie noch 4 Gräber, aber wie schon zuvor, ohne Erfolg.

Dies blieb auch so bis zum letzten Abend. Es gab noch 2 Steine und ihre Hoffnung ging schon dicht an den Nullpunkt. Bernd spritze die Steine ab, aber auch hier nur Namen und Daten. Kein Text, kein Seil, einfach Nichts. Völlig enttäuscht setzten sie sich auf den Boden, sie waren den Tränen nahe. Hatten sie doch soviel Zeit investiert, Bernd sogar seinen Job aufgegeben und das offensichtlich alles nur für einen

Fake. Keiner sagte ein Wort und keiner wollte jetzt angesprochen werden. Völlig geknickt packten sie ihre Sachen und schlichen mit gesenkten Köpfen zum Campingplatz.

Uwe hatte erst vor, sich vor Frust zu betrinken, aber selbst dazu fehlte ihm die Lust. Es war nur noch eine große Leere vorhanden. Alle Träume waren geplatzt wie eine Seifenblase, die auf den Boden kommt. Ja auf dem Boden, da waren sie jetzt, auf dem Boden der Tatsachen.

Am nächsten Morgen, ohne große Worte, packten sie ihre Sachen. Auf den Rest des Urlaubs hatte keiner mehr Lust von ihnen. Sie würden nur noch nach Hause fahren und sich eine Zeit lang im Selbstmitleid ertränken. Das Einzige, was blieb, war die Freundschaft. Sie verabschiedeten sich voneinander, verabredeten sich, gegenseitig anzurufen, und fuhren los.

Auf dem Rückweg sprachen Anja und Uwe kaum ein Wort. Jeder von ihnen war in eine Art Depression gefallen. Wer in aller Welt hatte sie nur so hochgenommen? Warum machte jemand so einen üblen Scherz? Sie konnten es nicht verstehen. Ohne eine Pause fuhren sie bis nach Hause durch. Nicht wie sonst wurden die Sachen ordentlich verstaut, sondern nur noch in eine Ecke geworfen.

Wenig später dann, sah Anja wie Uwe hinter dem Haus in der Feuerschale seine ganzen Aufzeichnungen, Zettel und Unterlagen verbrannte. Er hatte die Nase voll vom Geocaching. Das war für ihn gestorben. Soviel Spaß es am Anfang auch gemacht hatte, die Enttäuschung war einfach zu groß.

Am Abend dann waren sie endlich soweit das erste Mal offen darüber zu sprechen. „Wie naiv sind wir eigentlich gewesen, zu glauben, unter den Toten die Lebenden zu finden?" Eröffnete Uwe das Gespräch. „Ja wir sind da einer Sache aufgesessen und haben uns dermaßen reingesteigert, dass wir nicht mehr objektiv waren." Fügte Anja hinzu. Sie waren den Tränen nahe. Der einzige Trost, der blieb, war, dass ihr Urlaub noch 2 Wochen dauerte und sie in dieser Stimmung nicht noch die komischen Kollegen sehen mussten. „Wenn die das wüssten oder herausbekommen, was uns passiert ist, wir wären der Lacher eines ganzen Jahres." Sprach Uwe und wollte nur noch zu Bett.

Es hatte 3 Tage gedauert, bis sie einigermaßen aus diesem Tief heraus kamen und sich wieder dem realen Leben stellten. Sie verbrachten die nächsten Tage damit, einzukaufen, Schwimmen zu gehen, und irgendwann konnten sie sogar wieder Lachen. Sogar über sich selbst. Nur erzählen davon, das würden sie nicht.

Da Bernd und Ulrike sich noch nicht gemeldet hatten und sie sich ein bisschen Sorgen machten, da Bernd ja seinen Job aufgegeben hatte, schlug Anja vor, selbst einmal anzurufen. Uwe nahm das Telefon und wählte die Nummer. Am anderen Ende nahm Ulrike den Hörer ab. Auf die Frage wie es ihnen ginge, antwortete Ulrike etwas traurig, dass Bernd in einer ziemlich depressiven Phase wäre. Sie selbst hatte es aber auch gerade erst hinter sich. Bernd befand sich in Selbstmitleid, da er jetzt ohne Arbeit dastand. Vom Geocaching jedenfalls hätte er die Nase gestrichen voll und auch alle Aufzeichnungen vernichtet. Uwe erzählte, dass er genau das Gleiche getan hatte und sie sich auch gerade erst wieder gefangen hatten. Das Thema Geocaching hätten sie aber auch abgehakt. Seit sie zurück waren, hatten auch Ulrike und Bernd nicht mehr in die Community geschaut. Worüber Einigkeit bestand, war, dass dies auf alle Fälle der beknackteste Urlaub war, den sie je gemacht hatten.

Uwe bemerkte, dass Ulrike keine richtige Lust auf ein längeres Gespräch hatte. So schob er eine kleine Ausrede vor, dass er das Gespräch beenden musste, und wünschte ihnen einfach noch einen schönen Abend und sagte, dass er sich bald wieder melden würde. Mit Anja sprach er dann noch über die trübe

Stimmung bei den beiden und dann beendeten auch sie diesen Tag.

Irgendwie hatten sie das Gefühl, der Urlaub würde so einfach dahin tröpfeln. Die Tage waren alle gleich und immer kürzer wurde die Zeit, bis die Arbeit wieder beginnen würde. Sie mussten etwas unternehmen, sonst wären die schönsten Tage des Jahres so sinnlos verronnen.

Uwe ging in die Garage, er wollte endlich die Sachen aufräumen, die er bei der Rückkehr so achtlos in die Ecke geworfen hatte. Mitten im Sortieren platzte Anja herein. Aus Spaß sagte sie: „Oh es geht wieder los, na ja 10 Tage hätten wir ja noch und der Campingplatz ist ja bezahlt." Uwe stutzte und schaute sie komisch an. Er hatte den Scherz einfach nicht verstanden und antwortete nur: „Meinst Du wirklich, vielleicht gar keine schlechte Idee." Dann lachten sie beide und merkten gar nicht, wie sie beim Aufräumen einige Sachen ins Auto packten. „Na los, jetzt den Rest noch und dann haben wir es", lächelte Anja erneut. „Ernsthaft?" Fragte Uwe. Sie schauten sich an und wie zwei Verliebte, die auf ihre erste gemeinsame Reise gehen, packten sie alle ihre Sachen in das Auto.

Noch am selben Tag fuhren sie los. Aber unter ganz anderen Voraussetzungen, sie wollten einfach nur Urlaub machen und die restlichen Tage genießen. Sie hatten auch nicht vor, Ulrike und Bernd zu informieren, sie wollten nur für sich sein. Erst am späten Nachmittag kamen sie auf dem Campingplatz an. Der Betreiber war sehr verwirrt und musste ihnen einen anderen Platz zuweisen, da er geschäftstüchtig wie er nun mal war, ihren schon weitervermietet hatte.

Auspacken, Aufbauen, das waren sie ja inzwischen gewohnt und es ging ihnen verdammt schnell von der Hand. „Lass uns noch schnell die Strandpromenade entlang schlendern", schlug Uwe vor. Anja wusste genau, wo er hin wollte. Seine Nase hatte schon wieder Witterung von der Räucherei aufgenommen. Aber sie freute sich, dass Uwe wieder so guter Dinge war und er endlich aus dem Tal der Tränen heraus kam.

Der See war inzwischen noch weiter ausgetrocknet und wie ein Mahnmal sahen sie den alten Friedhof und die Brücke dort liegen. Aber sie ließen sich nicht davon beeindrucken, sondern schlenderten Hand in Hand gezielt zur Aalräucherei. Die Verkäuferin lachte schon, als sie Uwe sah. Sie erahnte gute Geschäfte für die kommenden Tage. Auf dem Rückweg zum Campingplatz nahmen sie den oberen Weg, von dem aus man eine wunderbare Sicht auf den See hatte.

Als wäre ein Ruck durch ihr Leben gegangen, plötzlich war ihre Beziehung, die durch die schlimme Zeit der letzten Tage so gelitten hatte, wieder wie neu. Ja wie frisch ineinander verliebt waren sie. Am Abend dann saßen sie noch lange vor dem Zelt und ließen sich bei Kerzenschein das eine oder andere Glas Wein schmecken. Der vom Vollmond beschienene See sah gar mystisch aus. Es erschien wie eine eigene, fremde Welt. Wenn man genau hinsah, konnte man die Brücke und die Grabsteine im Mondlicht schimmern sehen. Es war schön, mal so einen ganz anderen Blick auf die Sache zu haben. So verbohrt waren sie gewesen, dass sie die Schönheit der Landschaft mit ihren vielen Eigenarten gar nicht mehr gesehen hatten. Mit diesem wunderbaren Gefühl krochen sie zufrieden in ihre Schlafsäcke.

Am nächsten Morgen war Anja schon sehr früh wach und hatte frische Brötchen und Croissants gekauft. Als Uwe endlich aus seinem Schlafsack kroch, war der Tisch schon reichlich gedeckt und ein neuer, glücklicher Tag konnte beginnen. Beide waren froh über ihre Entscheidung, den Rest des Urlaubs doch hier verbringen zu wollen.

Als nach dem Frühstück Anja begann den Tisch abzuräumen, spielte Uwe noch ein bisschen mit seinem Handy herum. Irgendwas hatte ihn dazu bewegt, doch nochmal einen Blick in die inzwischen verhasste Community zu werfen. Da stand er dann, der neue Post!

So dicht seid ihr uns gewesen.
Doch es scheiterte am Lesen.
Den Tipp gab Euch der kleine Racker.
Schaut genau hin auf dem Gottesacker.

Uwe machte sofort die Seite zu und ohne ein Wort an Anja darüber zu verlieren, nahm er sich eine Zeitung und begann zu lesen. Aber seine Gedanken waren wie gebannt von diesen Zeilen. Reichte es denn immer noch nicht, wer wollte sie da in den Wahnsinn treiben? Oder hatten sie doch etwas übersehen, waren sie zu voreilig abgereist? Was hatte es mit dem kleinen Racker auf sich? Es gab einfach zu viele Fragen. Er wollte Anja damit nicht mehr belasten, die Tage der Enttäuschung waren einfach zu schlimm gewesen. Gerade jetzt, wo ihre Beziehung wieder so schön war, wollte er diesen Zustand nicht gefährden.

Aber dennoch ließ es ihn einfach nicht los. Heute wollten sie einen Ausflug in das nahe Bad Wildungen machen und sich dort die Altstadt anschauen und etwas durch die Geschäfte bummeln. Den ganzen Tag würden sie unterwegs sein, vielleicht würde ihn das auch wieder ablenken.

Es waren zwar nur wenige Kilometer bis zu ihrem Ziel, aber sie genossen die Fahrt. Vorbei ging es an dem großen Ausgleichsbecken, welches das Wasser vom

Peterskopf auffing, wenn dieses bei Bedarf durch die riesigen Rohre floss und die Turbinen antrieb. Dann kamen noch ein paar kleinere Dörfer und endlich nach einem steilen Anstieg konnten sie einen Blick auf die Stadt werfen, wo sie den Tag verbringen wollten.

Sie suchten sich einen Parkplatz mitten im Ort und begannen mit ihrer Stadterkundung. Als Erstes wanderten sie durch den riesigen Kurpark, wo sie viele lauschige Plätze und jede Menge Anpflanzungen bestaunen konnten. Auch gab es hier ein Brunnenhaus, wo man das Heilwasser genießen konnte. Aber von Genuss war keine Rede, es schmeckte einfach nur salzig. Uwe sagte dazu: „Da wird man ja vor Schreck schon gesund." Sie lachten und weiter ging ihr Weg in einem großen Bogen Richtung Altstadt.

Auf dem Markt verköstigten sie einige regionale Spezialitäten und nahmen auch gleich ein paar Lebensmittel für die kommenden Tage mit. Dann war Shopping in den vielen kleinen Läden angesagt. Zum Mittagessen, suchten sie sich einen Platz draußen vor einer Pizzeria und erfreuten sich des immer noch so schönen Spätsommers. Der Nachmittag ging mit Shopping weiter und erst am späten Abend kehrten sie zum Campingplatz zurück. Hier war gerade wieder der Betreiber mit seinem kleinen Sohn dabei, alles beiseite zu räumen und für den nächsten Tag zu richten. „Guck mal, der kleine Racker wieder", sagte Anja. „Er bessert sich sicher sein Taschengeld wieder auf." Uwe hielt an und stieg aus. Dann sprach er den Jungen an: „Na wieder fleißig heute?" Der Junge antwortete freundlich: „Das bin ich immer am Abend, dass gibt etwas Taschengeld extra und ich spare doch so sehr auf eine eigenes Ruderboot". „Aber nun muss ich mich beeilen, dem Vater noch das Reep bringen, er wartet nicht gern". Damit verabschiedete er sich und brachte dem Vater das Seil, mit dem sie die Stühle und Tische sicherten.

Uwe konnte es kaum erwarten, zum Zelt zurückzukommen. Es war genau wie damals der Begriff Reep gefallen. Während Anja noch am Auspacken war gab Uwe das Wort schon die Suchmaschine ein. Dort stand als eines der vielen Ergebnisse: „Reep, altes Wort für Seil, umgangssprachlich in einigen Regionen." Aber es half Uwe nicht weiter, in keinem der vorwiegend Bibeltexte kam dieses Wort vor, das wäre ihm sofort eingefallen. Da es sich etwas bewölkte und der Vollmond heute nicht den See erhellte, beschloss Uwe am nächsten Morgen irgendwie heimlich zum See zu gehen und noch einmal alles zu kontrollieren.

Anja bemerkte seine Anspannung. Zu lange waren sie schon zusammen, als dass sie so etwas nicht spüren würde. Auf ihre Frage hin, was denn los wäre, musste er die Wahrheit sagen. Sie zu belügen, den Mut hatte er nicht. Außerdem sie würde es ohnehin heraus bekommen. Das wusste Uwe aus Erfahrung nur zu gut. Er holte sein Handy aus der Tasche, loggte sich auf die Seite der Community ein und zeigte Anja den neuen Post. „Da glaubst Du doch nicht allen Ernstes dran", sagte Anja. Sie spürte förmlich, wie es ihr den Boden unter den Füßen wegzog. Sollte denn nun wieder alles von vorne beginnen, gerade jetzt, wo sie wieder glücklich waren. „Aber der Junge hat doch Reep gesagt, das ist ein altes Wort für Seil. Zwar habe ich in den Texten das Wort nicht gefunden, aber es ist immerhin ein Hinweis", sagte Uwe und sah, wie Anjas Augen traurig wurden.

Uwe erkannte an ihrem Gesicht sofort die Enttäuschung in ihr. Natürlich konnte er es verstehen und einen Anhalt für das von dem Jungen genannte Wort gab es ja auch nicht. Sollte er für einen neuen Fake seine Beziehung riskieren? Wenn er doch nur hätte noch einmal nachgucken können, bevor Anja es gemerkt hatte. Von allem Materiellen sich zu trennen, das war für Uwe kein Problem, aber die Partnerschaft mit Anja aufzugeben, das stand außer Frage.

„Wenn Du einen Beweis hast, dass es stimmt, dann bin ich dabei", sagte Anja. Uwe hatte keinen Beweis außer dem Wort Reep. Schweren Herzens entschloss er sich, aufzugeben. Alles was er an Papieren hatte, war ohnehin schon vernichtet. Blieb nur noch der Zugang zur Community und die ganzen Bilder, die sich noch auf der Kamera befanden. Uwe löschte seinen Account und er sah, wie Anjas Augen begannen aufzuklaren. „Wenn dann auch richtig, jetzt lösche ich noch die Bilder und dann ist es endlich vorbei", sagte Uwe.

Er holte die Kamera und begann es zu zelebrieren, indem er die Bilder alle einzeln löschte. „Tschüss Herrmann Wagner, tschüss Paul Wolf, tschüss Karl Lange". So las er die Namen der Grabsteine vor und löschte das jeweilige Bild. „Tschüss Sigrid Mai, tschüss Erna Obermann, tschüss Otto Reep". Uwe stoppte, Anja sah ihn erschrocken an, da war er der Beweis. Es stand nicht in einem der Texte, es war einfach nur ein Name. Ein Name auf einer der Grabplatten.

Gleich am ersten Tag hatten sie dieses schon entdeckt und doch nicht erkannt, worum es ging. „Was würden wir nur ohne die ganzen Zufälle machen? Oder sind es vielleicht gar keine Zufälle?", sagte Anja.

Am heutigen Abend noch zu suchen würde keinen Sinn machen, Morgen wäre der große Tag. Einerseits Freude, aber auch ein etwas komisches Gefühl stellte sich ein. Sie würden Morgen schon ganz früh zum See gehen, so dass nach Möglichkeit noch keine anderen Besucher da wären.

Des Rätsels Lösung Teil 2

Mit Taschenlampen bewaffnet und allen anderen möglichen Dingen machten sie sich noch in der Dunkelheit auf den Weg. Ohne Probleme fanden sie das Grab von Otto Reep wieder. Sie standen mit einem mulmigen Gefühl davor. Was sollten sie nun machen. Was würde gleich passieren? Sie mussten die Grabplatte versuchen zu verschieben.

Anja und Uwe setzten sich auf eine Seite, stellten die Füße gegen die Platte und drückten, so fest sie nur konnten. Erst knirschte es etwas, dann gab sie langsam nach. Die Spannung stieg ins Unermessliche. Plötzlich gab es ein lautes Sog Geräusch, so als würde alle Luft um sie herum in das Grab gesaugt. Es dauerte schon mehrere Minuten, und schien nicht mehr aufhören zu wollen. Vor Schreck waren beide vom Grab gewichen. So konnten sie nicht dicht herangehen, der Sog war einfach zu stark. Sie würden bestimmt mit eingesogen werden.

Dann endlich ließ das Geräusch langsam nach. Uwe war der Erste, der sich herantraute. Er leuchtete mit seiner Taschenlampe hinein und entdeckte eine Art Leiter. „Ich werde jetzt hinunter steigen und schauen, ob ich etwas sehe", sagte Uwe. Kaum hatte er die Worte ausgesprochen, da kletterte er schon herunter. Anja gab ihm mit der Taschenlampe Licht. Immer tiefer stieg er, sie konnte ihn kaum noch sehen, dann war er verschwunden.

Es dauerte gefühlt unendlich lange, bis Anja ihn wieder entdeckte, Uwe kam wieder zurück. Sie brannte vor Neugier, was er gesehen hatte. „Du kannst Dir nicht vorstellen, was da ist", sagte er. Dann erklärte er ihr, dass er eine Art Fahrstuhl, ja mehr in der Form einer Bombe, entdeckt hatte. Uwe war so aufgeregt, dass er die Hälfte der Worte verschluckte. Er berichtete von einem Schild, dass dort angebracht war und welches darauf hinwies, unbedingt die Grabplatte mit der Verriegelung an der Unterseite wieder zu schließen. Dann gab es noch so einen komischen Satz wie: „Nur wenn einer herunterfährt, kann wieder einer nach oben".

Uwe war jetzt dem Grab wieder entstiegen und sie überlegten, was sie nun tun sollten. „Als Erstes rufen wir Bernd und Ulrike an", schlug Anja vor. „Dann weiß zumindest jemand, wo wir sind." Uwe hielt es für eine geniale Idee. „Was wird das für ein Weckruf für die beiden", lachte er.

Lange musste Anja das Telefon klingeln lassen, ehe Ulrike, scheinbar noch völlig verschlafen, sich meldete. Diese war doch sehr verwundert über den frühen Anruf, freute sich aber dennoch, von den beiden zu hören. Anja erzählte ihr in einer Zusammenfassung, was alles Geschehen war und das sie vorhatten, in diesen „Fahrstuhl" zu steigen, und vielleicht nie mehr zurückkönnten. Ulrike hatte inzwischen das Telefon auf laut gestellt und auch Bernd hörte zu. Jetzt waren alle vier wieder Feuer und Flamme. Ulrike und Bernd versprachen noch heute nachzukommen und baten Anja und Uwe doch so lange zu warten, dann könnten sie gemeinsam sich in das Abenteuer stürzen. Anja und Uwe schauten sich an, überlegten einen kleinen Moment und versprachen, auf die beiden zu warten. Jetzt wo sie die Lösung kannten, wäre der eine Tag auch nicht weiter schlimm.

Sie beendeten das Gespräch, schoben mit viel Mühe die Platte wieder zurück und begaben sich zum Campingplatz.

Nach einem ausgiebigen Frühstück hieß es nun auf die beiden, zu warten. Selbst wenn sie sich beeilen würden, könnten sie nicht vor dem Spätnachmittag hier sein. So blieben ihnen noch einige Stunden, um sich von der hiesigen Welt zu verabschieden. Zumindest hatten sie das Gefühl, nicht wiederkommen zu können. Sie würden hier mit Ulrike und Bernd noch einen schönen Abend verbringen und sich dann morgen früh in ihr Abenteuer stürzen.

Jetzt, wo es nur noch wenige Stunden waren, sahen sie plötzlich vieles ganz anders. Viel mehr nahmen sie die Natur, die Tiere und sich selbst zur Kenntnis. „Einmal muss ich auf jeden Fall noch Aal essen, wer weiß, ob es da auch welchen gibt", sagte Uwe. Anja war überrascht, wie er im Angesicht eines solchen Ereignisses, an so etwas banales wie Aal essen denken konnte. Aber es schien ihm ernsthaft und wichtig zu sein.

Was sollte man nun noch machen, wenn man wusste, man wäre nicht mehr lange auf dieser Welt. Vielleicht war es ja doch nur ein Abschied auf Zeit und nicht für immer? Tausend Fragen quälten sie und durch das viele Überlegen, was man noch tun konnte, machten sie gar nichts. Sie warteten einfach nur noch auf ihre Freunde und ansonsten erschienen sie wie gelähmt. Sie würden auf alle Fälle einen Abschiedsbrief im Zelt hinterlassen, zwar nicht mit der Aussage wo sie wären, sondern einfach nur das sie nicht mehr zur Verfügung standen. Dort würden sie die wichtigsten Adressen hineinschreiben und den Finder bitten, alle zu informieren. Auch sollte keiner traurig sein, sie wären nur woanders und hätten ihr Glück gefunden.

„Was aber ist, wenn wir nicht unser Glück finden, was ist, wenn es eine Art Hölle ist?" Fragte Anja. Sie hätte sich die Frage selbst beantworten können, ihr Gefühl sagte ihr, dass es die richtige Entscheidung war.

Obwohl sie warteten, verging die Zeit wie im Flug. Gegen 16 Uhr kamen Ulrike und Bernd an. Es war die übliche freudige Begrüßung. Hatte sich ihr warten, ihre Ausdauer und Energie nun doch noch gelohnt. Sie halfen den beiden, ihr Zelt aufzubauen, auch wenn es wohl nur noch für eine Nacht wäre.

Dann drängelte Uwe schon mit dem Verweis auf die Uhr und den Öffnungszeiten der Räucherei auf den Aufbruch zur Promenade. Bernd musste lachen, für seinen Aal war Uwe zu allem bereit. Aber er hatte es sich ja auch verdient, ohne ihn wäre das Rätsel nicht gelöst worden.

Als wären sie schon in einer fremden Welt, wandelten sie die Promenade entlang. Immer wieder ging der Blick zum See. Durch die vielen Leute, die Segelboote und den ganzen Kommerz ging ihr Blick einfach hindurch. Sie sehnten sich so sehr nach etwas Anderen. In dieser Stimmung kamen sie in der Räucherei an und Uwe schlug noch einmal richtig zu. Es könnte ja das letzte Mal gewesen sein und da durfte er doch nicht sparen. Wozu sparen überhaupt noch, wahrscheinlich hatten alle materiellen Dinge ohnehin bald keine Bedeutung mehr.

Pappsatt saßen am Abend dann alle Vier noch lange vor dem Zelt. Sie tranken noch gemütlich etwas Wein und wollten einfach nur die Zeit miteinander genießen.

139

Keiner wusste, was sie erwarten würde. Sie überlegten, was sie alles mitnehmen sollten. Dann hatte Bernd die Idee, nämlich Nichts. „Erinnert Euch an einen Teil des Rätsels, es hieß, trennt Euch von allen materiellen Glück." Die anderen nickten nur und waren sich einig, vielleicht würde ihnen sonst etwas versagt bleiben. Sie würden einen Schritt gehen, den wahrscheinlich noch keiner vor ihnen gegangen war. Mit diesem Gefühl der Ungewissheit, gingen sie in ihre Zelte und versuchten zu schlafen. Aber alle wälzten sich in dieser Nacht nur herum. An Schlaf war einfach nicht zu denken.

Am Morgen dann, waren alle müde und sahen schrecklich aus. Jeder erzählte von seinen Gedanken und der unruhigen Nacht. Dann hieß es noch frühstücken, alles inklusive einem Zettel im Zelt liegen lassen und auf in das große Abenteuer.

Das Abenteuer in die Ungewissheit

Es begann gerade zu dämmern, als sie zum See gingen. Es war ihr letzter Gang, das wussten sie. Vor dem Grab blieben sie noch einen Moment stehen und dann beschlossen sie den Einstieg. Zu viert ließ sich die schwere Grabplatte leicht zur Seite schieben. Einer nach dem anderen stieg hinein und ein kleines Stück die Treppe herunter. Da wartete sie schon die „Bombe".

Es würde eng werden zu viert, aber so konnten sie zumindest zusammenbleiben. Uwe verriegelte die Steinplatte von innen, stieg als Letzter ein und schloss die Tür der Kapsel.

Kaum war die Tür geschlossen, raste diese in die Tiefe. Es wurde immer schneller, sie hatten das Gefühl der Schwerelosigkeit. Noch höher wurde die Geschwindigkeit, dann wurden sie einer nach dem anderen bewusstlos. Erst als die Kapsel stark abbremste, kamen sie wieder zu sich. Keiner von ihnen wusste, ob sie nur Sekunden, Minuten oder Stunden weggetreten waren. Zeit war kein Begriff mehr. Die Kapsel verlangsamte ihre Fahrt zunehmend und irgendwann gab es einen Ruck und sie stand still. Nichts war zu hören. Vorsichtig öffnete Uwe die Tür und ein helles Licht blendete ihn enorm. Sie mussten sehr lange im Dunkeln gewesen sein.

Uwe nahm erst vorsichtig ein Bein aus der Kapsel, dann das andere. Er stand in einer lichtdurchfluteten Höhle. Dann stiegen einer nach dem anderen aus. Sie verweilten einen Augenblick und kamen sich vor, als wären sie auf einem fremden Stern gelandet. Aber es musste ja immer noch die Erde sein. Die Paare fassten sich an der Hand und etwas ängstlich verließen sie die Höhle.

Vor ihnen lag ein riesiges Tal. Ganz in der Ferne konnten sie einige Hütten sehen. Ja es mussten Hütten sein, keine Häuser. Auch Tiere waren dort, aber Menschen sahen sie nicht. Wo waren sie nur gelandet? Sie wussten nicht, wo sie waren, aber sie spürten sofort, es fühlte sich wunderbar an. Das Tal wurde von einem Bach durchzogen, der mal gemächlich, mal etwas schneller dahinfloss. Sie hatten sich nach beiden Seiten umgeschaut und dann beschlossen, in Richtung der Hütten zu gehen. „Hoffentlich sind die Bewohner nicht feindlich und werden wir sie überhaupt verstehen?" Gab Ulrike zu bedenken. „Hier herrscht absoluter Friede, das spüre ich", sagte Anja.

Ein Pfad führte entlang des Baches. Es gab weder Spuren von Schuhen oder Rädern, das wunderte sie schon etwas. Aber sicher gab es einen Grund dafür. Immer dichter kamen sie der Siedlung und jetzt sahen sie auch die ersten Wesen. Noch waren sie nicht genau zu erkennen, aber sie sahen etwas pelzig aus oder zumindest die Kleidung. Noch ein Stück weiter und die „Wesen" hatten sie bemerkt.

Sie vernahmen Laute, die sie nicht verstanden und sahen, wie mehrere der Bewohner sich am Rande der Siedlung versammelten. „Ein bisschen furchterregend sehen sie schon aus", sagte Uwe. Aber mutig schritten sie voran. Es waren nur noch wenige Meter, die

Bewohner, es waren doch Menschen mit Pelzkleidung, hoben und senkten die Arme und schienen eine Art Singsang anzustimmen. Es sah freundlich aus. Sie streckten die Hände aus und einer, es schien das Oberhaupt zu sein, machte es ihnen nach. Es war ihre erste Berührung mit einer völlig fremden Kultur.

Sie sahen sich einer Art gemischten Gruppe gegenüber. Man konnte keine richtige Rasse heraus erkennen. Selbst von der Hautfarbe gab es die ganze Palette, von Weiss bis fast Schwarz. Aber eines schienen sie gemeinsam zu haben, sie sahen alle entspannt und zufrieden aus.

Zwar konnten sie kein Wort der Sprache, wenn man sie dann so nennen konnte, verstehen, aber sie machten Anzeichen ihnen zu folgen. Wie gerne nur hätten sie gefragt, wo sie hier waren, aber das war so leider nicht möglich und vielleicht ist es ja auch gar nicht wichtig, wo man sich befindet, sondern wie man sich dort fühlt. Das Oberhaupt führte sie zur Mitte der Siedlung. Dort brannte ein großes Feuer und ein wuchtiger Kessel hing darüber. „Hoffentlich sind es keine Menschenfresser und locken so ihre Opfer an", scherzte Bernd. Die anderen lachten. Das animierte die Bewohner ebenfalls zum Lachen, was aber das Gefühl von Bernd nun nicht gerade beruhigte. Die Bewohner deuteten ihnen an sich zu setzen. Schon der Höflichkeit halber, taten sie das.

Dann kamen einige mit Holzschalen, füllten mit einem großen Löffel etwas aus dem Bottich hinein und reichten es zuerst dem Oberhaupt, dann den Gästen.

Sie probierten vorsichtig. Es war eine Art Suppe. Sie schien kaum Gewürze zu enthalten, dennoch schmeckte sie unglaublich intensiv. So als könnte man jedes Gemüse einzeln heraus schmecken. Es schmeckte geradezu ehrlich. Uwe war der Erste, der seine Schüssel geleert hatte und hielt sie gleich noch einmal zum Nachfüllen hin. Anja sagte; „Du bist echt unverschämt." Wieder mussten sie lachen und Uwe bekam auch noch ein zweites Mal seine Schüssel gefüllt. Diesmal sagte die Frau, die die Schüssel Uwe gereicht hatte, auch ein Wort dazu und zeigte auf die Schale.

„Wir sollten uns mal langsam vorstellen", schlug Anja vor. Sie war die Erste, zeigte auf sich und sagte ihren Namen. Die anderen taten es ihr dann gleich.

Die Bewohner versuchten im Chor, ihre Namen zu wiederholen. Sie mussten den Vorgang einige Male ausführen, dann klappte es einigermaßen. Jetzt wurde der Spieß umgedreht und die Bewohner stellten sich vor. Es war eine schwere Sprache, die Umlaute wurden förmlich verschluckt. Auch die Vier brauchten einige Versuche, bis sie es einigermaßen schafften. Die Namen sich dann aber auch noch zu merken war doppelt schwer. Erstens waren es so viele und sie schienen auch recht gleich zu klingen.

Die Sprache mussten sie als Erstes lernen, das war allen bewusst und sie müssten sich Mühe geben.

Nachdem sie noch eine Weile im Kreis der „Pelzigen" gesessen hatten, gebot ihnen der Anführer, aufzustehen, und führte sie an den Rand der Siedlung. Dort wies er ihnen 2 Hütten zu. Die beiden Paare trennten sich kurz und ein jedes wollte eine Hütte beziehen. Da aber griff der Anführer vorsichtig ein und deutete ihnen, dass Männer und Frauen getrennte Hütten hatten. Sie schauten ihn ungläubig an, aber nahmen es erstmal so hin. Sie wollten nicht gleich gegen die Sitten verstoßen. Später, wenn sie sich unterhalten könnten, dann würden sie das schon klären. Der Anführer zögerte ebenfalls etwas, ging dann weg und kam einige Zeit später mit einer sehr hellhäutigen Frau mittleren Alters zurück.

Die Paare begrüßten sie mit einem freundlichen Hallo und die Frau antwortete ebenfalls mit: „Hallo, ich bin Maria". Anja war die Erste, die sich wieder fassen konnte. Diese Frau sprach tatsächlich ihre Sprache. Das würde so viel erleichtern. Sie hätten ihr sofort tausend Fragen stellen können, aber die Verwirrung darüber war so groß, dass ihnen erstmal gar nichts einfiel, was sie zuerst sagen wollten. Der Anführer ließ ihnen Maria da und ging selbst wieder seiner Wege.

Jetzt so unter sich, war es auch weniger unhöflich in der eigenen Sprache zu sprechen. Sonst hätten sie den Anführer immer außen vor gelassen und das war ihnen doch unangenehm. Nun aber begann ein fröhliches Plappern. Maria musste bei manchen Worten doch stark überlegen, es schien so, als ob sie die Sprache sehr selten sprechen würde. „Wie kommt es, dass Du unsere Sprache sprichst?" Fragte dann Bernd. Maria setzte sich zu ihnen ins Gras und erzählte: „Meine Vorfahren haben sich damals entschlossen, nicht in der Neuen Welt zu leben. Einige von ihnen hatten sich dafür entschieden, beim Fluten des großen Sees einfach mit zu ertrinken. Sie schoben eines der Gräber vom alten Friedhof auf und kletterten in der Gewissheit, bald zu sterben hinein. Es muss schon damals eine Verbindung zu diesem Tal gegeben haben. Sie trafen hier in dieser von der Welt abgeschiedenen Landschaft auf die Urbevölkerung und vermischten sich. Später dann, als einige wenige wieder zurückwollten, wurde der „Fahrstuhl der Zeiten", so nennen wir ihn, gebaut. Alles war gut durchdacht gewesen, bis darauf, dass nie jemand wusste, ob die Gräber unter Wasser waren. So konnte er nicht genutzt werden, aus Angst alles hier würde überflutet. Ansonsten gibt es aus diesem Tal kein

Entrinnen. Die Berge sind so hoch und so steil, dass bis heute ein jeder Versuch gescheitert ist."

„Im Laufe der Zeit vermischten sich die Gruppen und heute sind wir eine große Gemeinschaft. Wir bauen hier ein bisschen Getreide an, versuchen uns in der Viehzucht, gehen aber auch auf Jagd. Niemand nimmt sich hier mehr, als er wirklich braucht und gegenseitige Hilfe ist ein Selbstverständnis. Keiner hat mehr als der andere und daher ist es auch nicht notwendig, irgendetwas zu horten oder anzusammeln, da für alle immer genug da ist. Jedes Jahr wählen wir einen neuen Anführer und es darf auch nie der Gleiche wieder sein. So macht es für keinen einen Sinn, Gruppen um sich zu scharen, da er im kommenden Jahr ohnehin wieder diesen Posten verliert. Sicher habt ihr Euch gewundert, dass ihr nach Geschlechtern getrennt untergebracht wurdet. Das liegt aber nur daran, dass Ihr nach unseren Bräuchen nicht ein Paar seid." Erklärte Maria ihnen weiter.

Sie fanden es gemeinsam wichtig, die hiesige Sprache zu Lernen und Maria war ihnen gerne dabei behilflich. Sie brauchte sich in dieser Zeit nicht um ihre kleine Herde zu kümmern, das übernahmen die anderen der Gemeinschaft für sie. Immer wenn jemand eine bestimmte Aufgabe hatte, wurde das so gehandhabt.

Nur das Wohl aller zählte, keiner sollte durch Sonderaufgaben Nachteile erhalten.

Maria erzählte ihnen dann noch, dass sie nicht die einzigen Bewohner des Tals waren. Es zog sich zwar schmal aber lang über einige Tagesreisen hin und es gab mehrere Siedlungen, die aber untereinander in Freundschaft standen, die gleiche Sprache hatten und einfach nur aus ökonomischen Gründen verteilt im Tal lebten. Einen ganz wichtigen Punkt gab sie ihnen noch mit, es sollte alles so bleiben, keine Neuerungen eingeführt werden, damit das Glück das sie hatten, nicht durch Veränderungen gestört würde. Zwar kannten sie durchaus Dinge, wie das Rad für Karren, andere Kleidung, ja sogar das Wissen über Motoren und Ähnliches hatte sich erhalten, aber sie verzichteten bewusst darauf; denn die Erfahrung ihrer Vorfahren hatte ja gezeigt, es führte nur zu Zerstörung, Macht und Intrigen, sowie Neid und Missgunst.

Mit dieser kurzen Einführung verabschiedete sich Maria für den heutigen Tag, wünschte ihnen eine gute Nacht und sie würden sich am kommenden Morgen Wiedersehen.

Sie saßen am Abend noch einige Zeit gemeinsam vor ihren Hütten und unterhielten sich über dieses Abenteuer. Jetzt erst wurden sie sich richtig bewusst, dass es kein Zurück mehr gab. Aber wollten sie das denn? Hier schien doch alles so zu sein, wie sie es sich immer gewünscht hatten. Eine Gemeinschaft ohne Egoismus und Neid. Hier musste keiner das dickste Auto, das neueste Handy und das größte Haus haben. Hier waren alle gleich und in ihren Gesichtern konnte man eine Zufriedenheit feststellen, die sie bisher noch nicht gekannt hatten. War es nicht ein Fortschritt, diesen Schritt zurückgemacht zu haben? Ohne jeden Druck was Zeit und Geld betraf, gingen sie in ihre Hütten und verbrachten ihre erste Nacht in der neuen, Alten Welt.

Uwe wachte auf und glaubte zuerst, er habe geträumt. Dann sah er Bernd neben sich liegen und erkannte, dass dem nicht so war. Er reckte sich, gähnte ein paarmal und trat dann vor die Hütte. Ja, es war kein Traum gewesen, er war in einer anderen Zeit und einer anderen Welt. Langsam kam die Siedlung zu sich. Einer nach dem anderen kam aus der Hütte, begrüßte den Tag und begann mit seinem Tagwerk. Uwe stellte sich die Frage, was sollten sie hier eigentlich tun und wie könnten sie der Gemeinschaft von Nutzen sein? Jetzt kam auch Bernd heraus. Er guckte genauso ungläubig wie Uwe in den Tag. Plötzlich war alles anders, aus dem großen Abenteuer war ein neues Leben geworden.

Sie sahen, wie ein großer Teil der Bevölkerung zum Feuer ging. Dort schienen sie sich zu unterhalten und auch eine Art Frühstück zu sich zu nehmen. Bernd und Uwe warteten noch auf Anja und Ulrike, dann machten sie sich ebenfalls auf den Weg dorthin. Maria war auch schon da und begrüßte sie freudig. „Na wie habt Ihr geschlafen?" Fragte sie. Ohne eine Antwort abzuwarten, plapperte sie gleich weiter: „Kommt erstmal Frühstücken und dann könnt ihr mir erzählen". Immer mehr Personen sammelten sich. Sie hatten das Gefühl, als würden die anderen sie schon neugierig beobachten. Wäre ja auch nur natürlich; denn so viel Abwechslung gab es ja scheinbar nicht in ihrer Welt. Das Frühstück bestand aus einer Art Getreidebrei, der aber sehr nahrhaft war und deutlich besser schmeckte, as er aussah.

Sie erzählten dann Maria von ihrer ersten Nacht in der Neuen Welt und wie üblich hatten sie tausend Fragen. Die Wichtigste schien ihnen zu sein, was sie denn hier machen sollten und wovon sie ihr Einkommen erwirtschaften konnten. Maria gebot erstmal zur Ruhe und erklärte ihnen, das Erlernen der Sprache und der Gewohnheiten, wäre jetzt ihre Aufgabe. Solange sie dazu brauchen würden, sollten sie noch keiner Beschäftigung nachgehen. Die anderen hier in der Siedlung würden das so akzeptieren, ja förmlich wünschen. Wie sollte man sich auch eine Aufgabe suchen, wenn man noch kein Wort verstand und auch die Gebräuche in der Sippe völlig unbekannt waren.

In den nächsten Tagen, würde sie ihnen alle aus dem Dorf, inklusive ihrer Beschäftigung vorstellen, dann könnten sie sich schon viel besser ein Bild machen. Danach würden sie eine mehrtägige Reise zu den anderen Siedlungen unternehmen um auch diese kennzenzulernen. So war Marias Plan, der auch von allen Zustimmung fand.

Gleich nach dem Frühstück begann Maria eine Besichtigungstour durch die Siedlung mit ihnen. Sie stellte die Bewohner vor, erklärte kurz, was deren Aufgabe und Funktion in der Gemeinschaft war und versuchte ihnen gleich einige Worte in der ungewohnten Sprache so geläufig zu machen. Egal wohin sie kamen, sie wurden freundlich begrüßt und ein jeder nahm sich auch Zeit für sie. Keiner der Bewohner machten den Eindruck von irgendwas gehetzt zu sein oder wichtigeres vorzuhaben. Auffällig war auch der freundliche, ja liebevolle Umgang mit den Kindern. Diese schienen ganz anders zu sein, als in ihrer Welt. Sie machten einen aufgeschlossenen, neugierigen Eindruck, aber waren ebenfalls freundlich und lachten viel. Untereinander spielten sie ohne Streit und Neid, es hatte eher den Eindruck, als ob sie spielerisch das Gemeinschaftsleben darstellen würden.

Die meisten der Bewohner beschäftigten sich mit einer Art kleinen Farm. Sie bauten Getreide und Gemüse an, hatten ein paar Tiere zur Selbstversorgung und waren mit dem offensichtlich sehr zufrieden. Immer mehr kam in Uwe der Gedanke auf, dass je mehr Fortschritt es gab, dieser gleichzeitig ein Rückschritt im Miteinander einer Gesellschaft war. Ein jeglich erfülltes Bedürfnis, war in ihrer Welt, ja nur ein Verlangen nach etwas Neuem gewesen. Hier aber, wo es nichts Neues gab, entfiel dieser Wunsch. Die Menschen waren einfach nur zufrieden und glücklich mit dem was sie hatten und wie sie lebten.

Auch gab es ein paar Handwerker, die Gerätschaften für den Ackerbau herstellten oder wieder reparierten. Auf die Frage, wie denn eine Reparatur oder Neuanschaffung bezahlt würde, lachte Maria nur. Es gab kein Zahlungsmittel oder eine Zahlung. Auch wurde nicht dafür getauscht. Ein jeder brachte sich einfach in die Gemeinschaft ein und alles wurde gleichmäßig verteilt. Wenn jemand etwas brauchte, bekam er es und die Sache war damit erledigt, da er ja mit dem Gut, was er bekam, auch wieder zum Erfolg der Gemeinschaft zutrug.

Überhaupt war die Gemeinschaft der wichtigste Punkt im Leben aller. Wenn jemand krank war, wurde er einfach mit versorgt. Auch die Bewohner, die sich dafür engagierten wurden mit aufgefangen und hatten keinerlei Nachteile. Ebenso ging es denen, die sich um die Alten kümmerten. Immer war es die Gemeinschaft, die zusammen alles unterhielt.

Langsam lernten sie die ersten Worte der Sprache und stellten dabei fest, dass sich diese wohl aus verschiedenen Sprachen der Welt zusammensetzte. Wie auch die ganze Bevölkerung der Siedlung. Maria schlug vor, mit ihnen und einem weiteren Begleiter am nächsten Tag das Tal zu erkunden. Sie wären dann einige Tage unterwegs und sollten sich darauf einstellen. Weitere Bekleidung und Ausrüstung dafür würden sie von den Siedlern hier gestellt bekommen.

Wieder ein neues Abenteuer, so dachte Uwe. Kaum ist man in dem einen angekommen, kommt schon das Nächste auf uns zu. Aber es kam ihnen entgegen, wollten sie doch möglichst viel über ihre neue Umgebung erfahren und Abenteuern waren sie ja nun wirklich nicht abgewandt. Am Abend saßen sie noch lange vor ihren Hütten und versuchten darüber nachzudenken, was sie wohl bei dieser Reise erwarten würde.

Die Erkundung des großen Tals

Am nächsten Morgen dann war es soweit. Maria erschien schon vor dem Frühstück mit Halim, einem kräftigen Mann aus der Siedlung bei ihnen. Sie brachten jede Menge Kleidung, Zelte, Decken, Essgeschirr und alles, was man für einen längeren Ausflug benötigte. Maria bat sie, die Sachen in die mitgebrachten Rucksäcke zu verstauen, dann zum Dorfplatz zu kommen und nach dem gemeinsamen Frühstück und ein paar Worten des Anführers würden sie dann aufbrechen.

Es war gar nicht so einfach, die vielen Dinge so zu verstauen, dass sie alles tragen konnten. Ein schwerer Marsch würde auf sie zukommen. Mit ihrer Last machten sie sich nun auf zum Dorfplatz, wo sich heute scheinbar alle versammelt hatten. Der Anführer der Dorfgemeinschaft, gab ihnen noch ein paar Tipps mit auf ihre Reise und wünschte allen ein gesundes Wiederkommen. Sie wären nun eine ganze Zeit lang unterwegs und würden die verschiedenen Siedlungen und ihre Bewohner kennenlernen. Maria sollte ihnen dabei alles Erklären und Halim war zu ihrem Schutz da. Halim war ein erfahrener Jäger und kannte das Tal wie kein Zweiter. Zwar waren die meisten der Siedlungen friedlich, aber man konnte nie wissen. Auch gab es durchaus wilde Tiere, die einem nicht immer wohlgesonnen waren. Es gab nach dem Frühstück noch eine große Verabschiedungszeremonie und dann begann ihre Reise.

Sie folgten dem kleinen Bach flussabwärts und am ersten Tag, so sagte Maria, würden sie noch keine der Siedlungen erreichen. Sie genossen einfach die unverbrauchte Schönheit der Natur. Das saftige Gras, die Bäume und Sträucher und auch die Tiere, die sich frei bewegten. Es hatte alles so einen friedlichen Charakter. So anders war alles, als in ihrer eigenen Welt, der sie entflohen waren. Keine Hektik, kein wildes Treiben, einfach nur Natur und Ruhe waren hier vorhanden.

Bis zum Mittag wanderten sie durch, erst dann machten sie ihre erste Rast. Halim war ein sehr stiller Mensch. Er sprach nur, wenn etwas von besonderer Bedeutung war oder wenn er gefragt wurde. Er war mit einem Bogen, sowie einem Speer bewaffnet und stellte so eine imposante Erscheinung dar. Fast 2 Meter groß und von kräftiger Gestalt, hatte bestimmt niemand Lust Ärger mit ihm zu bekommen. Hier in der Wildnis schmeckte das selbstgebackene Brot und der in der Siedlung hergestellte Käse noch viel besser. Man konnte ihm förmlich den Ursprung der Natur entlocken. Der Bach, dem sie weiterhin folgten, floß gemächlich dahin, immer wieder kamen kleine weitere Bäche, die ihn auffüllten und seine Größe erweiterten.

Am späten Nachmittag kamen sie zu einigen Felsenhöhlen und Halim schlug vor, hier die Nacht zu verbringen. Sie könnten ein Feuer machen und in den Höhlen, hätten sie sicheren Schutz. Aber bevor sie diese betraten, wollte er sich noch davon überzeugen, dass keine Bären oder Wölfe hier ihr Lager aufgeschlagen hatten. Er bestand darauf, erst einmal alleine in die Höhlen zu gehen. Sie legten alle ihr Gepäck ab und während die Frauen sich ausruhten, sammelten Uwe und Bernd einiges an Feuerholz. So warm es am Tage war, so kühl wurden auch die Nächte und da würden sie das Feuer gut gebrauchen können. Es dauerte sehr lange, bis Halim wieder zurückkam. Er hatte wohl die Höhlen sehr sorgfältig nach Spuren abgesucht. Nun aber gab er grünes Licht und sie wussten, sie könnten sich auf ihn verlassen und wären in der Nacht hier gut aufgehoben.

Uwe und Bernd bemühten sich, das Feuer anzumachen, doch so ohne gewohnte Hilfsmittel wie Streichhölzer oder gar ein Feuerzeug, stellten sie sich etwas seltsam an. Erst mit Hilfe von Halim, gelang es ihnen, das Holz zu entzünden. Der geübte Jäger hatte da doch eine ganz andere Erfahrung in solchen Dingen. Als die ersten Äste heruntergebrannt waren und reichlich Glut vorhanden war, holte Maria ein großes Fleischstück aus ihrem Gepäck. Sie wäre froh, wenn sie es nicht weiter mit sich herumtragen müsste und gab es so zum Besten. Sie grillten es über dem offenen Feuer und der Duft ließ es sie kaum erwarten, bis das Stück endlich durchgegart war.

Nach dem köstlichen Mahl, erzählte dann Halim endlich etwas von seinen vielen Wanderungen und Jagden. Eine seiner Aufgaben war es, immer mal wieder zur Abwechslung etwas Wildbret zu erlegen, aber auch die Tiere wie Bären und Wölfe, die den Siedlern gefährlich werden konnten, auf Abstand zu halten. Bei den Wildtieren beobachtete er genau die Population und es wurden nur so viele Tiere entnommen, wie es auch der Nachwuchs der jeweiligen Art hergab. Etwas im Gegensatz zum Anführer, erzählte ihnen dann Halim, dass nicht wirklich alle Siedlungen so ganz friedlich waren. Es gab leider auch ein paar wenige, denen scheinbar der Fortschritt fehlte und die sich nach Ausdehnung ihres Gebietes sehnten. Dies war zwar im Verbund aller nicht gestattet, aber machen hielten sich nicht an die goldenen Regeln des Tals.

Erschöpft vom ersten Tag der Wanderung schliefen sie schon früh ein. Sie hatten sich mit ihren Decken in den Schutz der Höhlen zurückgezogen und freuen sich auf die kommenden Abenteuer. Uwe war der Erste, der erwachte. Es fröstelte ihn etwas und so ging er sogleich zum Feuer, das noch etwas Glut hatte. Er legte ein paar Äste nach und mit etwas Luftzufuhr bekam er auch wieder eine ordentlich wärmende Flamme. Nach und nach kamen die anderen ebenfalls zum Feuer und wärmten sich auf. Halim drängte gleich etwas mit dem Frühstück; denn er wollte am heutigen Tag noch die Etappe bis zu dem kleinen See schaffen. Von dort würden sie dann am nächsten Tag auch die erste Siedlung erreichen. Von der Neugier und Halims Worten zur Eile getrieben, packten sie sogleich nach dem Frühstück ihre Sachen zusammen und begaben sie auf die nächste Etappe.

Halim schritt mit seinen langen Beinen zügig voran. Er kannte die Gegend so gut, dass ihm die Schönheiten der Landschaft schon alle vertraut waren. Anja bat Maria, ihm zu sagen, doch etwas auf ihre körperliche Konstitution und auch auf das Kennenlernen der Landschaft Rücksicht zu nehmen. Von nun an schritten die Frauen voran, so dass sich alle nach ihrem Tempo richten konnten. Erst dachte Ulrike, wie schön es doch wäre, jetzt einen Fotoapparat dabei zu haben, doch dann verwarf sie schnell den Gedanken, denn dies war nun ihre neue Heimat und sie hatten jederzeit die Gelegenheit, dieses immer wieder zu sehen.

Die Mittagsrast wurde kurz gehalten; denn sie wollten unbedingt noch das Stück bis zu dem kleinen See am Nachmittag Schaffen. Inzwischen war aus dem Bach ein kleines Flüsschen geworden. Das kristallklare Wasser floss über ein Kiesbett und so konnten sie sogar einige Fische sehen, die sich in dem kühlen Nass tummelten. Aber diesmal hatte sogar Bernd keine Möglichkeit gehabt, seine Fliegenrute zu verstecken, diesmal durfte auch er nur zuschauen, wie sich die Fische vergnügten. „Na, fehlt Dir jetzt was?" Sagte Ulrike zu ihm und jeder wusste, was gemeint war. Sie lachten und mussten Maria aufklären, worüber ihr Scherz ging, sonst hätte sie sich vielleicht noch beleidigt gefühlt. „In den tiefer gelegenen Siedlungen gibt es ein paar, die vom Fischfang leben. Sie fangen Fische und führen diese der Allgemeinheit zu", sagte Maria. Bernd war sofort ganz Ohr, das interessierte ihn natürlich sofort. Aber er musste sich noch gedulden, bis dahin war es noch ein weiter Weg. Das Flüsschen schwoll immer mehr an und schon aus der Ferne konnten sie das Donnergeräusch eines Wasserfalles hören. „Dahinter beginnt der kleine See", erklärte Maria ihnen. So wussten sie, für den heutigen Tag hätten sie ihr Ziel bald erreicht.

Es war ein imposanter Anblick, wie der Fluss den Fall herunter stürzte. Dort wo das Wasser auftraf, bildete sich eine starke Gischt und es gab mehrere Strudel. Nach einem kurzen Stück mündete er dann in einen kleinen See. An diesem standen 2 Hütten, die aber so wie es schien, nicht bewohnt waren.

Halim deutete Maria, er würde zuerst die Hütten untersuchen, dann könnten sie dort nach Geschlechtern getrennt, die Nacht verbringen. Ein wundervoller Gedanke, dachte Anja. An diesem einzigartigen Ort den Abend und die Nacht verbringen zu dürfen. Halim hatte die Hütten erkundet und alles für unbedenklich freigegeben. Er nahm seine Aufgabe wirklich sehr ernst. Uwe und Bernd suchten wieder Feuerholz und unter einer weiteren Einweisung von Halim gelang es ihnen sogar, das Feuer zu entzünden. Sie schienen richtig stolz auf sich zu sein.

Halim ging noch einmal ein Stück zurück zum Wasserfall. Er stand am Ufer mit seinem Speer und schien dort auf irgendetwas, zu warten. Hatte er ein wildes Tier gesehen oder gar einen ihnen nicht wohlgesonnenen Menschen? Die anderen starrten gebannt auf ihn. Er stand dort wie ein Fischreiher, der auf seine Beute wartet. Dann ganz plötzlich und ohne das es im Ansatz zu erkennen war, stach er mit dem Speer ins Wasser. An der Spitze des Speeres zappelte ein großer Fisch. Das war es also, was er vorhatte, er wollte so für das Abendessen sorgen.

An der Hütte der Frauen versorgte Maria kundig den Fisch und bereitete ihn für das Braten über der Glut vor. Wieder war es ein unvergleichlicher Duft, der von dem Fisch ausging und sie konnten es kaum erwarten, diesen zu genießen. Er schmeckte so rein, das Fleisch war so zart und die Kruste knusprig. Anja war der festen Überzeugung, dass dies der beste Fisch war, den sie je gegessen hatte. Nur Bernd war etwas mürrisch. Hätte doch Halim mal gesagt, was er vorhatte, zu gern wäre er dabei gewesen. Aber Halim hatte wohl gewusst, dass Bernd ihn bei dieser Art des Fischfanges nur gestört hätte. Auch waren die Jäger immer bemüht, nicht alle Tricks zu verraten.

Noch lange saßen sie am Abend vor den Hütten und konnten sich an dem friedlichen und wunderschönen Ausblick überhaupt nicht sattsehen. Dieser Ort strahlte so viel Harmonie aus, das dass Gefühl bis tief in das Herz drang. Mit sich selbst und der Welt zufrieden krochen sie dann in ihre Decken. Nur Halim war wach geblieben, er saß noch am Feuer und schien Wache zu halten. Anja fragte Maria, warum er sich nicht auch hinlegen würde. Maria erzählte dann von den Flussgeistern, die manchmal unter dem Wasserfall hervorkamen und gerne die Sachen der Menschen stahlen, wenn diese schliefen. Keiner wusste genau, wo sie herkamen und keiner hatte sie bisher verfolgen können. Immer wieder waren sie einfach durch die Wasserwand gegangen und im nirgendwo verschwunden. Es musste hinter dem Wasserfall eine Art Geheimtür geben, durch die sie entweichen konnten. Da die Flussgeister aber recht klein waren, eine Art Trolle, konnten sie sicher auch durch die schmalsten Ritzen im Gestein verschwinden. Sie taten zwar niemanden Leid an, aber stahlen eben das Gepäck und alles, was sie tragen konnten. „Eine spannenden Geschichte, erzähl uns mehr von diesen Fabelwesen", sagte Ulrike zu Maria. Aber viel mehr wusste Maria auch nicht, sie selbst hatte noch nie einen Flussgeist gesehen und kannte diese auch nur vom Hörensagen. „Wilde Frisuren sollen sie haben und große Ohren", das war das Einzige, was sie noch anfügen konnte. Ulrike und Anja hätten nur zu gerne einen von diesen „niedlichen Männchen" gesehen.

Halim hatte bis zum Morgen alles bewacht. Auch um das Feuer hatte er sich gekümmert und so hatten alle die Möglichkeit, sich gleich etwas aufzuwärmen. Beim Frühstück erzählten dann Ulrike und Anja den Männern von den Flussgeistern und das deshalb Halim die ganze Nacht hier verbracht hatte. Wenn Uwe und Bernd das gewusst hätten, wären sie auch wach geblieben um vielleicht einen Blick auf einen dieser Trolle werfen zu können. Diese Welt war so anders, sie mussten in vielen Dingen noch umdenken und das unmögliche für möglich halten.

Heute würden sie die erste Siedlung erreichen, erzählte ihnen dann Maria. Bis hierher war sie schon selbst gekommen und konnte davon berichten, dass dieses Dorf sehr ähnlich dem Ihren war und so leider nicht viel Neues zu sehen wäre.

Wieder folgten sie dem Fluss, der am anderen Ende des Sees aus diesem wieder heraus trat und weiter ging die Reise in der Richtung des Wassers. Uwe fragte noch, warum denn die beiden Hütten an diesem wunderschönen Ort nicht bewohnt waren. Maria fragte kurz Halim, dann antwortete sie: „Die Menschen haben es einfach aufgegeben. Man kann nicht jede Nacht Wache halten und aufpassen, ob die Flussgeister kommen. Tut man es nicht, beklauen sie einen. Es war den Menschen einfach zu viel geworden.

Die Vegetation veränderte sich etwas. Das Land hier sah fruchtbarer aus, als in dem Bereich, wo ihre Siedlung lag. Schon ein gutes Stück Weg vor der Siedlung, die sie besuchen wollten, konnten sie kleine Herden sehen. Es waren Schafe und Ziegen, sowie eine etwas sonderbare Rinderrasse. Hirten waren bei den Tieren und begrüßten sie freundlich. War es doch für jede der kleinen Siedlungen etwas Besonderes, wenn ein Besucher kam. Dann gab es immer ein paar

Neuigkeiten und auch etwas Tratsch. Neben den paar Händlern, die Waren von einer zur anderen Ortschaft brachten, kamen sonst meistens nur Jünglinge, die auf Brautschau waren. Aber ein Besuch von „Fremden aus einer anderen Welt", das war natürlich ein Ereignis.

Sie schlenderten in die Dorfmitte, wo genau wie in ihrem Dorf ein großes Feuer brannte und die Bewohner kamen zahlreich herbei. Maria war es nun, die am meisten gefordert war. Sie musste alle Fragen und Antworten übersetzen. Denn die Bewohner waren nun doch interessiert, was in der anderen Welt so anders war. Uwe als Wortführender erzählte etwas aus seinem Leben, was Maria so weitergab. Sie waren zwar alle unheimlich neugierig, aber je mehr sie erfuhren, desto froher waren sie über ihr Dasein in dieser Welt. Auch erinnerte es sie schnell daran, warum sie hier einigen Neuerungen abgeschworen hatten und so die ganze Hektik und den selbstgemachten Stress sich ersparen konnten. Als Uwe dann noch von Dingen wie Fernsehen, Computer und Handy erzählte, waren sie völlig perplex. Nicht nur, dass sie sich darunter nichts vorstellen konnten, sie fragten dann auch gleich, ob sich die Menschen denn noch normal unterhalten würden. Uwe zögerte einen Augenblick bei dieser Frage und kam selbst zur Erkenntnis, dass dies kaum noch so war.

Gerade das Handy, war seiner Meinung nach zu einer Geißel der Menschheit geworden.

Der Anführer des hiesigen Ortes wies ihnen zwei Hütten zu, in der sie die Nacht verbringen konnten. Natürlich wie immer, nach Geschlechtern getrennt. Maria erzählte ihnen dann, dass es auch ein paar wenige Siedlungen gab, in denen das nicht so gehandhabt wurde, diese aber recht verrufen wären, da dort oft Unzucht und Chaos herrschten. Auch wurden dort seltsame Kräuter geraucht und Getränke gereicht, die die Sinne verwirrten. Diese Siedlungen wollten sie aber nicht besuchen, dass würde nur das gute Bild des Tales schädigen.

Zum Abendessen trafen sich dann alle wie auch in ihrem Dorf, am großen Feuer und die Menschen sprachen miteinander, lachten und hatten offensichtlich ihren Spaß. „Herrlich, diese Harmonie unter den Leuten", bemerkte Ulrike. Schade, dass es so etwas in ihrer Welt nicht mehr gab. Nur wenn man die ganz Alten erzählen hörte, dann wusste man, dass es früher dort nicht anders gewesen war. Zwar gab es in den Orten früher kein Feuer, wo man sich zum gemeinsamen Essen traf, aber oft einen Platz im Dorf oder eine alte Schänke, wo dieser Brauch noch so gehandhabt wurde. Warum dies immer weniger wurde und die Menschen sich nur noch mit sich selbst beschäftigten, Kommunikation fast ausschließlich über das Handy oder den PC stattfand, konnte sich keiner erklären. Es hatte sich irgendwann verselbstständigt und nun war es zu spät umzukehren. Ja, früher war alles anders gewesen, heute rannten viele gleich mehreren Jobs nach, um sich Dinge zu leisten, die sie eigentlich gar nicht brauchten.

Hier war das anders, jeder brachte sich ein, so gut er konnte und alles wurde unter der Bevölkerung aufgeteilt. Keiner hatte die Möglichkeit, aber auch nicht den Wunsch, sich zu bereichern. Selbst für die Anführer lohnte es sich ja nicht, da sie jedes Jahr neu gewählt wurden und es niemals wieder der Gleiche sein durfte. Egal wie gut oder schlecht er die Gemeinschaft geführt hatte. Das System war genial und eigentlich ganz einfach. Nur für Aussenstehende, die immer dafür gesorgt hatten alles alleine zu besitzen, anfangs etwas schwer zu verstehen. Aber hyperaktive Kinder, Burnout und viele psychische Erkrankungen gab es hier einfach nicht.

Das Oberhaupt hatte sich nach dem Essen zu ihnen gesetzt und sich zuerst von Halim und dann von Maria über die vielen Neuigkeiten informieren lassen. Er fand es fast schade, dass sie am nächsten Morgen schon weiterziehen wollten. Er konnte gar nicht genug erfahren. Später erzählte ihnen dann Maria, dass er sie gebeten hatte, vorsichtig zu sein, es wurde gesagt, aus den abtrünnigen Dörfern gäbe es einige, die schon Händler oder Hirten überfallen hatten. Aber sie beruhigte sie dann auch gleich wieder, Halim mit seiner furchterregenden Erscheinung würde diese Gestalten schon davon abhalten. Auf die Frage hin, was denn mit solchen Personen getan würde, wie sie bestraft würden, reagierte Maria etwas ungewöhnlich und zurückhaltend. Erst ein erneutes Nachfragen signalisierte ihr, dass Ausweichen nicht möglich war. „Jeder der das Wohl der Gemeinschaft schädigt oder durch sein Verhalten andere dazu animiert, wird in eine der Gefangenenhöhlen gesperrt. Allerdings waren das nur ganz wenige, die es wagten oder überhaupt auf so eine Idee kamen. Hatte sich aber dann doch einer dazu überreden lassen oder war selbst dieser Straftat verfallen, dann blieb er bis zu seinem Lebensende in der Höhle. Zwar wurden sie mit Wasser und Essen versorgt, konnten aber niemals mehr am Leben innerhalb der Gemeinschaft teilhaben." Erklärte Maria. Diese Strafe schien auf den ersten Blick sehr hart, aber sie beschützte die Friedlichkeit des Miteinanders und somit das ganze System. Sie würden an diesen Höhlen noch vorbei kommen und jeder der es gesehen hatte, war nach Marias Meinung für alle Zeit von komischen Taten abgehalten. Über die Strafe an sich entschied immer ein Treffen der Anführer, das zweimal im Jahr stattfand. Gab es eine Mehrheit für die Einkerkerung, dann wurde diese so vollzogen.

Am nächsten Morgen gab es noch ein gemeinsames Frühstück, dann packten sie ihre Sachen und wollten gerade losgehen, als der Anführer des Dorfes mit einem Jungen, geschätzt 14 Jahre alt, zu ihnen kam. Er sprach eine ganze Weile mit Halim, dann waren sie sich scheinbar einig und der Junge rannte weg. Kurze Zeit später kam er mit einem Rucksack, einem Speer und einem Bogen zurück. Maria sprach kurz mit Halim und erklärte ihnen dann, dass der Anführer Halim gebeten hatte, diesen Jungen als Jäger auszubilden; denn er war weit und breit der bekannteste und erfolgreichste seiner Zunft. Der Junge hieß Mogul und war von drahtiger Gestalt. Nun aber zog die verstärkte Gruppe los und wieder folgten sie dem Fluss in Fließrichtung.

Mogul hing förmlich an Halims Lippen. Er schien sehr stolz darauf zu sein, vom Besten ausgebildet zu werden. Was ungewöhnlich erschien, war, dass auch Halim plötzlich viel sprach. Aber dabei ging es bestimmt um Themen der Jagd und das war natürlich ganz sein Metier. Sicherlich hatte auch ihn der Stolz gepackt, von einem Anführer aus einem anderen Dorf ausgewählt worden zu sein. Die Jäger des Ortes waren bestimmt etwas mürrisch darüber gewesen.

Bis zum Mittag waren sie entlang des Flusses gewandert. Nun teilte sich das Tal noch in einen weiteren Seitenarm. Hier machten sie Rast und würden dann dem Seitenarm folgen. Von nun an würde es stetig bergauf gehen und ihre Kilometerleistung sicherlich merklich nachlassen. Auch würden sich die Temperaturen und die Vegetation bald stark verändern, verkündete ihnen Maria. Aber sie sollten ja alle Gegenden kennenlernen und wenn sie weiter dem Fluss gefolgt wären, hätten sie nur Dörfer vorgefunden, die dem ihrigen sehr ähnlich waren. Aber auch die Orte, an denen das lasterhafte Leben herrschte, waren in dieser Richtung gewesen. In der Bergregion aber lebten die Menschen teilweise ganz anders. Die Bedingungen dort hatte sie förmlich dazu gezwungen, ihre Lebensart der Natur anzupassen.

So stapften sie wieder los. Die Frauen vorweg, um das richtige Tempo zu bestimmen. Dann folgten Uwe und Bernd und den Abschluss bildeten Halim und Mogul. So hatten sie auch sogleich eine Absicherung nach hinten und kein Wildtier konnte sie überraschen. Maria wies noch einmal darauf hin, dass es in den Regionen in die sie bald kommen würden, durchaus Wölfe und Bären gab, vor denen man sich in Acht nehmen musste. Immer steiler wurde der Weg und begann schon sich in Serpentinen zu schlängeln. Das Laufen war sehr anstrengend und bis zum Abend schafften sie keine große Strecke. Wieder waren es Steinhöhlen, bei denen sie anhielten und wo sie die Nacht verbringen wollten. Gerade wollten Uwe und Bernd ihrer Tätigkeit des Holz sammeln nachgehen, als Halim sie davon abhielt. Dies war ab sofort Moguls Arbeit. Er sollte lernen, wie man ein Feuer macht und was man dafür benötigt. Zur Untätigkeit verurteilt saßen sie nun da und warteten. Halim hatte zusammen mit Mogul zuerst die Höhlen gesichtet und geprüft, ob sich auch kein wildes Tier darin befand. In dieser Gegend mussten sie schon mit den ersten Bären rechnen. Diese zogen sich nur zu gerne in Höhlen zurück.

Erst als dann das Feuer brannte, gingen Halim und sein Schüler noch einmal fort. Es dauerte gar nicht lange, da kamen sie mit einem kleinen Schwein zurück. In dem Schwein steckte noch ein Pfeil und es war der Junge gewesen, der es erlegt hatte. Was für ein erster Tag für ihn. Zusammen zerlegten sie das Tier und dann wurde es auf einen großen nassen Stock gespießt und über der Flamme und der Glut gegart.

Den ganzen Abend aßen sie von dem Tier. Immer wieder gab es ein Stück, das nachgegart war. Diesmal würden sich die beiden Jäger die Wache teilen, so dass auch Halim etwas Schlaf bekam. Sie hielten das Feuer bei Laune; denn allein das war schon ein Garant dafür, dass sich keine wilden Tiere zu dicht heranwagten. Über das brennende Feuer waren alle am kommenden Morgen sehr froh; denn es war hier schon merklich kälter und in den nächsten Tagen würde das noch deutlich schlimmer werden.

Zum Frühstück gab es die Reste von dem kleinen Schwein, dann packten sie ihre Sachen und machten sich in gewohnter Marschfolge wieder auf die Reise. Immer steiler zog sich der Pfad dahin. Aber auch hier waren die Seiten noch von enorm hohen und unwirtlichen Steilwänden umgeben. Ein Entkommen aus diesem Tal gab es nicht. In der Ferne konnten sie schon den ersten Schnee erkennen. Die Vegetation wurde karger und der Weg immer steiniger. Der Aufstieg war Anstrengung pur.

Immer wieder mussten sie pausieren. Halim drängte zwar zur Eile, doch hatte er es schon aufgegeben, an diesem Tag noch die nächste Ortschaft zu erreichen. Das würden sie nicht mehr schaffen. Also war eine weitere Nacht in irgendeiner Höhle notwendig. Ab dem späten Nachmittag hielten sie nach einer Höhle Ausschau, aber es war, als hätte sich alles gegen sie verschworen. So quälten sie sich bis zum Abend und mit dem letzten Dämmerlicht erst konnten sie etwas passendes entdecken.

Uwe wollte gleich hineingehen, um die Sachen abzuladen. Ganz schnell und blass kam er wieder heraus. „Da drin ist ein Bär, ein riesiger Bär", schrie er. Halim war sofort zur Stelle. Er nahm seinen Bogen, spannte ihn und schlich langsam in die Höhle. Es dauerte eine Weile, dann kam er lachend wieder heraus. Er sprach kurz mit Maria und die übersetzte dann: „Der Bär in der Höhle heißt Jussuf und ist ein Hirte aus dem nahen Ort. Er hat sich nur mit Fellen zugedeckt." Erklärte sie lachend. Jetzt lachten sie alle über Uwe und ihm war es sichtlich peinlich. „Das nächste Mal sollten wir lieber wieder Halim vorgehen lassen", schlug Bernd vor und kringelte sich noch immer.

Aber auch der Hirte hatte sich erschrocken, als Halim mit dem Bogen vor ihm stand. Jetzt aber unterhielten sie sich und lachten ebenfalls über diese komische Begegnung. Für die Jagd war es an diesem Abend zu spät, aber sie hatten noch einige Fladen und Trockenfleisch, so dass niemand Hunger leiden musste. Feuerholz sammeln, war hier schon eine recht aufwendige Aufgabe. Uwe, den sie von nun an Bärenjäger nannten und Bernd halfen Mogul dabei.

Jussuf erzählte, da er alleine war, hatte er kein Feuer gemacht. Er wollte keinen der Diebe anlocken, die in letzter Zeit hier ihr Unwesen trieben. Seine Herde hatte er in der Nähe eingepfercht und hatte nur etwas

Bedenken, dass einige Tiere gestohlen werden konnten. Jetzt aber in der großen Gruppe und ganz besonders dank Halim fühlte auch er sich sicherer. Sie erzählten noch lange an diesem Abend und Maria übersetzte alles für die Neulinge. Jussuf, der den gleichen Weg hatte, würde am kommenden Morgen zusammen mit ihnen und seiner Herde ins nahe Dorf weiterziehen.

Die Nacht war sehr kühl und sie müssten sich im Dorf mit Fellen und richtiger Kleidung versorgen, sagte Maria. Da es anschließend noch weiter in die kalten Regionen ging, war ihre Ausrüstung dafür nicht geeignet. Bernd fragte, wovon sie das denn kaufen sollten. Maria lächelte nur und erklärte, dass niemand so etwas kaufen musste, sie würden die Sachen so erhalten und auf dem Rückweg wieder abgeben. So hielten es die Bewohner hier, einer half dem anderen und nur für ein paar Tage etwas kaufen, wofür ein Tier sterben musste, das hielten sie für sehr unsinnig. Bernd und die anderen waren verblüfft über diese Lösung. Sie leuchtete ein und war so einfach. In ihrer Welt hätten die Menschen viel von den Leuten hier lernen können. Wieder hielten die Jäger Wache, so dass alle ruhig schlafen konnten.

Schon früh waren sie wach geworden, die Kälte hatte sie aus dem Schlaf geholt. Nur Jussuf, der „Bär", war unter seinen Fellen warm geblieben und kam als letzter zum Feuer. Nachdem sie die restlichen Fladen und das Trockenfleisch aufgegessen hatten, machten sie sich auf den Weg Jussufs Herde zu suchen und dann mit ihm zusammen weiter zu ziehen. Als sie bei der Herde ankamen, zählte Jussuf die Tiere und war verstört. Drei Schafe fehlten. Noch einmal zählte er sie, aber es blieb dabei. Die Diebe mussten wieder zugeschlagen haben. Denn wären es Raubtiere gewesen, dann hätten sie Blut oder Fellteile gefunden. Jussuf war über den Verlust sehr geknickt. Aber wäre er alleine bei der Herde geblieben, hätten sie ihm vielleicht noch etwas angetan. Das würde niemand von ihm verlangen.

Mit der restlichen Herde zogen sie nun langsam zum Dorf. Da die Tiere gemächlich gingen, war es auch für die Frauen ein angenehmes Tempo. Gegen Mittag erreichten sie die Siedlung. Sie wurden auch hier freundlich begrüßt. Die Häuser in dieser Siedlung sahen etwas anders aus, als in denen die sie bisher gesehen hatten. Sie waren flacher, dafür aber länger und breiter. Einige hatten auch direkt einen Stall mit am Haus, wo sie einige wenige Tiere hielten. Ein großes Feuer in der Ortsmitte gab es hier nicht, aber ein besonders großes Haus, das wohl von allen genutzt wurde um sich zu treffen, gemeinsam Mahlzeiten einzunehmen und den Abend zu verbringen. Wohl eine Hommage an die Temperaturen hier, dachte Anja.

In diesem Haus wurden sie auch vom Anführer des Dorfes empfangen. Gleich begann wieder der übliche Austausch über die Neuigkeiten. Aber dann kam auch die Sprache auf die Diebe und zum Schluss klärten sie noch das Ausleihen der Felle und Kleidung für ihren kommenden Weg. Aber das Thema Diebe war das beherrschende. Immer öfter war es in den letzten Wochen zu Viehdiebstählen und Überfällen auf Händler gekommen. Halim schlug vor, mit einigen Männern zusammen den Dieben eine Falle zu stellen. Sie sollten sich eine kleine Herde mitnehmen, diese einpferchen und sich dann in der Nähe versteckt halten. Wenn die Diebe dann kamen, könnten sie ihnen habhaft werden und sie ihrer gerechten Strafe zuführen. Jetzt sprach der Anführer mit Maria und die Übersetzte dann anschließend. Der Anführer hatte Halim darum gebeten, diesen Einsatz zu leiten. Es würde aber bedeuten, dass sie unter Umständen nicht gleich am nächsten Tag weiterziehen konnten. Uwe und Bernd waren begeistert, sie wollten ebenfalls dabei sein und somit etwas für die Gemeinschaft leisten. Anja lachte laut und sagte: „Ja falls ein Bär kommt." Sie erklärten sich einverstanden gegebenenfalls hier ein paar Tage zu verbringen. Uwe und Bernd durften mitgehen und Anja und Ulrike wollten sich über die hiesigen

Kochmethoden und ein paar handwerkliche Dinge informieren.

Gleich am nächsten Morgen zogen die Männer los. Halim, Mogul, Bernd, Uwe und noch 6 weitere Männer aus dem Ort. Sie hatten einige Schafe mitgenommen und wollten verfahren, wie sie besprochen hatten. Gegen Nachmittag hatten sie eine geeignete Stelle gefunden. Sie pferchten die Schafe ein und sprachen die Verstecke ab. Immer zwei Männer blieben zusammen in einem Versteck, so konnten sie 5 Gruppen bilden und die Herde einkreisen. Wenn einer etwas vernahm, sollte ein Pfiff die anderen Verständigen. Bis zur Dunkelheit blieben sie noch zusammen, dann begaben sie sich in ihre Verstecke.

Bernd und Uwe waren total gespannt. Sie hatten sich jeder mit einem Messer und einem Knüppel bewaffnet. Langsam gewöhnten sich ihre Augen an die Dunkelheit. Es war so still, kein Laut war zu hören. Selbst die Tiere verharrten wie in einer Todesstarre. Immer und immer wieder hielten sie Ausschau. Wenn irgendwo ein Ast knackte, waren sie sofort ganz Ohr. Aber das waren wohl nur die Tiere im Wald.

Stunde um Stunde verging, aber nichts passierte. Es wurde immer kälter und Bernd und Uwe waren froh darüber, von den Bewohnern andere Kleidung und Felle bekommen zu haben. Wieder ein Knacken, waren das Schritte? Sie schauten, sie horchten, doch nichts geschah. So verging die ganze Nacht und bis zum Morgen passierte nichts. Aber Halim hatte auch nicht damit gerechnet, dass sie gleich in der ersten Nacht Erfolg hatten. Deshalb hatte er gleich mehrere Tage eingeplant. Als es hell wurde, trafen sich die Männer wieder, frühstückten aufwendig und bis auf zwei die immer abwechselnd Wache hielten, schliefen die anderen, damit sie für die kommende Nacht wieder frisch waren.

Uwe und Bernd hatten ihre Wache zur Mittagszeit. Uwe bildete sich ein Stimmen gehört, zu haben. „Na hoffentlich waren es keine Bären", ärgerte Bernd ihn. Aber Uwe war sich sicher. Er weckte Halim auf um ihn darüber zu informieren. Dieser sagte: „Jetzt müssen wir vorsichtig sein, vielleicht haben sie erstmal nur die Gegend gecheckt. Wenn wir heute Abend in unsere Verstecke gehen, müssen wir sehr aufpassen, dass sie uns nicht sehen, sonst sind sie gewarnt.

Er weckte die übrigen Männer und bat einen zur Herde zu gehen. Er sollte bis zur Dunkelheit dortbleiben und sich dann wie ein Hirte in eine der Höhlen zurückziehen. So sah es authentisch aus. Der Mann schlich ein Stück von ihrer Höhle weg und tat dann so, als wäre er nur kurz im Wald gewesen, und käme jetzt zu seiner Herde zurück. Da sich ja viele mit der

Viehzucht auskannten, brauchte er sich auch kaum verstellen. Die übrigen müssten auf jeden Fall bis zur Dunkelheit warten und könnten sich erst dann in ihre Verstecke begeben. Zwar behielten sie auch von diesem Punkt aus die Herde im Auge, rechneten aber nicht damit, dass die Männer im Hellen zuschlagen würden. Aber sie müssten unbedingt sehr leise sein, damit sie niemand hören konnte. Der Nachmittag zog sich lang hin, besonders wenn man so leise sein musste. Mit Einbruch der Dämmerung verließ dann der „Hirte" seine Herde und ging in eine andere Höhle um ihren Standpunkt nicht zu verraten.

Die Männer warteten noch eine Weile und erst, als es richtig dunkel war, begaben sie sich zu ihren Plätzen. Auf leisen Sohlen schlichen auch Uwe und Bernd zu ihrem Versteck. Wieder begann das Warten. Die Augen und die Ohren waren weit geöffnet und sie spürten förmlich, dass in dieser Nacht etwas passieren würde. Die Anspannung war dementsprechend hoch und die Aufgabe nicht ganz ungefährlich. Sie wussten nicht, auf wie viele Personen sie treffen würden und ob diese eventuell gewaltbereit waren. Welche Waffen trugen die Diebe? Es gab eine Menge Fragen. Jetzt wo es langsam brenzlig wurde, stellten sie sich schon die Frage, ob sie nicht etwas voreilig mit ihrer freiwilligen Meldung waren. Keiner hätte es ihnen verübelt, wenn sie nicht an dieser „Jagd" teilgenommen hätten. Andererseits war das System, was die Talbewohner hier entwickelt hatten viel zu wertvoll um es von ein paar wenigen Abtrünnigen zerstören zu lassen.

Anja und Ulrike machten sich auch etwas Sorgen um ihre Männer. Sicher waren sie stolz gewesen, als diese sich freiwillig gemeldet hatten für den Einsatz, doch jetzt wo sie schon die zweite Nacht nicht da waren, kamen doch ängstliche Gedanken auf. Sie hatten die Zeit in der Siedlung bisher gut genutzt. Am heutigen Tag hatten sie bei der Herstellung von Ziegenkäse zugeschaut. Zusammen mit Maria waren sie bei einer Familie gewesen, die damit ihren Teil zum Wohl des Dorfes zutrug. Vom Melken der Ziegen, bis zur Lagerung hatten sie sich alles angeschaut. Natürlich gehörte auch eine ausgiebige Kostprobe dazu. Der Käse hier unterschied sich schon wieder von dem, der in ihrer Siedlung hergestellt wurde. Sicher lag es an den Kräutern oder der anderen Grassorte, die die Tiere fraßen. Allerdings und das wussten sie nicht, ob es bei ihnen auch so gehandhabt wurde, lagerte der Käse hier zur Reifung in einer der Felsenhöhlen. Zusammen mit dem Familienoberhaupt waren sie tief in die Höhle vorgedrungen. Dort lagerten bei immer gleichbleibenden Temperaturen die Käselaibe auf

Holzbrettern und mussten jeden Tag gewendet und begutachtet werden.

Der Käser, rieb die Laibe alle mit einem Tuch und einer Salzlake ab, dann wendete er sie und von einzelnen nahm er Proben zur Verkostung. Die, die er für gut und reif empfunden hatte, nahm er gleich mit und brachte sie zur Verteilung an die anderen Bewohner in das große Bürgerhaus. Hier wurden alle hergestellten oder angebauten Lebensmittel gesammelt und verteilt, bzw. jeder konnte sich einen seiner Familiengröße entsprechenden Teil mitnehmen.

Am Abend dann waren sie bei der Familie zum Essen eingeladen. Die Frau hatte Käse über einer kleinen Flamme verflüssigt und jeder erhielt Stücke vom selbstgebackenen Brot und konnte diese in die Käsemasse eintunken und essen. Obwohl ein recht einfaches Menü, so war es doch ausgesprochen köstlich. Diese ganzen Lebensmittel waren hier so ursprünglich, ohne irgendwelche chemische Zusätze, konnte man förmlich die Natur schmecken, aus der sie kamen. Aber es war auch die liebevolle Zubereitung und der sorgfältige Umgang mit den Ressourcen, den man ihnen anmerkte. Satt und zufrieden waren sie anschließend in ihr Bett geplumpst und dachten noch daran, dass ihre Männer es jetzt bestimmt nicht so gut hatten.

Bernd und Uwe waren immer noch hellwach und extrem angespannt. Ihre ganze Aufmerksamkeit galt den Geräuschen der Umgegend. Was man so alles hören konnte, wenn man sich nicht ablenken ließ und voll konzentriert auf eine Sache war. Je dunkler es wurde, je weniger sie mit den Augen wahrnehmen konnten, desto besser und feiner wurde ihr Gehör. Dabei galt es allerdings die normalen Geräusche, wie das Laufen von Wildtieren, die Bewegungen von Vögeln vom wesentlichen zu trennen.

Aber Stunde um Stunde verging und nichts geschah. Es musste schon weit nach Mitternacht sein und der Kampf mit der Müdigkeit wurde immer größer. Nur ihre eigene Disziplin und der unbedingte Wille, nichts zu verpassen, bewahrte sie vor dem Einschlafen.

Wie ein lauter Donner durchschnitten die Geräusche von Schritten die Nacht. Sie spitzten die Ohren bis zum Anschlag, wenn sie es richtig vernahmen, mussten es 3 Personen sein, die sich irgendwo in der Nähe bewegten. Die Richtung, aus der die Schritte kamen, deutete darauf hin, dass es die andere Seite war, von der sich die Fremden näherten. Die armen hatten sich wohl ausgerechnet die Stelle ausgesucht, wo Halim und Mogul in ihrem Versteck warteten. Der Anblick von Halim in der Nacht wäre bestimmt alleine schon ein großer Schreck für die Männer.

Noch war keine Reaktion von Seiten der Versteckten zu hören. Sicher wollten sie warten, bis die Situation eindeutig war. Dann plötzlich hörten sie lautes Geschrei und eine Art Kampfruf von Halim. Das war das Zeichen für sie, auch sofort loszurennen. Im Hellen hatten sie sich den Laufweg zum Pferch mehrfach genau angeschaut, was ihnen nun zu Gute kam. Als sie am Ort des Geschehens ankamen, war schon alles erledigt. Halim, Mogul und 4 weitere Männer hatten die Diebe festgesetzt und waren gerade dabei sie mit Seilen zu verknoten. Eine Gegenwehr unterließen die Diebe, die Erscheinung von Halim sowie der Übermacht war ihnen wohl doch zu groß gewesen.

Die Freude über ihren Fang konnten Uwe und Bernd den anderen Männern trotz Verständigungsproblemen gut entnehmen. Wie sie später erfuhren, hatten sie so lange gewartet, bis die Diebe je ein Schaf mit einem Seil fortführen wollten und hatten dann zugegriffen. Halim war der Erste gewesen, der bei ihnen war und 2 von den Dieben hatten vor Schreck bei dieser hünenhaften Gestalt direkt eingenässt vor Angst. Also Helden waren sie wirklich nicht, sondern einfach nur feige Diebe. Aber nun wurden sie zum Dorf geführt und würden schon ihre gerechte, aber harte Strafe bekommen.

Es war schon gegen Morgen, als sie im Dorf eintrafen. Mit großer Freude und lautem Hallo wurden sie empfangen. Der Anführer gratulierte Halim und der ganzen Truppe. Auch Uwe und Bernd wurden mit Glückwünschen überhäuft, obwohl sie ja nicht wirklich eingegriffen hatten. Es war aber ihr Wille es zu tun, der belohnt wurde. Auch Anja und Ulrike waren stolz auf ihre Helden und drängten sie dazu, nun endlich alles zu erzählen, was sie erlebt hatten. Die „Helden" berichteten kurz von ihrem Abenteuer und baten dann aber darum, sich nun endlich schlafen legen zu können. Der Wunsch wurde ihnen gerne gewährt und die Frauen gaben ihnen den Freiraum und die Ruhe den sie brauchten. Heute wollten sie ohnehin noch eine andere Familie besuchen, die mit der Herstellung des leckeren Brotes von gestern befasst war. Sie mussten sich ja einen Überblick verschaffen, in welcher Form sie sich in Zukunft der Gemeinschaft als nützlich erweisen wollten.

Anja und Ulrike freuten sich auf den Tag. Waren doch ihre Männer heil nach Hause zurückgekehrt und die Hoffnung darauf, viel Neues zu erfahren, ließ sie den Tag mit Freude beginnen. Zusammen mit Maria gingen sie zur Backstube. Ein wunderbarer Duft verriet schon von ausserhalb, was sie erwartete. Die Frau des Hauses begrüßte sie und führte sie herum, um ihnen alle Stationen des Brotbackens zu zeigen. Das Mehl aus der Dorfmühle, die wenigen, aber wohl ausgesuchten

Zutaten, sowie das gute Wasser machten die Qualität des Brotes aus, so erzählte die Frau. Aber sie verwies auch darauf, dass es zum Teil harte körperliche Arbeit war, den Teig zu kneten, die Brotlaibe herzustellen und zu bewegen. Den größten Teil der schweren körperlichen Arbeit machten ihr Mann und die beiden Söhne. Jeden Tag wurde frisch gebacken und sie hatten die ganze Ortschaft zu versorgen. Natürlich kannten sie nicht das Problem der Abnahme; denn auch hier wurde ja nichts verkauft, sondern kam alles der Allgemeinheit zu gute. Die meiste Arbeit, so fuhr sie fort, war dann, wenn ein besonderes Fest anstand und große Mengen an Brot und Gebäck benötigt wurden.

Jetzt zeigte sie ihnen ganz unverhohlen die Rezepturen. Geheimnisse gab es ja hier nicht, da kein Konkurrenzdruck herrschte. So war auch immer gewährleistet, dass keine Informationen und kein Wissen verloren gingen. Es lohnte sich nicht, für einen der Handwerker, seine Kunst mit ins Grab zu nehmen. Diese Offenheit der Gesellschaft war ein weiterer Punkt, der das hiesige System so wertvoll machte. Beim Probekneten dann, merkten Anja und Ulrike, was die Bäckerin mit harter körperlicher Arbeit gemeint hatte. Sie würden in Zukunft noch mehr jedes Stück genießen, jetzt wo sie wussten, welche Arbeit es machte, so etwas herzustellen. Früher hatten sie sich darüber überhaupt keine Gedanken gemacht, da kauften sie das Brot im Supermarkt und gut war es. Sicher war das auch nicht von Hand geknetet, sondern ein Maschinenpark hatte die Menschen ersetzt. Ob diese Erleichterung aber wirklich eine Verbesserung war, das sei mal dahingestellt. Die Qualität und der Geschmack des Brotes hier war auf jeden Fall ein ganz anderer und die Liebe, die die Menschen mit in ihre Arbeit einbrachten, konnte nicht von Maschinen übernommen werden.

Nachdem sie ihre beiden eigenen Brote hergestellt hatten, kamen diese mit vielen anderen in einen der großen Backöfen. Nun war Geduld gefragt und sie mussten warten und den leckeren Duft so lange hinnehmen, bis die Garzeit vorüber war. Anja spürte, wie ihr Bauch schon immer mehr am Grummeln war. Sie bekam richtig Hunger. Der Duft, der durch die Backstube zog, tat das seinige dazu. Endlich war es dann soweit und ihr Brot sah genauso lecker und gelungen aus, wie die vielen anderen auch. Schade nur, dass es erst noch abkühlen musste. Anja hätte am liebsten sofort hinein gebissen. Die Bäckerin aber tröstete sie mit einigen Gebäckteilen, so dass der schlimmste Hunger gestillt war.

Bevor sie am Nachmittag wieder gingen, hatte die Bäckerin noch ein Geschenk für sie und ihre Begleiter, dass sie auf ihrer Weiterreise verzehren konnten. Sie hatte in einem der Brotlaibe einen deftigen Schinken mit eingearbeitet und dieses Prachtexemplar überreichte sie nun den beiden Frauen. Sie bedankten sich für die Offenheit, das Gelernte und natürlich für ihr Geschenk. Auch versprachen sie, wenn sie wieder einmal in diese Region kommen würden, bei ihr vorbeizuschauen.

Uwe und Bernd waren auch inzwischen von den Toten auferstanden und freuten sich schon darauf, dass es am kommenden Tage weiter ging mit ihrer Reise und vielleicht neuen Abenteuern. Mit Halim an ihrer Seite stand die Chance dafür ja immerhin sehr gut.

Beim gemeinsamen Abendessen dann im Bürgerhaus, nahm der Anführer des Ortes, die Gelegenheit war, der Truppe noch einmal zu danken, und wünschte ihnen eine gute und erfolgreiche Weiterreise. Sie wären alle jederzeit wieder gern willkommen im Dorf. Sie sprachen dann noch lange mit ihren neu gewonnenen Freunden und erst zu später Stunde begaben sie sich in die Hütten. Am nächsten Morgen wollten sie gleich sehr früh aufbrechen; denn der Weg, so sagte Halim, würde jetzt noch steiler und anstrengender werden. Ein jeder sollte darauf achten, sich warm genug zu kleiden und auf gar keinen Fall die Felle zu vergessen, die ihnen die Dorfbevölkerung zur Verfügung gestellt hatten.

Früh schon gingen sie zum Frühstück, stärkten sich kräftig und dann ging es unter Verabschiedung der Bevölkerung weiter den Schneehängen entgegen. Der Weg war nun steinig, die Bäume standen nur noch vereinzelt an den Rändern und durch den Taleinschnitt lief ein schmaler Bach in hoher Geschwindigkeit. Dieser war immer mal wieder sichtbar, mal verschwand er unter den Felsen und tauchte erst später wieder auf. Es musste ein ausgedehntes Höhlensystem hier geben. Immer häufiger mussten sie eine Rast einlegen. Nach der Mittagspause waren sie nun schon wieder gut eine Stunde unterwegs gewesen, als sie aus der Ferne eine kleine Siedlung erkennen konnten. Maria hatte mit Halim gesprochen und verkündete dann, dies wäre die Siedlung der Wärter und Versorger der Gefangenen, die sich in den Höhlen aufhalten mussten. Kein sonderlich erbaulicher Ort, aber halt notwendig, so erklärte es Maria.

Endlich dort angekommen, wurden sie von ein paar Männern begrüßt, die alle in dicke Felle gehüllt und bewaffnet waren. Bisher hatte es noch nie einen Ausbruch gegeben und dabei sollte es auch bleiben. Sie versorgten die Häftlinge und passten auf, dass keiner trotz der starken Sicherung entweichen konnte. Zur Zeit waren es 7 Gefangene, wurde berichtet, aber nun würden ja bald 3 neue hinzukommen. Leider konnte ihnen hier kein Haus oder eine Hütte zur Verfügung gestellt werden und in den Höhlen bei den Gefangenen wollten sie ebenfalls nicht übernachten. So zogen sie nach ein paar kurzen Gesprächen doch noch weiter.

Maria unterhielt sich jetzt lange mit Halim. Dann schloss sie wieder zu den anderen auf und erzählte von ihrem Gespräch. Sie kämen jetzt schon bald in die Region der Schneemenschen. Diese waren eine eigene Rasse und blieben immer unter sich. Sie waren aber friedlich gesinnt und hatten überhaupt sehr freundliche Umgangsformen. Allerdings waren sie von sehr großer Gestalt, noch deutlich größer als Halim und komplett mit Fell bedeckt. Auch ihre Sprache, die eine Kombination von verschiedenen Lauten war, konnte niemand übersetzen, so dass bei einem Besuch es die Gesten waren, mit denen kommuniziert wurde. Die Schneemenschen waren schon immer hier gewesen und mieden nach Möglichkeit auch den Kontakt zu allen anderen Siedlungen. Trotz ihrer enormen Größe hatten sie scheinbar Angst um ihr Wohlergehen.

„Eine Art Yeti", sagte Uwe. „Vielleicht nennt ihr sie so", erwiderte Maria, bei uns heißen sie einfach die Schneemenschen. Bitte passt nur auf, dass ihr nicht ihr Fell berührt, dass mögen sie gar nicht und dann wäre es auch vorbei mit der Gastfreundschaft. Schade, dachte Bernd, genau das war einer seiner Wünsche gewesen, als Maria begann von ihnen zu erzählen. Es wurde immer kälter und der Tag neigte sich schon langsam dem Ende, als sie endlich eine passende Höhle für die Nacht fanden. Wieder einmal wurde diese von Halim und Mogul durchsucht und für gut befunden. Dann begann der übliche Ablauf, Feuerholz sammeln, Feuer entzünden und dann erst endlich konnten sie ihr besonderes Brot mit dem Schinken drin verzehren. So etwas hatten sie alle noch nicht gegessen, es war eine wahre Wohltat für den Gaumen. Der kräftige Schinken in dem wohlschmeckenden Brot einfach eine geniale Kombination.

Später dann ließ Halim über Maria noch erzählen, dass der Ausflug zu den Schneemenschen der letzte auf ihrer Reise war, danach würden sie wieder zurückgehen. Er hielt diese Zusammenkunft aber für wichtig, um einer eventuellen späteren Begegnung mit diesen zwar riesigen, aber zarten Wesen, die Angst zu nehmen. Auch waren die Schneemenschen immer in Gefahr für ein wildes Tier gehalten zu werden und durch einen Pfeil oder einen Speer ums Leben zu kommen. Da ihre Art aber ohnehin nicht von großer Zahl war, wäre jeder Verlust ein herber Rückschlag für dieses besondere Volk gewesen. Morgen schon käme der Kontakt zu Stande und dann, könnten sich alles selbst von der freundlichen Art dieser Giganten überzeugen.

Uwe und Bernd waren schon richtig neugierig auf die „Yetis". Hatten sie dies doch in früheren Berichten immer für die ausgefallene Meinung von Spinnern gehalten, jetzt sollten sie eines besseren belehrt werden. Wenn es diese hier gab, warum sollte es dann nicht auch Ableger der Gattung in anderen Bergregionen geben. Vieles Unbekannte aus ihrer Welt wurde ihnen hier erklärt, bzw. wurden ihnen die Augen dafür geöffnet.

Für die Nacht wickelten sie sich alle in ihre Felle und Decken ein, so würden sie der Kälte trotzen. Halim und Mogul übernahmen wieder die Wachen und kümmerten sich um das Feuer. Kaum graute der Morgen, da standen sie schon alle um den Flammenschein herum und wärmten die kalten und noch müden Glieder. „Den „Yetis" wird die Kälte bestimmt nichts ausmachen, wenn sie ein dickes Fell hatten", meinte Uwe. Er zeigte seine Neugier offen und war gespannt wie der Bogen von Halim vor dem Schuss. Noch ein kurzes Frühstück, dann begann ihr nächstes Abenteuer, die Zusammenkunft mit den Schneemenschen.

Die Schneemenschen

Der steile Pfad schlängelte sich immer weiter in Serpentinen den Berg hinauf. Jetzt begann der ewige Schnee und sie mussten bei jedem Schritt gut aufpassen, dass sie nicht abrutschten. Sie waren so noch nicht lange gegangen, da hatte Halim die ersten Fußspuren der Schneemenschen entdeckt. Sie waren einfach gigantisch groß. Der Fußabdruck war nahezu doppelt so lang und fast dreimal so breit wie der eines Menschen. Aber sie schienen barfuß zu gehen. Scheinbar schützte sie ihr Fell vor der Kälte. Uwe und Bernd standen sprachlos vor diesen Abdrücken. Sie konnten sich so ein Wesen nur schwer vorstellen. Die Schneemenschen mussten enorme Ausmaße haben.

Immer häufiger sahen sie nun solche Abdrücke, es war ein sicheres Zeichen, dass sie sich der Siedlung der Schneemenschen nähern würden. Fußabdrücke aber von Wild- und Herdentieren bekamen sie nicht zu sehen. Darauf angesprochen fragte Maria Halim, dann kam sie mit der Übersetzung. Wildtiere waren in dieser Höhe nur sehr selten und Herdentiere gab es bei den Schneemenschen nicht. Sie aßen kein Fleisch, sondern nur Pflanzen, Gräser, Blätter und alles andere vegetarische. Auch benötigten sie keine Felle für die Bekleidung, da sie ja selbst über eins verfügten. Das war sicher auch der Grund, dass sie es nicht mochten, wenn man ihr Fell berührte. Aber gerade diese vegetarische Lebensweise machte ihr Dasein in dieser Höhe sehr schwierig, da die Vegetation hier nicht sonderlich üppig war. So erklärte sich auch ihre geringe Vermehrungsrate. Zwar wurden sie sehr alt, aber Kinder bekamen sie nur ganz wenige. Sie passten offensichtlich ihre Clangröße an die zur Verfügung stehenden Lebensmittel an.

Immer mehr Spuren tauchten auf und dann kam auch der freie Blick auf die Siedlung der Schneemenschen. Es war eine Art Hütte, in denen sie lebten. Schon aus der Ferne konnten sie diese riesigen Wesen sehen. Sie hatten ein recht helles, ja fast weißes Fell. Das zottelig an ihrem Körper hing. Uwe schätzte ihre Größe auf ca. 3 Meter. Es waren Giganten. Halim der die Schneemenschen schon kannte, schritt einige Meter voran. Er wollte nicht, dass sie Angst bekamen, denn er kannte ihre Schreckhaftigkeit. Trotz ihrer Größe waren sie recht ängstlich und vorsichtig. Es waren eben sanfte Riesen.

Die Schneemenschen erkannten Halim und schienen erfreut ihn zu sehen. Von den Menschen war er aufgrund seiner Größe ja immerhin einer, der ihnen etwas nahe kam. Vielleicht mochten sie ihn deshalb so sehr und vertrauten ihm. So wie es schien, hatten sie keinen Anführer, es trat keiner besonders hervor, sondern die Gruppe umringte ihn und reichte ihm ihre riesigen Hände. Dann zeigte Halim auf den Rest der Gruppe und winkte sie herbei. Nun wurden auch sie begrüßt. Für Uwe und Bernd war es wie ein neues Weltwunder, diese riesigen zotteligen Wesen an der Hand zu berühren. Diese großen Hände gaben gleich ein Gefühl von Zärtlichkeit und Weichheit. Hätte man sie nur gesehen, hätte man brutale Monster erwartet, aber sie waren das genaue Gegenteil. Einfach nur sanftmütig.

Hier hatten Uwe, Bernd und die Frauen genau die gleichen Verständigungsprobleme wie alle anderen. Es ging nur mit Gesten und der Erkennung der Tonlage. Männliche und weibliche Schneemenschen zu unterscheiden war sehr schwierig. Sie waren gleich groß und nur bei genauem Hinsehen, konnte man die kleinen Unterschiede der Geschlechtsmerkmale erkennen. Aber das war für die Gruppe ja auch nicht von Bedeutung. Für die Nacht wiesen ihnen die Schneemenschen zwei Hütten zu. Diese wurden mit Fellen ausgelegt und hatten ansonsten keinerlei Einrichtung. Die Schneemenschen fristeten ein sehr einfaches aber trotzdem scheinbar glückliches Leben.

Uwe und Bernd wollten gerade damit beginnen Feuerholz zu suchen, um vor der Hütte noch etwas für

Wärme zu sorgen. Halim hielt sie aber zurück und ließ ihnen durch Maria erklären, dass die Schneemenschen das Feuer nicht mochten. Sie brauchten es nicht; denn ihr Fell war warm genug und Funkenflug war sogar für sie gefährlich, wenn Funken auf ihr Fell flogen. Hinzu kam noch, dass Feuer immer die Gefahr des Verratens in sich barg und einen Schutz vor wilden Tieren brauchten sie wegen ihrer Größe ohnehin nicht. Kein Tier hätte es gewagt, sie anzugreifen.

Die Erklärung leuchtete ihnen ein und gerade als Gast wollten sie natürlich nicht gegen die Gebräuche und Sitten der sanften Riesen verstoßen.

So zogen sie sich zeitig in ihre Hütten zurück, bedeckten sich mit Fellen und versuchten in den Schlaf zu finden. Früh waren sie wach am nächsten Morgen. Unter den Schneemenschen herrschte schon rege Betriebsamkeit. Sie brauchten sich zwar eigentlich um nicht viel kümmern, aber die Nahrungssuche war für sie der Schwerpunkt des Tages. Einige wenige, wahrscheinlich die Mütter, kümmerten sich um den Nachwuchs, die Männer hingegen begannen mit der Suche nach Gräsern, Kräutern, Ästen und vielen ähnlichen Dingen, die auf dem Speiseplan standen.

Die Gruppe musste hier für sich selbst sorgen, da die Nahrung der Schneemenschen nicht für sie geeignet war. Maria hatte noch einiges an Trockenfleisch in ihrem Rucksack, das sie dann aufteilten. Sie würden sich aber an diesem Tag wieder verabschieden müssen, da sonst ein Versorgungsproblem auftreten würde und Halim es im Beisein der friedlichen Wesen ablehnte, hier auf Jagd zu gehen und irgendwelche Tiere zu töten. Dies würden die Schneemenschen nicht verstehen und er wollte die Beziehung zu ihnen nicht gefährden.

Sie verabschiedeten sich von den Riesen und machten sich zurück auf den Weg zum Dorf, in dem sie sich die Felle geliehen hatten. Auf dem Rückweg kamen sie auch wieder an den Höhlen der Gefangenen vorbei, die inzwischen Zuwachs bekommen hatten. Die Viehdiebe, die mit ihrer Hilfe gestellt wurden, wurden jetzt hier bis zum endgültigem Prozess untergebracht. Obwohl es nun die ganze Zeit bergab ging, war der Weg doch anstrengend, da sie immer darauf achten mussten nicht wegzurutschen. Erst gegen späten Nachmittag kamen sie wieder im Dorf an. Zur Begrüßung gab es eine ordentliche Mahlzeit, auf die sich schon alle gefreut hatten. So interessant der Besuch bei den Schneemenschen war, das Leben innerhalb der gleichen Rasse schien doch deutlich einfacher.

Die Männer waren durch ihren Einsatz beim Stellen der Viehdiebe gleich in die Gemeinschaft aufgenommen worden, aber auch die Frauen, die sich derweil die Produktion von Käse und Brot angeschaut hatten, waren gern gesehen. Ich Freundlichkeit und ihre Wissbegier waren es gewesen, die die Dorfbevölkerung von ihrer Art her überzeugt hatten. So verbrachten sie noch einen langen Abend in dem Haus der Gemeinschaft, bevor ihnen wieder die Häuser zur Verfügung gestellt wurden. Am nächsten Morgen gaben sie ihre geliehenen Felle ab und machten sie weiter auf den Weg des Abstieges. Halim und Mogul würden sie noch bis zur Abzweigung des Seitentales begleiten, dann sollten sie alleine mit Maria den Weg zum Dorf zurück gehen.

Uwe und Bernd hätten gerne die beiden Jäger begleitet, versprach ihr Leben doch immer etwas Action und Aufregung. Aber damit wären die Frauen bestimmt nicht einverstanden gewesen und wenn sie richtig überlegten, waren sie in dieser fremden Welt noch viel zu unerfahren, um sich den Jägern anzuschließen. War es doch gerade auch die Ruhe, die sie gesucht hatten und nicht die Action. Schnell verwarfen sie den Gedanken und freuten sich schon auf die Rückkehr zu ihrem Dorf.

Immer noch beschäftigte alle der Gedanke, was sie denn für die Gemeinschaft tun könnten. Vielleicht würde ihnen ein Gespräch mit dem Anführer dabei helfen. Die Abzweigung der Täler lag vor ihnen und Halim und Mogul zogen in Richtung der abtrünnigen

Dörfer, während die Gruppe zusammen mit Maria dem Bachlauf flussaufwärts folgte und in ein paar Tagen wieder in der Heimat wäre.

Der Ausflug zu den Abtrünnigen

Halim wollte mit Mogul nun unbedingt die Orte der Abtrünnigen besuchen. Es bedurfte aus seiner Sicht eine Aufklärung, wie weit dort schon das Ungemach fortgeschritten war. So eine längere Tour, bei der jegliches Geschick des Jägers gefordert war, wäre eine gute Ausbildung für Mogul. Dieser hing wie immer stolz an den Lippen seines Vorbildes. Mogul erklärte ihm, wie sie vorgehen wollten. Sie würden so tun, als ob sie auf der Jagd wären und einfach immer nur eine Gelegenheit zum Schlafen brauchten. Auch wollten sie sich freundlich und offen geben, um keinen Verdacht der Leute zu erregen. Es sollte einfach nur eine Erkundung werden. Auf dem Weg dahin würden sie sich mit Wild und Fischen über Wasser halten und das Überleben im Freien trainieren.

Bis zum Abend waren sie weiter flussabwärts gewandert und hatten sich eine der vielen Felsenhöhlen zur Übernachtung ausgesucht. Zusammen drangen sie in die Höhle vor, um zu prüfen, ob sie nicht von wilden Tieren bewohnt war. Bis auf ein paar alte Knochenreste gab es aber keinen Anhalt dafür. Dann begann Mogul etwas Feuerholz zu suchen und für ihn war es schon ein Leichtes, dies zu entzünden. Sich gegenseitig als Wache einzusetzen widerstrebte ihnen. Sie würden sich tief genug in die Höhle zurückziehen, aus Ästen und Steinen ein paar Fallen bauen, so dass wenn ein Mensch oder ein Tier die Höhle betrat, sie rechtzeitig gewarnt wären.

Während Mogul sich um das Feuer gekümmert hatte, war es Halim gelungen, mit dem Speer wieder einen Fisch zu fangen, den sie im Anschluss auf, der Glut garen konnten. Dann machte er sich daran Mogul die Technik des Fallenstellens beizubringen. Sie legten einige Äste aus, die auf einer Seite mit kleinen Steinhaufen befestigt waren. Stieß nun jemand gegen den Ast, polterten die Steine herunter und machten genügend Lärm, um sie zu wecken. Mogul würde noch sehr viel von Halims Erfahrung profitieren, da war er sich gewiss. Ihren Schlafplatz hatten sie tief im Inneren der Höhle auf einem kleinen Plateau gefunden. Etwas erhöht waren sie zusätzlich vor Angriffen geschützt. Sie löschten noch das Feuer und zogen sich dann zurück. Morgen würde ein neuer, anstrengender Tag beginnen. Schon sehr früh weckte Halim Mogul. Auf dem Weg zu den abtrünnigen Siedlungen wollte er ihm noch einiges beibringen. Sie mussten dort jederzeit damit rechnen, dass die Bewohner den wahren Grund ihres Besuches bemerken würden und dann eventuell bösartig reagierten. Auf einen Kampf konnten sie es in der Minderzahl nicht ankommen lassen. Aber falls ihnen die Flucht gelingen würde, dann müssten sie sich verstecken und tarnen können. Gleich nach dem Frühstück, zu dem der Rest des Fisches verwendet wurde, wollten sie mit der Tarnung und dem vorsichtigen Bewegen in der der Natur beginnen.

Halim nahm dazu ein Stück vom verkohltem Holz und rieb sich mit mehreren Streifen das Gesicht und alle sichtbaren Hautflächen ein. Die verschiedenen schwarzen Striche ließen die Konturen seines Gesichtes verschwinden. Als Jäger trug er ohnehin unauffällige, dunkle Kleidung. An einigen Stellen band er Äste und Gestrüpp mit ein. Mogul machte es ihm nach und so zogen sie weiter. Sie bewegten sich dabei immer etwas in der Deckung, jeder Baum, jeder Steinvorsprung, jeder Strauch wurde dazu genutzt. Zwar kamen sie langsam voran, aber es war eine gute Übung und zur Kontrolle nutzten sie einen Hirten, der mit ein paar Ziegen sich am nahen Flussufer befand.

Halim prüfte die Windrichtung und erklärte Mogul leise, dass sie sich immer wenn sie sich Tieren näherten, darauf achten mussten, sich ihnen gegen den Wind zu nähern, damit sie nicht gewittert werden konnten. So schlugen sie nun einen möglichst weiten Bogen und drückten sich von Versteck zu Versteck, ohne das der Hirte oder die Tiere sie bemerkten. Bis zum Mittag bekamen sie keine weitere Gelegenheit ihre Kenntnisse unter Beweis zu stellen. Zum Mittagessen erlegten sie mit dem Bogen 2 große Nagetiere. Halim hob mit dem Dolch und den Händen eine kleine Grube aus. Er entzündete in ihr ein Feuer aus extrem trockenen Holz. Die Grube bot den Vorteil, so erklärte er Mogul, dass die Flamme nicht von weitem sichtbar war. Mit dem besonders trockenen Holz umging er die Rauchentwicklung. Diese Art Feuer zu machen, war zwar recht aufwendig, aber wenn es darum ging nicht entdeckt zu werden, unter Umständen lebenswichtig. Während das Feuer bis zur Glut herunter brannte, häuteten sie die Tiere, nahmen sie aus und vergruben ebenfalls alle Abfälle, so dass diese sie später nicht verraten konnten.

Bei jeder Gelegenheit, die ihr Weg sie von Versteck zu Versteck in die Nähe einer Quelle führte, füllten sie ihren Wasservorrat auf. Egal ob sie es schon benötigten oder nicht. Halim verwies darauf, man könnte nie wissen wann die nächste Quelle erreichbar, wäre und ohne Wasser konnte selbst der beste Jäger nicht lange durchhalten. Bis zum Einbruch der Dämmerung schlichen sie so weiter. Diesen Abend wollten sie nicht in einer der vielen Höhlen schlafen, sondern sich eine Art Unterstand bauen. Sie suchten einige kleinere Holzstämme, formten daraus eine Art Zelt. Dann verbanden sie die Stämme mit dünnen Ästen, die noch Blätter trugen, miteinander. Immer mehr und mehr, bis praktisch eine komplette Abdeckung und somit ein Regen- und Windschutz entstanden waren. Ihr Unterstand verschwand fast gänzlich mit der Umgebung und war selbst aus geringer Entfernung kaum sichtbar. Mogul war begeistert, was er alles an diesem Tag gelernt hatte. Sein Anführer hatte ihm wirklich den besten Lehrmeister ausgesucht.

Wieder machten sie kein Feuer und zum Abendessen gab es nur ein paar gesammelte Beeren und Pilze. Halim erklärte ihm jeden Einzelnen und zeigte ihm dann auch immer wenn möglich die giftige Variante dazu. Dies würden sie jetzt jeden Tag wiederholen, bis Mogul selbst sicher in der Auswahl der Pilze und Beeren war. Beeren und Pilze hatten auch den Vorteil, so erklärte Halim, dass es keine Abfälle wie bei getöteten Tieren gab. Denn selbst wenn man die Abfälle vergrub, so konnten sie doch von wilden Tieren gewittert werden und auch die waren immer eine Gefahr für den schlafenden Jäger. Rund um ihren Unterstand brachten sie dann noch mit Ästen einige Stolperfallen an, so dass sie notfalls gewarnt wurden, wenn sich ihnen jemand nähern würde.

Später dann, als sie sich zur Nachtruhe begaben, erzählte Halim noch, sie würden noch ca. 3 Tage brauchen, bis sie bei der ersten Ortschaft waren. Erst am letzten Tag würden sie ganz offen und ungetarnt laufen. Dann würden sie versuchen ein paar Wildtiere zu erlegen, die ihr Dasein als reguläre Jäger anzeigen würden. Wenn sie jemand über ihr Tun befragen würde, so sollte Mogul darauf verweisen, dass sie diese Reise zu seiner Ausbildung nutzen würden, damit er lernen konnte, wie man Tiere erlegt. Aber auch das ganze Tal kennenlernen sollte. Über die eventuell ungewöhnlichen Verhaltensweisen der Bewohner dort, wollten sie einfach hinwegsehen und recht uninteressiert tun. So als ob sie sich nur um die Jagd kümmern würden.

Wieder hieß es früh aufstehen, damit sie die Zeit der Dämmerung noch für unsichtbares Weiterkommen nutzen konnten. Auch heute hatten sie sich wieder getarnt und Halim verwies darauf, immer auf die Umgebung Rücksicht zu nehmen und möglichst aktuelle Blätter und Äste zu verwenden, so dass bei wechselnder Vegetation diese nicht auffielen.

Den ganzen Tag sammelten sie auf dem Weg immer wieder Pilze und Beeren. Immer sicherer wurde Mogul bei der Auswahl. Einige davon deponierten sie in Verstecken. „Falls wir flüchten müssen, haben wir keine Zeit zum Suchen“, sagte Halim. Dann können wir immer wieder schnell auf die Verstecke zurückgreifen und kommen schneller vorwärts. Mogul war begeistert von Halims Weitsicht. Er kalkulierte alle Eventualitäten mit ein.

Als Mogul gerade wieder einige Pilze gesammelt hatte und diese Mogul zur Überprüfung präsentieren wollte, war dieser verschwunden. Mogul wartete einen Augenblick, dann begann er mit der Suche nach seinem Lehrmeister. Dieser hatte sich ganz bewusst versteckt um zu schauen, wie der Junge sich verhalten würde. Trotz seiner Ungewissheit blieb Mogul in der Deckung. Er musste jetzt alles so machen, wie er es gelernt hatte. Nicht ohne Grund hatte Halim ihm all diese Dinge gezeigt. Immer wieder verharrte er, horchte und schaute, ob er Halim entdecken konnte. Zweimal war er im Glauben etwas gehört zu haben. Beide Male durchkämmte er die Gegend, aber nichts war von dem erfahrenen Jäger zu sehen. So folgte er weiter dem Fluss in seiner Richtung und war sich sicher, Halim würde schon beizeiten zu ihm stoßen.

Es war schon fast dunkel, da suchte sich Mogul in einem kleinen Waldstück wieder kleine Stämme und Äste, baute einen Unterstand und vergaß auch nicht die

Stolperfallen aufzubauen. Erst dann begab er sich zur Ruhe. Als er aufwachte, lag Halim friedlich schlummernd, neben ihm. Wie hatte er das nur angestellt, fragte sich Mogul.

Der Lehrmeister erzählte ihm dann, dass er den ganzen Tag immer in seiner Nähe war. Er hatte sich nur gut versteckt gehalten, um zu überprüfen, ob Mogul alles richtig machte. Sein Lehrmeister war mit ihm sehr zufrieden und Mogul nun recht stolz auf sich. Er hatte nicht panisch reagiert, sondern einfach alles so gehandhabt, als wäre Halim bei ihm gewesen. Diese Eigenschaft war sehr wichtig, falls sie einmal getrennt würden, erklärte Halim. Dann sollte er sich einfach immer an den Plan halten, zu dem Ort gehen, den sie vorher abgesprochen hatten und sich einfach so verhalten als wäre er nicht alleine. Nur so hatten sie die Möglichkeit, sich gegebenenfalls wiederzufinden.

Nach der Überprüfung der Fähigkeiten von Mogul begann heute der Tag, an dem sie sich wieder offen zeigen würden. Bei ihrer Weiterreise flussabwärts würden sie versuchen, ein paar Tiere zu erlegen um einerseits die Schießfähigkeiten von Mogul zu verbessern und andererseits auszusehen wie wirkliche Jäger. Es sollten allerdings nicht mehr Tiere werden, als sie auch wirklich in den kommenden Tagen verzehren konnten. Halim mochte es nicht, wenn Tiere unnötig getötet wurden. Hier war es aber von Nöten, da das große Ganze ja auf dem Spiel stand.

Sie versuchten sich an Enten und besonders dann, wenn diese sich im Flug befanden. Es brauchte schon einige Zeit und viele Pfeile, bevor Mogul die erste erlegte. Auf ein bewegliches Ziel zu schießen war eben deutlich schwieriger als auf ein ruhendes. Auch gebot ihm Mogul, die verschossenen Pfeile immer wieder aufzusammeln; denn sie wussten nicht, wie viele sie noch brauchen würden. So kamen sie zwar langsam voran, aber sie hatten ja auch keine Hast und vielleicht war es sogar ganz gut, wenn Leute aus den Dörfern sie bei ihrer Arbeit sahen.

Den ersten den sie trafen, war ein Hirte mit einer sehr gemischten Herde. Es waren Ziegen und Schafe der unterschiedlichsten Rassen. Wie bunt zusammengewürfelt oder zusammengestohlen, dachte Halim. Sie würden ihn aber nicht danach fragen, es ging sie nichts an und sie wollten ja auch nicht neugierig wirken. Sie begrüßten ihn also freundlich und fragten nach dem Weg und der Dauer bis zum nächsten Ort. Der Hirte war freundlich, zeigte ihnen die Richtung und sagte, dass sie nun schon bald dort ankommen würden. Die Jäger verabschiedeten sich und machten sich auf den Weg für das letzte Teilstück. Halim schärfte seinem Schüler noch einmal alles ein, besonders dass sie sich nicht auffällig verhalten sollten und in ihren Antworten möglichst kurz blieben. Schon aus einiger Entfernung konnten sie das Dorf sehen und vor allem hören. Es schien dort ein ziemlicher Trubel und Krach zu herrschen. Eine große Menge von Personen befand sich an einem riesigen Feuer in der Dorfmitte. Sie lagen, und saßen in der Nähe des Feuers und schienen ein Fest zu feiern.

Halim ging geradewegs auf den Dorfplatz zu, sah sich um und wandte sich dann an einen Mann, der in einer Art Thron saß. Er erweckte den Eindruck, der Anführer der Dorfgemeinschaft zu sein. Halim stellte sich und Mogul vor und sagte, sie währen sehr froh endlich wieder unter Menschen zu sein. Der Mann schaute sie skeptisch an. Dabei scannte er sie von oben bis unten, erst dann antwortete er. Er schien verwundert, dass Leute aus den „alten Dörfern" sich die Mühe und den Weg machten bis zu ihnen. Für gewöhnlich hätten diese doch Angst und Sorgen, sich bis hier her zu trauen.

Halim antwortete, dass er für alles offen sei und Angst würde er als Jäger nicht kennen. Für ihn zählten die Natur und die Tiere, die Menschen würde er nicht beurteilen. Diese Antwort schien dem misstrauischem Kauz erstmal zu reichen. Er ließ sich von einer sehr spärlich bekleideten Frau ein Getränk reichen. Seiner

Stimme nach zu urteilen, handelte es sich offensichtlich um Alkohol, der hier wohl in rauen Mengen genossen wurde. Überhaupt war die Stimmung mehr als ausgelassen und überall konnten sie unzüchtige Handlungen sehen. Die Männer schienen die Frauen zu beherrschen und verfügten nach Gutdünken über sie.

„Setzt Euch, nehmt Euch etwas zu essen und lasst es euch gut gehen", waren die Worte des Anführers. Halim und Mogul taten wie ihnen geheißen und bedienten sich am Essen. Sofort wurden ihnen auch Getränke gereicht, wobei Halim sofort am Geruch feststellte, dass es sich um Alkohol handelte. Sie mussten damit vorsichtig sein; denn nur ihr klarer Verstand würde ihnen hier weiterhelfen.

Schnell versuchten einige, mit ihnen ins Gespräch zu kommen. An ihrem Lallen erkannten die Jäger schnell, dass diese schon reichlich den Getränken zugesprochen hatten. Sie erzählten nur das Nötigste und versuchten immer wieder das Thema Jagd als das für sie entscheidende herauszustellen. Die Männer hingegen, die sie ansprachen, redeten fast ausschließlich über Weiber und Saufen. Halim und Mogul lachen dann freundlich und sagten nur, wie toll sie es hier doch hätten und welch schönes Leben sie führen würden. Dem stimmten die Männer zu, lachten und hoben ihr Trinkgefäß, um dies so zu bekräftigen.

Nachdem sie ihren Hunger gestillt hatten, ging Halim noch einmal zum Anführer und fragte diesen, wo sie denn ihr Nachtlager aufschlagen dürften. Er verwies sie an eine der Hütten am Ortsrand und sagte ihnen, sie sollten sich einfach eine aussuchen. Dort würden ohnehin nur die alleinstehenden Weiber wohnen und die freuten sich immer über Gesellschaft. Halim bedankte sich dafür, doch wohl fühlte er sich bei dem Gedanken nicht. Er ging wieder zu Mogul, erzählte ihm von dem kurzen Gespräch und dann begannen sie wieder ihre Beobachtungen zu machen.

Aus der Ferne konnten sie sehen, wie der Hirte ins Dorf kam, den sie schon unterwegs getroffen hatten. Kaum war er mit der Herde vor Ort, nahmen ein paar Männer eines der Schafe und töteten es. Sie zogen ihm das Fell ab, waideten es aus und schon kurze Zeit später hing es an einem Spieß über dem großen Feuer. Nun begannen die Männer zu klatschen. Immer lauter in einem bestimmten Rhythmus. Es klang wie eine Aufforderung. Die schien es auch zu sein; denn jetzt gingen drei Frauen zum Feuer, präsentierten sich dort im Schein der Flammen und begannen sich unter lautem Johlen und Klatschen zu entkleiden. Gierig schauten die Männer auf ihre Körper und manche konnten es auch nicht unterlassen die Frauen anzugrabschen. Zum Schluss ihres Tanzes, sie waren inzwischen völlig nackt, näherten sie sich dem Anführer, der neugierig auf seinem Thron saß. Er schaute sich die Frauen genau an, berührte sie dann mit seinen Händen überall und wählte eine aus. So wie es schien, musste diese ihm nun zur Verfügung stehen. Über die verbliebenen zwei Weiber machte sich dann die Gruppe her. Es gab sofort Ärger und Geschrei, denn jeder wollte der Erste sein. Nur einen kurzen Augenblick später mündete das Geschrei in einer handfesten Keilerei.

Der Anführer schaute dem Treiben zuerst eine Weile belustigt zu, dann schrie er einmal laut und alle stoben auseinander. Damit war der Streit beendet und das Saufen, Johlen und Grölen begann wieder aufs Neue. Halim und Mogul nutzten die Gelegenheit, um sich langsam zurückzuziehen. Sie verabschiedeten sich vom Anführer, der dies kaum noch wahrnahm und gingen dann zum Ende des Dorfes, zu den Hütten, die er ihnen beschrieben hatte.

Aber alle Hütten waren besetzt. Hier wohnten tatsächlich die alleinstehenden Frauen des Dorfes und Halim wollte sie nicht aus ihren Hütten verdrängen oder sie gar zu irgendetwas zwingen. Aber er hatte die Rechnung ohne die Frauen gemacht. Es war nicht alleine die Macht der Männer, die sie zu ihrem frivolen Handeln brachte, sondern es war die gleiche verwerfliche Einstellung der Gemeinschaft und dem Leben gegenüber.

Sie wurden also fast in die Hütten gezerrt. Halim bestand allerdings darauf, nur zusammen mit seinem Schüler in einer Hütte zu sein; denn er wollte den Jungen nicht irgendwelchen Gefahren aussetzen, die diesem noch unbekannt waren und ihn vielleicht verderben würden. So wählte Halim eine recht alte Bewohnerin aus, in der Hoffnung hier eine ruhige und normale Nacht verbringen zu können. Die jüngeren Frauen aus den anderen Hütten lachten ihn zwar dafür aus, aber das war dem Jäger völlig egal.

Loren hieß die alte Frau, in deren Hütte die Jäger gegangen waren. Freundlich stellten sie sich gegenseitig vor und Halim spürte sogleich, dass diese Frau nicht hier her passte. Sie zeigte ihnen ihre Schlafplätze und war ansonsten sehr verschlossen. Es fühlte sich an, als habe sie Angst über die Dinge zu sprechen, die sie berührten. Halim brach das Schweigen, indem er erzählte, wo er herkam und als kleine Notlüge warf er ein, sich einfach verlaufen zu haben. „Das Du und Dein Freund hier nicht her gehört, habe ich sofort gemerkt", sagte Loren. „Hier ist leider in den letzten Jahren viel falsch gelaufen. Zuerst war es nur der letzte Ort im Tal, der betroffen war, dann der nächste und nun hat sich die Seuche bis hierher fortgepflanzt. Es ist wie ein

Virus. Die Menschen haben alle ihr normales Verhalten aufgegeben, die Männer sind nur noch betrunken oder rauben und auch die Frauen sind nicht besser. Sie sind zügellos und leben ihre Gier aus." Fuhr sie fort. Dabei sprach sie sehr leise, wohl aus Angst, jemand könnte es hören.

Dann erzählte sie aus der glücklichen Zeit, die sie hier vorher hatten. Das Leben war wie in den Dörfern, aus denen Halim und Mogul kamen. Jeder hatte für die Gemeinschaft gelebt und war zufrieden. Aber immer mehr hatten sich die rauen Töne durchgesetzt, immer mehr Raum im Leben nahm der Alkohol ein und dann kamen die Faulheit und die Gier. Keiner war mehr mit dem zufrieden, was er hatte und jeder wollte der Beste sein. Auch die jährliche Wahl des Anführers war ausgesetzt worden und nun wurde der bestimmt, der am meisten Schnaps und Weiber für die anderen bezahlte. Sie war nur froh, dass sie schon so alt war und dies alles nicht mehr lange ertragen müsste. Wenn sich der Virus weiter fortsetzen würde, wären bald alle Dörfer infiziert und das Leben im Tal, wäre nicht mehr das, was es einmal ausgemacht hatte.

Halim pflichtete ihr bei, und ohne lange darüber nachzudenken, erzählte er ihr sein wirkliches Vorhaben. Er hatte das Gefühl ihr vertrauen zu können. Weiter berichtete die alte Frau, dass kaum noch einer anders denken würde, gerade mal noch ein paar Alte und die hatten nicht die Kraft das Ruder herumzureißen. Sie hätten auch Glück gehabt, dass sie dieses Dorf als erstes besucht hatten; denn in den anderen war die Situation noch deutlich schlimmer. Dort würde nur noch Gewalt und Raub herrschen. Fremde wären überhaupt nicht mehr geduldet und würden entweder sofort getötet oder aber erst gefoltert und dann umgebracht.

Halim schluckte, als er diese Nachricht hörte. Fast konnte er es sich nicht vorstellen, dass es dort noch schlimmer war als hier. Aber auch die Situation, die sie hier vorgefunden hatten, waren bis dahin für ihn noch unvorstellbar gewesen. Die Alte schien durchaus vertrauenswürdig und er zweifelte nicht an ihren Worten. Er würde mit Mogul zusammen nicht weiterziehen, diese Verantwortung dem Jungen gegenüber konnte er nicht übernehmen und als Gefangener oder gar Toter war er seinem Volk auch nicht mehr nützlich.

Die Alte erzählte gerade vom hiesigen Anführer, wie er es immer wieder schaffte mit reichlich Schnaps und vielen Beutezügen, die Bevölkerung auf seine Seite zu bringen. Sie hatte diesen Satz kaum beendet, da flog die Tür der Hütte auf und 3 bewaffnete Männer rannten herein. Einer von ihnen rammte seinen Dolch dem alten Weib direkt in die Brust und nannte sie dabei eine alte Plaudertasche. Sogleich wollten sie sich auch den Jägern zuwenden, doch Halims Kraft war es, die die Männer erstmal auf Abstand hielt. Er schlug zwei von ihnen mit den Köpfen zusammen und nahm sich sofort den dritten vor. Diesen knebelte und fesselte er. Die anderen beiden lagen noch bewusstlos in der Hütte neben der toten Frau.

Schnell packten sie ihre wenigen Sachen und flohen aus dem Ort. Sie rannten in die Richtung, aus der sie gekommen waren, so schnell sie konnten. Sie mussten noch die Dunkelheit und den betrunkenen Zustand der Dorfbewohner nutzen, um eine möglichst große Distanz zwischen sich und die voraussichtlichen Verfolger zu bringen.

Die beiden niedergeschlagenen Männer kamen wieder zu sich, alarmierten die übrigen Dorfbewohner und trotz seiner Trunkenheit schaffte es der Anführer, sofort ein Suchkommando auf die Beine zu stellen und hinter ihnen her zu jagen.

Bis in die Morgenstunden waren die Jäger gerannt. Jetzt war Moguls Kraft aufgebraucht und sie mussten sich in einer der Felshöhlen verstecken und erholen. Aber sie wussten, auch wenn es Verfolger gab, so konnten diese auch nicht ewig laufen. Jetzt würden sie alle die Dinge benötigen, die sie auf dem Hinweg geübt hatten. Mogul in seiner Jugend regenerierte recht schnell. Dann aber ordnete Halim an, lieber noch ein paar Stunden zu warten, in der Dämmerung sich dann zu tarnen und lieber die Nacht hindurch zu marschieren. Vielleicht hätten die Verfolger bis dahin auch schon aufgegeben und sich zurückgezogen.

Für die Verfolger war es, nicht schwer zu wissen, in welche Richtung die Jäger geflohen waren. Die Männer, die in die Hütte der Alten eingedrungen waren, hatten schon eine Weile das Gespräch belauscht und wussten somit, dass sie nicht in die Richtung der folgenden Dörfer gehen würden. Zu den Seiten konnten sie nicht, so blieb nur eine Flucht, in die Richtung, aus der sie kamen, übrig. Erst bei der Abzweigung des Seitentales wären sie geschützt. Aber bis dorthin würden sie sie jagen und dann töten. So war der Plan der Verfolger.

Halim und Mogul färbten sich mit Schmutz die Gesichter und alle Hautstellen dunkel, so dass diese im Schein des Mondes sie nicht verraten konnten. Dann befestigten sie alle Metallgegenstände und Schnallen der Rucksäcke so, dass sie keine Geräusche mehr machten. Auf eine weitere Tarnung mit Ästen und Blättern verzichteten sie in der Nacht, diese wäre mehr hinderlich als hilfreich. Dann schlichen sie los. Von nun an würden sie auch nicht mehr rennen um jegliches Stolpern und den daraus resultierenden Krach zu vermeiden. Die ganze Nacht hindurch suchten sie sich so ihren Weg. Sie orientierten sich am Fluss, hielten aber dennoch etwas Abstand vom Wasser, um nicht so gut auf der freien Fläche gesehen werden zu können.

Von ihren Verfolgern bemerkten sie nichts, hielten aber dennoch am frühen Morgen wieder bei einer Reihe von Felsenhöhlen an um sich zu erholen. Nun waren sie schon so dicht an der Abzweigung des Seitentales, das es zu überlegen galt, entweder nach einer kurzen Pause weiterzulaufen oder erneut die Nacht abzuwarten. Sie entschieden sich für die zweite Variante. Sie wollten lieber alle Kräfte sammeln, in Ruhe noch etwas an versteckten Pilzen und Beeren zu sich nehmen und dann in der Nacht die magische Grenze überschreiten. Die Verfolger hetzten, so schnell sie konnten. Der Anführer hatte für denjenigen, der die Flüchtigen entdeckte, eine hohe Prämie sowie 2 Frauen ausgesetzt. Dieser Anreiz war ihnen als Motivation so hoch, dass sie unglaubliche Kräfte freimachten. Es war schon Nachmittag, als einer der Verfolger laut rief und die anderen zu sich bat. Er hatte eines der von den Jägern geplünderten Beerenverstecke gefunden, dass diese nicht wieder richtig verschlossen hatten. Die aufgewühlte Erde hatte sie verraten. Schnell erkannten die Männer, dass es sich hierbei nicht um Tierspuren handelte. Die Gesuchten mussten hier gewesen sein und so feucht wie die Erde noch war, konnte es noch nicht lange her sein. Von nun an würden sie jeden Stein umdrehen, um die Eindringlinge zu finden und ihrem Schicksal zuzuführen.

Noch ahnten Halim und Mogul nicht, dass die Verfolger ihnen dicht auf der Spur waren. Sie trafen gerade die letzten Vorbereitungen für die Etappe in der Nacht, als sie die Stimmen hörten. Leise schlich Halim zum Eingang der Höhle und sah die Männer. Sie gingen in jede der Höhlen und schienen sie zu durchsuchen. Überall wo sie nichts fanden, entzündeten sie im Eingangsbereich ein Feuer, dessen Rauch in die Höhle zog und dort allem was lebte, die Luft nahm. Sie gingen ganz systematisch vor und das erschreckte den erfahrenen Jäger; denn er wusste, jetzt würden sie irgendwann entdeckt. Es war nur noch eine Frage der Zeit, bis es passierte. Eine Flucht in diesem Moment war aussichtslos. Die Zahl der Männer war viel zu groß und sie waren ebenfalls mit Bögen bewaffnet. Sie saßen wie ein Kaninchen in der Falle. Halim ärgerte sich, dass er nicht doch gleich weitermarschiert, war.

Sie schauten sich in der Höhle um, irgendetwas mussten sie tun, sie konnten sich doch nicht so einfach hier fangen lassen. Kurz hinter dem Eingang hatte auch diese Höhle, wie so viele andere, ein kleines Plateau. Sie hatten aber darauf verzichtet, dort ihr Lager aufzuschlagen, da es so aussah, als ob einige der Steine nicht mehr ganz fest saßen und den Eindruck erweckten, als könnten sie jeden Moment in die Tiefe stürzen. Wahrscheinlich hätten sie dann den ganzen Felsvorsprung mitgerissen und das wäre ihr sicherer Tod gewesen. Aber vielleicht war es jetzt die Lösung.

Sie suchten die Höhle nach Stämmen und Stangen ab. Einiges fanden sie, was irgendwann wohl mal als Feuerholz dienen sollte und nicht mehr verwendet worden war. Nun deponierten sie ihre Rucksäcke so, dass die Verfolger ein Stück in die Höhle gehen mussten, um zu sehen, was dort lag. Dann trugen sie die Stangen und Hölzer auf das Plateau und suchten die lockersten Steine heraus. Die Männer, die hier suchten, würden bestimmt die anderen rufen, wenn sie die Rucksäcke fanden. Wenn dann genügend von ihnen sich unter dem Plateau befanden, wollten sie die Steine lockern und diese auf sie herabfallen lassen. Es war zwar nur eine kleine, aber wohl ihre einzige Chance.

Es dauerte nicht lange, da kamen 3 der Verfolger und begannen die Höhle zu durchsuchen. Schnell hatten sie das Gepäck entdeckt und riefen die anderen herbei. Ohne lange darüber nachzudenken eilten alle in die Höhle. Das war der Moment, auf den Halim gewartet hatte. Er nahm die stärkste der Stangen, hebelte sie unter einen großen Stein und gemeinsam mit Mogul drückte er die Stange herunter. Es gab ein kurzes knackendes Geräusch. Es war die Stange, die durchgebrochen war.

Doch dann begann ein Donnerwetter. Ein Grollen wie es wohl noch nie jemand gehört hatte. Zuerst löste sich doch noch der Stein, er kam ins Rutschen und riss gleich viele andere mit. Die ganze Masse ergoss sich auf die Verfolger. Diese schrien entsetzlich, starrten aber wie gebannt nach oben und schienen nicht mehr mächtig zu sein, sich von der Stelle zu bewegen. Ungeheure Felsmassen prallten auf sie hernieder und einer nach dem anderen wurde von den Steinen erschlagen. Nur ein kurzer Moment, dann war kein Ton mehr zu vernehmen. Halim und Mogul ergriffen sofort die Chance und rannten aus der Höhle, bevor wahrscheinlich gleich das ganze Plateau einstürzen würde.

Draußen rannten sie noch ein ganzes Stück, dann hörten sie ein Donnern und Grollen, das dass vorherige noch um weites übertraf. Der ganze Berg kam ins rutschen, das ausgehöhlte Gestein war scheinbar nicht mehr stabil und ungeheure Felsmassen türmten sich auf. Sie standen dort mit geöffnetem Mund und konnten nichts tun, als nur noch hinschauen. Der Berg tat sich förmlich auf und eine große steinige Masse schoss in das Tal. Ein neuer Berg türmte sich auf, es hörte überhaupt nicht mehr auf und dann kam das

Wasser. Wo immer dies auch vorher geschlummert hatte, eine Wassermasse von unvorstellbarer Größe ergoss sich in den hinteren Abschnitt des Tales. Es sah aus, als hätte der Berg zuvor das Tal verschlossen, und würde es nun fluten. Innerhalb kürzester Zeit stieg das Wasser mehrere Meter hoch und eine Flutwelle von enormer Größe schoss in das nun abgeschottete Tal. Die Menschen, die dort in den Dörfern lebten, würden keine Chance haben zu entweichen und innerhalb kürzester Zeit ertrinken. Es war, als hätte Gott persönlich einen grauenvollen Rachefeldzug ausgelöst.

Das geflutete Tal

Lange noch standen Halim und Mogul am Rande der neuen Absperrung. Sie konnten einfach nicht glauben, was sie hier sahen. Das ganze Tal war mit Wasser geflutet. Mehrere Meter hoch war der Wasserspiegel gestiegen und kam erst langsam zur Ruhe. Kein Wesen, dass sich hier befunden hatte, wäre in der Lage gewesen, diese Flut zu überleben. Ein schrecklicher Tod musste alle ereilt haben. Ein riesiger, mehrere Tagesmärsche langer See war entstanden.

Plötzlich aber dann sah alles ganz friedlich aus. Es war kein Donner, kein Grollen mehr zu hören. Vögel überquerten den See, so als wäre er schon immer dort gewesen. Halim war sich nicht sicher, ob er etwas Gutes oder etwas ganz Schreckliches getan hatte. Er wusste nicht, ob er Lachen oder Weinen sollte. Aber nun war es geschehen, ein Zurück gab es nicht mehr. Mit der Sicherheit, dass es keine Verfolger mehr gab, blieben sie auch noch die Nacht an diesem Ort. Sie wollten sich erst am nächsten Morgen bei Tageslicht noch einmal alles anschauen, um auch den anderen Bewohnern im Tal darüber berichten zu können.

Nach einer unruhigen Nacht konnten Halim und Mogul es kaum erwarten, den neu entstandenen See bei Licht zu sehen. Es war eine riesige Fläche, die die Fluten überrannt hatten. Ganz friedlich lag der See da. Der Wasserstand schien konstant zu bleiben. Aber Halim fragte sich schon, welche Auswirkungen dies nun alles auf das System hier im Tal hatte. Die Menschen und Tiere würden sich erstmal dran gewöhnen müssen. Es gab ja noch den kleinen See, der schon immer da war, doch dieser hier hatte ganz andere Ausmaße und es blieb abzuwarten, ob das Wasser im Laufe der Zeit wieder versickern würde, oder ob es immer so blieb. Die Zeit würde es zeigen. Mit diesem Gedanken machten sie sich befreit auf den Rückweg und was sie von den anderen Dörfern noch erzählen sollten, das hatte sich jetzt ohnehin erledigt. Aber wahrscheinlich auch besser so, bevor noch diese Unarten sich auf ihre Dörfer fortgesetzt hätten oder es gar zu Kriegen zwischen den einzelnen Stämmen gekommen wäre. Der Friede im Tal, war doch ihr höchstes Gut.

In der alten Welt gab es an diesem Tag eine Sondermeldung in der Hessischen Presse und sogar in den Nachrichten vom Fernsehen. Wasserspiegel des Edersees über Nacht um 8 Meter abgesackt. Auf unerklärliche Weise hatte der See enorme Wassermengen verloren. Die Ingineure prüften die Staumauer; denn sie hatten schon Bedenken geäussert, dass es sich um ein großes Leck handeln würde. Dies stellte sich aber zur Beruhigung der Bevölkerung als als Fehler heraus. Keiner konnte sich den plötzlichen Wasserverlust erklären, auch war der Wasserspiegel der angrenzenden Flüsse nicht gestiegen. Die Wissenschaftler einigten sich als Erklärung darauf, dasss es wohl eine unterirdische Verwerfung gegeben hatte und das Wasser schlagartig verloren gegangen war. Jetzt kontrollierten sie den Wasserstand ständig, aber neue Veränderungen hatte es nicht mehr gegeben.

Uwe, Bernd, die beiden Frauen und Maria waren gut in ihrem Dorf angekommen. Heute wollten sie den Anführer der Siedlung fragen, was sie denn für die Gemeinschaft tun könnten. Sie selbst hatten zwar einige Ideen gehabt, aber die waren nicht immer konform mit dem System gewesen. Sie mussten sich erst bis zur letzten Konsequenz darauf einstellen. Gerade waren sie auf dem Weg zu ihm, als sie vom Dorfplatz lautes Gerede vernahmen. Neugierig wie sie nun mal waren, gingen sie dorthin um zu Schauen, was passiert war. So eine Aufregung hatten sie noch gar nicht erlebt.

Sie sahen nur eine Menschentraube und mittendrin standen Halim und Mogul und waren am Erzählen. Auch der Anführer befand sich im Kreise der Zuhörer. Da immer wieder neue Personen hinzukamen, musste

Halim die Geschichte dauernd wiederholen und immer wieder waren die ihnen schon vertrauten Worte unglaublich, unfassbar, sowie die Laute A und O zu hören.

Maria übersetzte ihnen die komplette Geschichte und nun konnten sie auch den kleinen Tumult verstehen, den Halims Ankunft ausgelöst hatte. „Das werden wir uns gleich morgen ansehen", waren Uwes Worte. „Bevor wir hier irgendeinen Entschluss fassen, was wir in Zukunft machen, wollen wir die Zeit der Überlegung noch nutzen und uns dieses Schauspiel anschauen." Fügte Bernd im Einklang noch hinzu.

Am nächsten Morgen würde eine Abordnung des Dorfes zum neuen See gehen und sich das Naturwunder anschauen, sagte der Anführer. Da waren Uwe, Bernd, die Frauen und Maria ebenfalls mit dabei. Sie und noch einige andere würden die dreitätige Reise auf sich nehmen und konnten sich so von Halims Geschichte überzeugen. Selbst der Anführer wollte mitkommen, dies war so etwas Besonderes, das konnte er sich nicht entgehen lassen. Somit war die Entscheidung erstmal wieder vertagt und man wusste ja nie, was die Reise brachte und vielleicht käme ihnen auch selbst noch eine Idee für ihre Zukunft.

„Schade, das es am neuen See noch keine Aalräucherei gibt", feixte Uwe. Das würde den Weg dorthin sicher deutlich erleichtern. Da fiel es ihm wie Schuppen von den Haaren, es gab hier überhaupt keinen Räucherfisch. Zwar einige Leute, die Fische zum Kochen und Braten fingen, aber keinen Räucherfisch. Das wäre doch noch eine Idee. „Dann musst Du eben eine gründen", sagte Bernd, ohne zu wissen, dass er gerade Uwes Gedanken förmlich gelesen hatte. Die beiden schauten sich an und ohne ein weiteres Wort zu sagen, ohne mit den Frauen zu sprechen, war zumindest für sie eine Idee geboren. Aber nun wollten sie sich erstmal die Gegebenheiten anschauen, bevor sie weiter darüber nachdenken würden oder sogar schon mit den Frauen darüber sprachen.

So ein Marsch in einer großen Gesellschaft war doch anders als ihre Reise vor kurzer Zeit. Anja fand sich an einen Schulwandertag erinnert. Es herrschte eine recht ausgelassene Stimmung, alle erzählten und lachten und bis zum Abend hatten sie schon ein gutes Stück Weg geschafft. In dem anderen Dorf wollten sie nicht übernachten, diese Menge von Personen hätte die Gastfreundschaft nun doch deutlich überfordert. Das Risiko konnten sie nicht eingehen, so dass sie Felsenhöhlen aufsuchten und am Abend ein großes Lagerfeuer machten, an dem sich alle einfanden, die mit auf die Reise gegangen waren.

Lange saßen sie noch am Feuer; denn heute musste niemand Wache halten. Die Diebe aus den abtrünnigen Dörfern waren für alle Zeiten von der Bildfläche verschwunden und erst morgen kämen sie zum kleinen See, aus dessen Wasserfall ab und zu die Flussgeister kamen. Diese waren ja keine Gefahr für die Menschheit, doch auf ihre Sachen würden sie in der nächsten Nacht schon aufpassen müssen. Es wurde auch schon über diese kleinen Trolle erzählt und manch einer freute sich wohl darauf, vielleicht den einen oder anderen von ihnen zu sehen.

Früh am kommenden Morgen mahnte der Anführer zum Aufbruch. Noch heute wollten sie ja den kleinen See erreichen, bevor es dann am dritten Tag der Reise endlich zu dem Neuen gehen sollte. Sie waren alle so gespannt auf dieses Ereignis, das keiner müde erschien oder murrte, da es schon so früh am Morgen weiter ging. Inzwischen hatte sich auch diese Reisegruppe darauf geeinigt, dass die Langsamsten vorne gingen, damit die Gruppe nicht zerrissen wurde.

Wieder war es die Stimmung des Schulausfluges, der diese Reise beflügelte. Sie waren verwundert, wie locker und ungezwungen alle miteinander umgingen und wie liebevoll diese Gesellschaft war. So schafften sie ihr Ziel schon am späten Nachmittag. Die beiden Hütten, die dort standen, reichten natürlich nicht für alle

Mitreisenden aus. So wurde beschlossen, dass die Frauen die Hütten bezogen und die Männer draußen als Wache gegen die Flussgeister sich postierten. Die Gepäckstücke packten sie trotzdem zur Sicherheit mit in die kleinen Häuser.

Am Wasserfall versuchten sich die Männer mit ihren Speeren beim Fischfang. So leicht wie es letztes Mal bei Halim ausgeschaut hatte, war der Fischfang mit einem Speer nun doch nicht. Der geübte Jäger hatte natürlich gewusst, dass durch die Lichtbrechung des Wassers, sich der Winkel veränderte, wo der Fisch stand. Sie brauchten schon eine ganze Weile, bis sie genügend zusammen hatten um alle beim Abendessen zu versorgen.

Fast rein zufällig sprach Uwe beim Abendessen den Anführer mit Marias Hilfe auf das Räuchern von Fischen an. Er hatte keine Erklärung, warum das nicht gemacht wurde, zumal die Fischer diese Art der Konservierung kannten und das Räuchern ja auch bei Fleisch- und Wurstwaren angewendet wurde. Er könnte sich ja im Dorf mal bei dem Metzger schlaumachen, der würde ihm bestimmt gerne weiterhelfen. Uwe bedankte sich für den Rat und sein Gedanke an geräucherten Fisch verstärkte sich immer mehr. Er konnte ihn schon förmlich riechen.

Für die Flussgeister oder auch Trolle war das Spektakel hier wohl zu groß. Keiner bekam einen von ihnen zu Gesicht. Viele glaubten auch nicht wirklich daran und hielten es ein bisschen für ein Märchen, das erzählt wurde. Als sie am nächsten Morgen aufbrechen wollten, fehlten allerdings von 4 Männern die Dolche, die sie immer umgeschnallt hatten. Während der Nacht und ohne es zu bemerken, mussten die Trolle sich diese geschnappt haben. „Diese Strolche", hörte man einige fluchen, doch es war nicht böse gemeint, es ärgerte sie nur, dass sie es nicht mitbekommen hatten.

Nun aber wurde es Zeit zum Aufbruch, um endlich den großen See in Augenschein zu nehmen. Bis zum Nachmittag würden sie noch brauchen, um den von Halim genannten Ort zu erreichen. Heute war es die Neugier, die den Schritt der Gruppe beschleunigte. Dann war er gekommen, der Moment, wo sie die riesige Aufschüttung von Gestein sahen. Wie eine große Wand lag sie vor ihnen. „Eine Art natürliche Sperrmauer", sagte Bernd und war wie alle anderen auch erstaunt von dieser Naturgewalt. Zwar war es im Vergleich zu den hohen Felswänden an den Seiten des Tales ein kleiner Berg, der sich vor ihnen aufbaute, aber auf gut 50 Meter schätze Bernd ihn schon.

Sie mussten an den Seiten heraufklettern und dann sahen sie den See vor sich liegen. Am Rand suchten sie nach einer Markierung, die Halim über dem Wasserstand gemacht hatte. Als sie diese fanden, stellten sie fest, dass das Wasser die Höhe gehalten hatte. Es war weder gestiegen, noch gefallen, sondern verharrte bei dieser Tiefe. Die Höhe bis zur Oberkante der Aufschüttung betrug ca. 10 Meter, so dass der See wohl eine Tiefe von 40 Metern haben musste.

Jeder der dieses flach verlaufende Tal gekannt hatte, wusste, es konnte keine Überlebenden in den Siedlungen gegeben haben. Gottes Zorn über ihr Verhalten hatte sie wie auch immer ausgelöscht.

Jeder der die Aufschüttung herauf geklettert war, blieb mit offenem Mund stehen und staunte einfach nur, was er sah. Diese Wasserfläche war so gigantisch groß. An den Seitenrändern des Tales war ebenfalls nicht mehr viel Platz, so hoch stand das Wasser. Da die Siedlungen aber wie auch die ihre, immer in der Mitte um den kleinen Fluss herum gebaut waren, hatte er mit Sicherheit alle verschlungen.

Uwe konnte es förmlich vor sich entstehen sehen. Am rechten Rand, es war der Breitere, eine kleine Siedlung und mittendrin eine Räucherei. Ihm war schon bewusst, dass es hier noch keine Fische gab, wo sollten diese auch herkommen, aber trotzdem auch dafür würde sich eine Lösung finden. Anja schien seine Gedanken zu erraten und sagte nur: „Na, Du planst doch schon etwas, ich erkenne es an Deinem Blick". Uwe wusste, er brauchte ihr nicht zu widersprechen, zu genau kannte sie ihn.

Dann erzählte er ihr von seinen Vorstellungen und als er geendigt hatte, war er sehr überrascht, dass bisher noch keine Einwände oder „Aber" kamen. Er wartete förmlich darauf. Sie aber schaute ihn nur eine ganze Weile an, dann sagte sie: „Dann sieh zu, dass Du ausreichend Fische bekommst, damit die Gesellschaft und Deine Familie versorgt sind. Dabei betonte sie das Wort Familie sehr außergewöhnlich. Uwe schaute ihr in die Augen, dann auf den Bauch, dann wieder ins Gesicht. „Du brauchst noch nicht auf den Bauch zu schauen, so schnell geht das nicht", sagte Anja mit einem Lächeln. Sie fielen sich in die Arme und waren überglücklich. Es würde ein Kind des Friedens und der Harmonie werden, darüber waren sie sich einig.

Uwe konnte sich Bernd und Ulrike gegenüber nicht zurückhalten, sofort musste er die Neuigkeit verkünden. Er war völlig aus dem Häuschen. So lange hatten sie schon einen Kinderwunsch gehabt, doch nie war etwas passiert. Hatte Gott solange damit gewartet, bis sie ihr Ziel im Leben erreicht hatten? Aber das war nun alles Vergessen und egal, was zählte, war allein die Zukunft.

Uwe würde auf dem Rückweg schon einen Halt bei den hiesigen Fischern einlegen um einiges mit ihnen zu besprechen. Dann würde er im Dorf zum Metzger gehen und sich dort nach dem Räucherverfahren erkundigen. Er wusste jetzt genau, was er wollte.

Für den Abend schlugen sie ihr Lager am Rande des Sees auf. Dies war in etwa auch der Platz, den Uwe sich schon für seine Räucherei und sein Haus ausgesucht hatte. Wieder entzündeten sie ein großes Feuer und heute mussten sie das Trockenfleisch essen, das sie mitgenommen hatten. Das Wasser, der Schein des Feuers und die untergehende Sonne, die dem großen See einen ganz besonderen Glanz verliehen, welch ein Naturschauspiel. Dazu noch das Wissen um das gemeinsame Kind und die Zukunft nach seinen Wünschen, Uwe war wohl der glücklichste unter ihnen allen. Diesen Tag würde er nie wieder vergessen. Es war so, als ob das bisherige Leben nur der Weg zu diesem einen Ziel war.

In dieser Nacht schlief Uwe sehr unruhig. Immer wieder träumte er von seiner Zukunft. Er sah es förmlich schon alles vor sich, die Räucherei, die Familie, eine sich anschließende Siedlung. Am Morgen dann war er zwar noch etwas müde, aber immer noch überglücklich, über seinen Entschluß. Früh brachen sie wieder auf um den Heimweg anzutreten.

Bei der nächsten Siedlung, in der die Fischer ansässig waren, trennten sich Uwe, Anja, Bernd, Ulrike und

Maria von der Gruppe. Sie suchten direkt die Fischer auf, um mit ihnen ihre Erfahrungen auszutauschen. Die Fischer erzählten ihnen ohne Umschweife alle ihre Kenntnisse, dies war der Vorteil einer solchen Gesellschaft, in der es kein Konkurrenzdenken gab. Sie berichteten über die einzelnen Fischarten und ihre Besonderheiten. Über Fangtechniken und die Verarbeitung der jeweiligen Fischsorten. Auf Uwes Frage hin, warum das Räuchern von Fischen nicht durchgeführt wurde, kannte aber keiner von ihnen eine Antwort. Schon immer hatten sie die Fische nur gekocht, gebraten oder gebeizt. Räuchern gab es nur bei Wurst- und Fleischwaren. Aber sie zeigten sich neugierig und wären bestimmt die Ersten, die es probieren würden.

Sie würden auch schon damit beginnen, einige Fische für Uwe zu fangen, so dass er auch eine Grundlage für seinen Fang im neuen See hätte. Desweiteren boten sie ihm an, einige Fische zu Beginn seiner Räucherei ihm zur Verfügung zu stellen. Es war eine tolle Gemeinschaft. Uwe bedankte sich sehr bei ihnen und hatte das gute Gefühl, neue Freunde gefunden zu haben.

Einen Tag später als die große Gruppe trafen sie dann wieder im eigenen Dorf ein. Hier machte sich Uwe zusammen mit Maria auf den Weg zu den Metzgern, um von ihnen Einiges über das Räuchern zu erfahren. Wie auch die Fischer waren die Metzger auskunftfreudig. Sie erklärten ihm die verschiedenen Räucherarten, das

Kalträuchern, das Heissräuchern, sowie die Hölzer, die dazu verwendet wurden, bzw. die Räucherspäne und das Räuchermehl.

Uwe machte sich Notizen von all diesen Dingen und war doch überrascht, wie vielfältig dieses Thema war. Dann zeigten sie ihm ihre Öfen, in denen der Räuchervorgang durchgeführt wurde. Hier sprachen sie noch einmal über die Temperaturen, die Art des Heizens und die Verbleibdauer der Wurstwaren. Wie dies allerdings auf Fische umzulegen war, dass konnten sie Uwe auch nicht erklären, da würde nur das Ausprobieren weiterhelfen, meinten sie. Zum Schluß zeigten sie ihm noch die Kräuter und Salzlaken, in die die Räucherware eingelegt werden musste. Aber auch hier müsste er sicherlich viel ausprobieren, um den richtigen Geschmack zu treffen.

Mit all diesen Informationen machte Uwe sich am nächsten Tag auf den Weg zum Anführer. Er wollte wissen, wie er es anstellen könnte, dort eine Räucherei aufzubauen und auch seinen Wohnort dahin zu verlegen. Der Anführer war etwas überrascht über seine Frage. Für ihn war es selbstverständlich, dass einige Männer aus dem Dorf für die Arbeiten freigestellt wurden und natürlich auch das Material zur Verfügung gestellt wurde. So war es nun einmal in dieser Gesellschaft; denn alles diente ja allen.

Schon in der nächsten Woche könnten sie beginnen und auch Männer die Boote bauen und Netze herstellen konnten, würden ihm zur Verfügung gestellt. Der Anführer fragte dann noch, ob sein Freund Bernd ihm nicht auch dabei helfen wollte; denn allein könnte er diese große Aufgabe gar nicht bewältigen. An Bernd und seine Familie hatte Uwe gar nicht gedacht. Er war in seinen Gedanken viel zu eigensinnig gewesen. Dies machte ihm jetzt ein schlechtes Gewissen. Sofort würde er zu Bernd gehen und ihn fragen, ob er sich nicht mit an der neuen Arbeit und bei der Besiedelung des Sees beteiligen wollte.

Entgegen seinen Erwartungen war Bernd nicht böse auf ihn, dass er ihn noch nicht gefragt hatte. „Du warst so von dem Thema besessen, dass Du gar keine Zeit hattest, an uns zu denken", beruhigte ihn Bernd. Sie hatten jetzt schon soviel gemeinsam erlebt, dass Bernd schon gewusst hatte, er würde früher oder später auf ihn zukommen. Auch er hatte sich seine Gedanken zum See gemacht. Allerdings gingen seine Ideen mehr in die Richtung der Freizeitgestaltung. Aber dennoch wollte er Uwe gerne behilflich sein und die Zeit würde ja dann zeigen, wohin der Weg sie führte.

Am Abend dann saßen beide Familien noch lange zusammen und unterhielten sich über ihre Pläne und die Zukunft. Sie waren auch überwältigt über die Zusagen des Anführers und die Hilfsbereitschaft der Bewohner. Obwohl sie nun schon eine ganze Weile hier waren, so war dieses System für sie doch immer wieder überraschend. Diese beispiellose Hilfsbereitschaft und Uneigennützigkeit, waren ja in ihrer Welt vorher, schon völlig verloren gegangen. Dort wäre es undenkbar gewesen, wenn man sich ein Haus bauen oder eine Existenz schaffen wollte, dass man alle Ressourcen einfach so zur Verfügung gestellt bekam. Das Schönste aber daran war, dass für die Familien, deren Männer beim Bau des Hauses und der Räucherei halfen, keinerlei Ausfall vorkam. Sie konnten ganz normal weiterhin ihr Essen, ihre Kleidung und alles was sie benötigten von der Gemeinschaft bekommen. So trug alles was erwirtschaftet wurde, immer nur der Gemeinschaft zu und nicht dem Reichtum eines Einzelnen. Wann nur waren alle diese Eigenschaften in ihrer vorherigen Gesellschaft verloren gegangen?

Mit jedem Tag der verging, stieg Uwes Freude auf sein Projekt. Er hatte in Absprache mit Anja beschlossen, dass sie die erste Zeit noch im Dorf bleiben sollte, bis das Haus soweit gediehen war, dass man dort vernünftig unterkam. Allein schon wegen der Schwangerschaft hatte Uwe auch darauf bestanden. Im Laufe der Woche stellten sich die einzelnen Männer, die Uwe behilflich sein wollten, bei ihm vor. Er war erstaunt, wie groß die Zahl derer war, die für diesen Bau benötigt wurden. Es würde eine ganze Kolonne sein, die dann losziehen würde. Auch vieles an Material, an Vorräten für die Arbeiter mussten sie ja mitnehmen. Somit lief die Planung auf Hochtouren und Uwe der erst gedacht hatte, eine Woche für die Vorbereitung wäre viel, wurde schnell eines Besseren belehrt. Wie im Flug verging die Zeit und bevor er sich versah, war es der Vorabend der Abreise in die neue Existenz. Diesen Abend aber nahm sich Uwe extra viel Zeit für Anja. Sie würden sich eine ganze Weile nicht sehen und immerhin waren es 3 Tagesmärsche von der Siedlung bis zum neuen See.

Am nächsten Morgen hatten sich alle Helfer und Beteiligten in der Dorfmitte getroffen. Der Anführer der Gemeinschaft wünschte ihnen viel Erfolg und verabschiedete sie mit ein paar netten Worten, bevor sie nun für einige Zeit das Dorf verließen. Es war eine lange Schlange an Menschen und Material die sich da durch die Landschaft zog. Sie wollten versuchen, noch an diesem Tag die Nachbarsiedlung zu erreichen, um dort zumindest in Ortsnähe zu übernachten. Das würde es ihnen ersparen noch extra Wachen aufzustellen. Eine Hütte für jeden konnten und wollten sie aber dort nicht erwarten, das hätte die dortige Ortsgemeinschaft sicherlich überfordert.

Freundlich wurden sie begrüßt und an diesem Abend konnten sie ihre eigenen Vorräte sparen. Der dortige Anführer erlaubte ihnen mit der Bevölkerung gemeinsam zu speisen und auch ihr Lager in der Ortsmitte aufzuschlagen. Uwe freute sich auch die Fischer wiederzusehen und sprach noch lange am Abend mit ihnen. Es gab doch immer noch ein paar Dinge, die er fragen musste und auch den Fischern fiel noch der eine oder andere Kniff ein. Es wurde spät, bevor sie alle in ihre Decken krochen und endlich in den wohlverdienten Schlaf kamen.

Nach einem gemeinsamen Frühstück, zusammen mit den Bewohnern, machten sie sich auf die Weiterreise. Heute war das Etappenziel der kleine See, an dem Uwe nun schon mehrmals gelagert hatte. So langsam kannte er sich aus in der Gegend. Aber auch der kleine See war immer wieder für ihn eine Besonderheit. Dieses kristallklare Wasser, das den Wasserfall herunterschoss, seine Strudel bildete und die beiden verlassenen Hütten machten diesen Ort zu einer besonderen Schönheit der Natur. Nur die kleinen Flussgeister, die mussten sie wieder im Auge haben; denn diesmal sollte ja kein wertvolles Material verloren gehen

Trotz der Größe der Karawane kamen sie schon am späten Nachmittag bei dem kleinen See an. Bernd versuchte mit ein paar Männern Fische zu fangen. Nach den üblichen, anfänglichen Schwierigkeiten, gelang ihnen dies dann auch. So war das Abendessen gesichert und sie brieten die Fische über dem offenen Feuer. Immer wieder ein ganz außergewöhnlicher Gaumenschmaus. „Wartet es nur ab, bis die Fische erst einmal geräuchert werden, dann will keiner mehr Bratfisch essen", sagte Uwe dazu und freute sich wie ein kleines Kind zu Weihnachten. Allerdings würde es wohl eine Weile dauern, bis genügend Fische im neuen See waren und sich der Fang überhaupt lohnen würde.

Für die Nacht hatten sie Wachen aufgestellt, so dass die Flussgeister diesmal keine Chance hatten, Material oder Gebrauchsgegenstände zu stehlen. Als sie am nächsten Morgen die Ausrüstung kontrollierten, konnten sie mit

Freude feststellen, dass noch alles vorhanden war. Das Feuer und die Wachen hatten die kleinen Gesellen scheinbar doch abgehalten ihr Unwesen zu treiben. Nach einem kräftigen Frühstück, bei dem die Reste der gebratenen Fische verzehrt wurden, machten sie sich auf den letzten Teil der Reise. Noch am heutigen Tage würden sie es schaffen, beim neuen großen See anzukommen.

Immer größer wurde die Vorfreude und die Nervosität bei Uwe. Er konnte es einfach nicht mehr erwarten, sich seinen Lebenstraum zu erfüllen. Als Lagerplatz für ihre erste Nacht am See, hatten sie gleich die Stelle ausgesucht, an der Uwe seine Räucherei und sein Haus errichten wollte.

Der Platz war wunderschön gelegen. Ein sanft ansteigendes, weitflächiges Ufer, nahe genug zum See und doch in sicherer Entfernung, falls wieder einmal ein plötzlicher Wasseranstieg passieren sollte. Es gab bis zu den Felsen noch ein kleines Waldstück, so dass auch für Holz beim bauen der Häuser, aber auch für das spätere Räuchern, gesorgt war. Uwe und Bernd wussten, hier wollten sie den Rest ihres Lebens verbringen. Am Abend dann genossen sie wieder den sensationellen Sonnenuntergang und freuten sich schon darauf, dieses Naturereignis von nun an jeden Tag erleben zu dürfen. Früh am Abend legten sie sich schlafen; denn gleich morgen sollte es mit den Bauarbeiten losgehen.

In dieser Nacht war Uwe wieder viel zu aufgeregt um gut schlafen zu können. Immer wieder kamen die Träume, die ihm die Zukunft zeigten, oder zumindest das, was sich sein Unterbewusstsein darunter vorstellte. Es musste kurz nach Mitternacht gewesen sein, da hörte Uwe seltsame Geräusche. Die anderen Männer schienen tief und fest zu schlafen, wie er gut an ihrem Schnarchen hören konnte. Dies waren aber nicht die Geräusche, die ihn irritierten. Es hörte sich an wie leise Schritte und dann wieder ein Klappern. Uwe quälte sich aus seinen Decken, nahm eine Laterne und machte sich auf den Weg um nachzuschauen. Dann im Schein der Lampe sah er sie. Es waren kleine Wesen, nur gut einen halben Meter groß. Sie machten sich an den Vorräten und dem Baumaterial zu schaffen. Ohne lange darüber nachzudenken, packte Uwe einen von ihnen und hielt ihn fest. Der quirlige kleine Kerl wehrte sich nach Leibeskräften, doch es gelang ihm nicht, sich zu befreien. Aber seine seltsamen Laute warnten die anderen, die sofort verschwanden.

Der Krach weckte nun auch die anderen Männer und sie waren sehr erstaunt über Uwes Fang. Viele dachten wohl zuerst sie hätten einen komischen Traum und es dauerte eine ganze Weile, bis sie realisierten, dass Uwe einen der Flussgeister gefangen hatte. Was bloß hatte die kleinen Kobolde bis hier hin getrieben. Waren sie ihnen gefolgt, oder hatten sie einfach auch nur den neuen See entdeckt und wollten das Refugium für sich beanspruchen. Uwe wusste um ihre Penetranz und das deshalb die beiden Hütten am kleinen See aufgegeben worden waren. Er würde den Flussgeistern nicht weichen, soviel war ihm klar. Dieser Ort sollte sein Platz werden und den würde er sich nicht streitig machen lassen.

Er fesselte den kleinen Kerl an Händen und Füssen und schleppte ihn zu den übrigen Männern. Ein jeder betrachtete den Kobold von oben bis unten. Im Prinzip sah er wie eine Kleinausgabe eines normalen Mannes aus. Nur sein komischer Spitzbart war etwas ungewöhnlich. Dazu kam noch eine Nase in der Größe eines normalen Mannes. Dies ließ ihn ziemlich ungewöhnlich aussehen. Seltsame Laute, eine Art andere Sprache, gab er von sich. Der Lautstärke nach zu urteilen, war es ein Schimpfen und Fluchen. „Oh er ist wütend darüber, dass er sich hat fangen lassen", sagte einer der Männer. Die anderen waren überrascht, dass dieser scheinbar verstehen konnte, was der Kobold von sich gab. „Er spricht unsere Sprache, aber rückwärts", sagte der Mann. Jetzt wo er es sagte, bemerkten es auch die anderen. Die Kobolde hatten also gar keine eigene Sprache, sie hatten nur die hiesige umgekehrt, um sich so untereinander verständigen zu können, ohne das es ein anderer gleich verstand. Sicher würde es kompliziert werden, aber nun wussten sie, wie sie sich mit dem kleinen Kerl unterhalten konnten. Sie schrieben ihre Fragen auf einen Zettel, drehten dann die Worte um und so konnten sie ihn befragen und sich mit ihm unterhalten.

Es kam heraus, was sie befürchtet hatten. Die Flussgeister hatten ebenfalls mitbekommen, dass ein neuer See entstanden war und hatten vor, ihr Gebiet auszudehnen. Auch stellte sich heraus, dass sie die Gegenstände der Menschen nur aus dem Grunde entwendeten, um diese von ihrem Gebiet fernzuhalten. Was ihnen ja am kleinen See auch mehr oder weniger gut gelungen war. Eigentlich benötigten sie diese ganzen Sachen überhaupt nicht, sondern hatten sie nur über Jahre hinweg gebunkert.

Uwe schlug dem kleinen Kerl vor, doch einfach das andere Ende des neuen Sees in Beschlag zu nehmen. So könnten sie sich aus dem Wege gehen und er und die anderen Männer würden schon dafür sorgen, dass sie unbehelligt blieben und dort genau wie die Schneemenschen ihr eigenes Leben ungestört führen könnten. Dann müsste sich keiner vor dem anderen verstecken und der neue See war ja so riesig, dass genügend Platz für alle vorhanden war.

Der Kobold stimmte dem zu und versprach mit seinem Volk zu sprechen um diese Vereinbarung dann auch einhalten zu können. Er würde danach wiederkommen und ihnen berichten. Einige der Männer waren dagegen den kleinen Kerl wieder die Freiheit zu schenken, aber die meisten waren mit dem Kompromiss einverstanden und so ließen sie den Kobold laufen, in der Hoffnung, dass er Wort halten würde.

Nun wo die Nacht ohnehin fast vorbei war, blieben sie gleich wach und nach einem gemeinsamen Frühstück begannen sie mit den Arbeiten. Als erstes sortierten sie das ganze Baumaterial. Dann wurden die Grundflächen der Gebäude markiert und einige machten sich gleich daran ein paar Bäume zu fällen, damit genügend Bauholz vorhanden war. Überall war rege Betriebsamkeit und Uwe erkannte, dass die Männer wussten, was sie zu tun hatten. Der Anführer hatte ihm geschickte Handwerker zur Hand gegeben. Ohne sich bisher in irgendeiner Weise hervorzutun, war es ein Mann mit dem Namen Rubens, der die Arbeiten organisierte. Er hatte einen genauen Plan, wie alles auszusehen hatte und er war es auch, der die Männer zu den verschiedenen Arbeiten einteilte. Ab jetzt war Rubens der Ansprechpartner für Uwe und Bernd; damit diese noch ihre Wünsche miteinbringen konnten. Wünsche und Vorstellungen hatten die beiden genügend. Sie wussten allerdings, dass ein Haus hier nicht die gleichen Masstäbe hatte, wie in ihrer alten Welt. So orientierten sie sich an den Häusern im Dorf und beschränkten sich auf das Notwendigste. Was Uwe aber wichtig war, dass gleich ein Kinderzimmer im Wohnhaus mit bedacht wurde.

Rubens war über die Zurückhaltung der beiden etwas überrascht. Er machte noch einige zusätzliche Vorschläge, die Uwe und Bernd auch gefielen und bei näherem Betrachten auch Sinn machten. Sie hatten ein gutes Gefühl mit Rubens als Baumeister, er schien über viel Erfahrung und gute Kenntnisse zu verfügen. Zwar gab es keine richtige Berufsbezeichnung für ihn und auch nicht die gewohnte Ausbildung wie in der alten Welt, aber hier zählte eben praktische Erfahrung und das Wissen, das sich ein jeder im Laufe der Zeit angeeignet hatte.

Rubens dachte in seiner Organisation einfach an alles. So waren sogar zwei Männer abgestellt worden, die sich damit befassten 2 Boote für Uwe zu bauen. Auf die Frage hin, wie lange das denn alles wohl dauern würde, antwortete Rubens mit ca. 2 Wochen. Für Uwe erschien das recht kurz bemessen, wenn er daran dachte, wie lange es brauchte, um in der alten Welt ein Haus zu bauen. Aber hier arbeiteten die Männer Hand in Hand und wenn eine Arbeit erledigt war, teilte Rubens die freien Kräfte sogleich wieder neu ein. Trotz der nur 2 Wochen, erschien es Uwe doch eine lange Zeit, Anja nicht sehen zu können. Gerade jetzt, während der Schwangerschaft, ließ er sie nur ungern alleine. Aber es war nicht zu vermeiden und sie wusste ja auch darum. Außerdem war noch Ulrike bei ihr, so dass sie sich wohl nicht langweilen würde.

Der erste Arbeitstag ging zu Ende, Rubens war mit dem Geschafften sehr zufrieden und als sie zum gemeinsamen Abendessen zusammen saßen, kam auch tatsächlich der Kobold wieder. Er hatte mit seinem Volk gesprochen und sie waren einverstanden damit, dass sie das andere Ende des Sees bei Bedarf bevölkern würden. Als kleines Dankeschön für seine Freilassung, brachte er sogar die 4 Dolche mit, welche die Flussgeister entwendet hatten, als die Expedition zum neuen See vor kurzer Zeit durchgeführt wurde. Uwe versprach diese den jeweiligen Männern zurückzugeben und bedankte sich dafür bei dem Kobold. Wie so oft war die ganze Feindseligkeit der verschiedenen Rassen nur ein Missverständnis gewesen und jetzt wo sie sich ausgesprochen hatten, schien das Miteinander recht einfach und problemlos zu sein. Die Menschen würden sie genauso in Ruhe lassen wie sie es mit den Schneemenschen handhabten.

Uwe erzählte dem Kobold noch was er hier vorhatte und dieser schien geradezu entzückt von der Idee. Sie, die Kobolde, räucherten ihre gefangenen Fische auch immer und es schien die Lieblingsmahlzeit der kleinen Männchen zu sein. Sie unterhielten sich auf die komplizierte Art und Weise noch eine ganze Weile und der kleine Mann versprach Uwe dann sogar ihm zu helfen, wenn er dann mit seiner Arbeit beginnen würde. Er kannte sich mit dem Räuchern aus, das hatte Uwe schnell während des Gesprächs festgestellt. Er sagte zu, er würde dann einfach hier erscheinen und wäre bestimmt zur richtigen Zeit vor Ort. Wenn es Räucherfisch gab, war er immer da. Hier entdeckten die beiden somit eine große Gemeinsamkeit.

Früh am nächsten Morgen, gleich nach einem kurzen Frühstück, nahmen die Männer unter Anleitung von Rubens die Arbeit wieder auf. Ein jeder von ihnen wusste was zu tun war und ihre Fertigkeiten machten den Eindruck, als hätten sie nie etwas anderes getan. Dabei hatten sie alle ihre Berufe und waren nur vom Anführer für diese Aufgabe freigestellt worden. Mit jeder Stunde konnte Uwe seinen Traum wachsen sehen. Wie schön würde es sein, wenn auch erst Anja und später das gemeinsame Kind hier wären und sie ihren Lebenstraum hier ausleben könnten. Dieser neue See hatte so ein großes Potential, bestimmt würden sich im Laufe der Zeit noch viele Menschen aus dem Tal hier ansiedeln.

Obwohl Uwe und Bernd die nötigen Kenntnisse fehlten, halfen sie doch nach besten Möglichkeiten überall mit und waren sich für keine Arbeit zu schade. Manchmal konnten sie nur das Werkzeug reichen oder etwas festhalten, aber auf jeden Fall konnten sie eine Menge von den Männern lernen. Hier gab es nicht wie in der alten Welt, viele Zeichnungen und Bestimmungen, Rubens hatte all diese Dinge im Kopf und schaffte es auch, durch seine klaren Anweisungen, sie den Männern so vor Augen zu führen, dass diese ihre Arbeiten gut durchführen konnten.

Während einer kurzen, gemeinsamen Pause, in der die Männer sich nur leise unterhielten, hörten sie auf einmal ein lautes Platschen im See. Eine große Bugwelle zeichnete sich ab und es sah aus, als würde ein großer Fisch dort jagen. Wie aber bloß war hier schon so ein großer Fisch in den See gekommen? Sollte es etwa so sein, dass die Wassermassen aus einem Becken oder anderem See kamen und sich tatsächlich schon Fische im See befanden? Bernd, der erfahrene Angler, war sich sicher, dass hier ein Hecht geraubt hatte. Er kannte diese Art des Jagens und hielt sogleich einen kurzen Vortrag darüber. Bei den Gedanken an vorhandene Fische, sah Uwe schon den ersten geräucherten Aal vor seinem inneren Auge, aber er wusste auch, es würde noch eine ganze Weile dauern, bis es soweit wäre. Was er allerdings schon mit Bernd besprach war, wie man feststellen könnte, ob sich schon Aale im See befanden. Bernd schlug vor, einen Schädel von einem toten Tier im See zu versenken. Wären Aale dort, dann würden sie schon in den Kadaver gehen. Wenn es die Zeit erlaubte, würden sie das versuchen.

Nun hieß es aber erstmal wieder die regulären Arbeiten ausführen und nicht schon träumen. Rubens hätte sicherlich auch wenig Verständnis dafür, wenn sie sich jetzt schon mit anderen Dingen beschäftigten würden. Der Einzige, der nicht bei den Bauarbeiten helfen musste, war der Koch. Dieser kümmerte sich einzig und allein um das Essen für die vielen Männer. Nach der Pause hatte er sich auch gleich wieder auf die Jagd nach Frischfleich gemacht. Vielleicht hätten sie ja Glück und könnten noch am Abend einen Tierkopf abstauben. Es juckte sie ja nun doch, irgendwie zu erfahren, was sich so im See befand.

Den ganzen Nachmittag waren Uwe und Bernd damit beschäftigt Baumstämme zu schlagen. Diese mussten dann noch ausgeastet und entrindet werden. Eine verdammt anstregende Arbeit, aber recht monoton, so dass der Kopf frei genug war um über die Fische und das Räuchern nachzudenken. Sie waren so abgelenkt, dass sie gar nicht wahrnahmen, dass der Koch ein Wildschwein erlegt hatte und dieses bereits für den Spieß vorbereitete. Erst als er um Hilfe beim aufstecken bat, sahen sie ihre Chance. Sie fragten ihn sogleich nach den Innereien und dem Kopf des Tieres. Sie hatten Glück, noch hatte er die Teile nicht vergraben. Schleunigst besorgten sie sich einen langen Strick, banden den Kopf des Wildschweines an und versenkten ihn im See. Zur Sicherheit banden sie das Seil am Ufer an, so dass er nicht wegtreiben konnte. Am nächsten Morgen dann wollten sie schauen, ob sich schon etwas getan hätte. Bis dahin galt es noch einige Bäume zu bearbeiten und dann blieb ihnen ja noch die Vorfreude auf das gebratene Wildschwein. Dies war schon ein ganz besonderer Schmaus für die fleißigen Männer.

Am Abend saßen sie in einer großen Runde und der Koch schnitt deftige Stücke vom Schwein. Ein jeder konnte soviel essen, wie er vertrug. Durch die harte, körperliche Arbeit waren die Männer ziemlich ausgehungert. Fast schafften sie es, den ganzen Braten an einem Abend zu vernichten. Der Koch, der gehofft hatte, davon noch am nächsten Tag eine Mahlzeit zubereiten zu können, war ziemlich schockiert. Aber es war ja auch ein Zeichen dafür, dass ihnen sein Mal geschmeckt hatte und somit erfüllte es ihn auch mit einem gewissen Stolz. Er wusste, gerade wenn die

Arbeit besonders hart war, war es das Essen, was die Moral der Truppe aufrecht erhielt. So tat er sein Bestes, um dem Gelingen der Bauten, seine Unterstützung zukommen zu lassen.

Mit vollem Bauch und der Hoffnung, dass sich am nächsten Morgen Aale in dem Schweinekopf befinden würden, gingen Uwe und Bernd schlafen. Trotz der Müdigkeit durch die anstrengende Arbeit und das gute Essen, blieb Uwe noch eine ganze Weile wach, da er vor Vorfreude nicht einschlafen konnte. Diese Ungewissheit, ob sich schon Fische und ganz besonders Aale im See befanden, ließ ihn einfach nicht zur Ruhe kommen. Hinzu kamen dann noch die Gedanken an Anja und an das ungeborene Kind. Er hoffte nur, dass es ihnen gut ginge. In der alten Welt, hätte er jetzt einfach sein Handy gezückt und sie angerufen, aber das war hier ja nicht möglich. So schade er das im Moment fand, so gut war es doch für die Gesellschaft hier, dass solche Technologie nicht vorhanden war. Das Zusammenleben und das sprechen Miteinander hatten hier noch eine ganz andere Bedeutung. Das war ja schließlich auch der Grund, der sie hier her geführt hatte und der das Leben hier so lebenswert machte. In der alten Welt würde es kein zurück mehr geben. Die Spirale der Kommunikation, ohne den anderen dabei zu sehen, würde sich immer schneller drehen.

Kaum zeigte sich am Morgen das erste Tageslicht, wurde Uwe von Bernd geweckt. Gemeinsam machten sie sich auf zu dem versenkten Schweinekopf. Mit viel

Kraft mussten sie das Ding ans Ufer ziehen. Mit dem letzten Ruck, rissen sie ihn ein ganzes Stück auf den flachen Strand. Dann sahen sie es, einige Aale hingen in dem Kopf fest und waren dabei die Reste zu verzehren. Uwe stieß einen Freudenschrei aus, der das ganze Lager aufweckte. Es waren ordentliche Aale, von einer Größe, die ideal zum räuchern war. Am liebsten hätte er sie gleich entnommen, aber ohne Räucherofen und all die anderen Dinge die er dazu brauchte, machte es keinen Sinn. So banden sie den Schweinekopf wieder los und warfen ihn zusammen mit den Aalen ins Wasser. Sollten sie sich nur satt fressen und noch dicker werden, dachte er sich dabei.

Er sah sich schon dabei, wie er später abends im Boot herumfuhr, Reusen auslegte und am nächsten Morgen die fette Beute in den Räucherofen hängen würde. Dieser Grundstock an Fisch war es, war ihm bisher als Ungewissheit noch am meisten Sorgen bereitet hatte. Jetzt, wo er wusste, dass genügend Fische sich im See befanden, war seine Motivation noch größer und er würde noch fleißiger beim Aufbau der Häuser helfen. Er wollte alles geben, damit sein Traum hier gedeihen konnte.

Anjas Verschwinden

Anja und Ulrike, die im Dorf geblieben waren, wunderten sich über den Krach, den sie vom Dorfplatz hörten. Neugierig hielten sie Ausschau und erkannten, dass offensichtlich Fremde zu Besuch gekommen waren. Drei Männer, in Jägerkleidung standen dort und unterhielten sich mit dem Anführer der Siedlung. Jede Abwechslung war willkommen und so machten die beiden sich sogleich auf den Weg dorthin.

Nach einiger Zeit stellte sich heraus, dass die Männer zu den versunkenen Ortschaften gehörten und nur deshalb nicht ums Leben gekommen waren, da sie wie sie sagten sich weit abseits auf der Jagd befunden hatten. Viele dachten das Gleiche wie Anja, die Bande war auf Diebestour gewesen um der rechtschaffenden Bevölkerung des Tales die Tiere zu stehlen. Aber da niemand vorverurteilt werden sollte, nannte es auch keiner beim Namen. Die Männer distanzierten sich von der Lebensweise der versunkenen Orte und baten um Aufnahme in die Gemeinschaft.

Der Anführer des Ortes versprach sich mit den Bewohnern auszutauschen und über ihre Bitte abstimmen zu lassen. Bis dahin genossen sie das Gastrecht und eine leere Hütte wurde ihnen zugewiesen. Jetzt wo die Männer die neue Unterkunft bezogen, nutzte der Anführer die Gelegenheit, die Bewohner nach ihrer Meinung zu befragen. Diese äusserten ihre Bedenken, waren dennoch aber der

Meinung, den Männern eine Chance zu geben. Sie sollten aber unter Beobachtung stehen, um sicher gehen zu können, dass sie sich in die Gemeinschaft einpassten. Das war dann schließlich auch der Beschluss, der von allen getragen und den Männern verkündet wurde. Nur den Teil mit der Beobachtung, den verschwieg man ihnen.

Wie nicht anders erwartet, fügten sich die Männer den Wünschen der Gemeinschaft und versprachen ihre Kraft in das Gemeinwohl zu legen.

Anja und Ulrike gingen weiter ihren Aufgaben nach, die immer noch darin bestanden, die Sprache besser zu lernen, aber auch die vorübergehende Maßnahme, Kinder zu betreuen. Da die Frauen der Männer, die mit beim Aufbau der Häuser halfen nun auf sich gestellt waren, gab es hier einen erhöhten Bedarf. So konnten auch sie zum Gelingen der Neubauten beitragen, was ihnen eine große Freude war. Der Platz, an denen mit den Kindern gespielt und gelernt wurde, war direkt am Dorfplatz, so dass sie das ganze Geschehen des Ortes mitbekamen. Sie sahen auch, wie die neuen Bewohner sich viel mit den Ansässigen unterhielten. Ja, es machte förmlich den Eindruck, als würden sie diese ausfragen. Anja und Ulrike hatten ein komisches, ja ungutes Gefühl bei diesem Verhalten. Sie würden ihren Aufenthalt in der Nähe des Zentrums jedenfalls dazu nutzen, die Männer genau zu beobachten.

Zwei Tage später, Ulrike wollte Anja gerade zur Arbeit abholen, stellte Ulrike fest, dass Anja nicht in ihrer Hütte war. War sie schon vorausgeeilt ohne ihr etwas zu sagen? Es war auf jeden Fall ungewöhnlich. Ulrike ging alleine zum Kinderhort und würde Anja dort sicher antreffen. Aber auch hier war Anja nicht zu finden. Sofort schlug Ulrike Alarm und die ganze Siedlung eilte zum Dorfplatz. Die einzigen, die fehlten, waren Anja und die 3 neuen Bewohner.

Der Anführer ließ sofort überall nach ihnen suchen. Die Hütte der neuen Bewohner war komplett leergeräumt, so als ob nie jemand hier gewohnt hätte. In Anjas Hütte sah es aus, als hätte sie diese plötzlich verlassen. Die wenigen persönlichen Gegenstände lagen noch auf dem Tisch und es sah so aus, als wäre sie nur kurz nach draußen gegangen. Da sie aber nirgends zu finden war und auch die neuen Bewohner nicht auftauchten, musste es hier einen Zusammenhang geben. War sie gemeinsam mit ihnen abgereist? Das schloss Ulrike auf alle Fälle aus. War sie vielleicht von ihnen entführt worden? Was sollten sie Uwe sagen? Ein sofortiger Rat aller Anwohner wurde einberufen. Ein Mann wurde sogleich beauftragt, Uwe in Kenntniss zu setzen, mit der Bitte, dass er sogleich ins Dorf zurückkommen sollte.

Halim und Mogul wurden beauftragt mit 3 weiteren Männern unverzüglich mit der Suche zu beginnen. Sie sollten sich aber darauf einstellen, dass Anja mit Gewalt entführt wurde und sich dementsprechend bewaffnen.

Das war eine Herausforderung, die Halim nur zu gerne annahm. Hier wurde mal wieder sein Jagdinstinkt gefordert. Wenn sie einer finden würde, dann er. Halim versprach dem Anführer, nicht eher zu ruhen, bis er Anja gefunden und die Vagabunden geschnappt hatte. Er suchte 3 weitere erfahrene Jäger aus und sogleich packten sie ihre Sachen und machten sich auf den Weg.

An der Baustelle war man sehr überrascht, als sich jemand näherte. Der Bote, noch völlig ausser Atem, berichtete vom Geschehenen. Uwe war wie von Sinnen. Warum passierte das jetzt, wo doch alles gerade so gut lief. Er war am Boden zerstört vor Sorge um Anja und das ungeborene Kind. Sollte sein wunderschöner Traum hier etwa enden? Schnell besprach er mit Ramses das weitere Vorgehen an der Baustelle und machte sich dann mit Bernd zusammen sofort in Richtung Dorf auf den Weg. Der erschöpfte Bote blieb erstmal zurück, er sollte sich zunächst erholen.

Von unglaublicher Kraft getrieben eilten Uwe und Bernd zur Siedlung. Der Weg verging wie im Flug, sie nahmen kaum etwas um sich herum war. Sie hatten sich vorgenommen, die Strecke in 2 Tagen zu schaffen. Am zweiten Tag dann sahen sie Menschen. Noch in großer Entfernung, aber sie erkannten, dass es sich nicht um die gesuchte Gruppe handelte; denn es war keine Frau dabei. Sie näherten sich dennoch erst vorsichtig, aber dann erkannten sie Halim, Mogul und die anderen. Uwe wollte sich der Suche sofort anschließen, aber Halim verweigerte ihm dies. Er sagte zwar, dass er Uwe sehr schätzte, doch würden seine Gefühle bei der Suche nicht hilfreich sein. Er sollte ihm einfach vertrauen, er würde Anja schon finden. Enttäuscht über diese Ablehnung, aber mit dem Wissen, dass der weise Jäger sicher Recht hatte, setzten sie ihren Weg zur Siedlung fort und wollten auch den Suchtrupp nicht weiter aufhalten.

Halim und Mogul, die den Trupp anführten, gingen in ihrer Suche systematisch vor. Jede Höhle, jeden Felsspalt drehten sie auf links. Alles wurde komplett durchsucht. Bisher hatten sie aber noch keinerlei Anzeichen über den Verbleib der Männer und Anja gefunden. Im Nachbardorf hatte ihnen der dortige Anführer versprochen, die Umgebung ebenfalls absuchen zu lassen. Halim war mit seiner Truppe nun an der Stelle angekommen, wo sie sich entscheiden mussten, ob sie dem Verlauf des Tales weiter folgen wollten oder aber die Richtung zu den Schneemenschen einschlagen wollten. Halim entschied sich für letzteres, da sonst ja schon der Bote oder aber Uwe und Bernd etwas gesehen hätten. Es würde bestimmt schwierig werden, denn in dieser Richtung gab es unzählige Felsenhöhlen und Möglichkeiten sich zu verstecken. Da aber Anja bestimmt nicht freiwillig mit den Männern gegangen war, kamen diese bestimmt auch nicht so schnell voran und vielleicht hatte Anja die Möglichkeit, irgendwelche Zeichen zu hinterlassen. Halim bat alle noch einmal ganz besonders auf ungewöhnliche Dinge zu achten.

Abends, wenn Halim mit seinen Männern lagerte, wurde jeder laute Ton und offenes Feuer vermieden. Sie wollten die Entführer keinesfalls warnen. Sicher war denen bewusst, dass sie verfolgt wurden, aber dennoch sollten sie es nicht spüren, wenn Halim sich ihnen näherte.

Im Dorf begrüßte der Anführer Uwe und Bernd sehr traurig. Er hatte ein schlechtes Gewissen, die Männer im Dorf aufgenommen zu haben, die diese Untat nun vollbracht hatten. Um sie von ihren Gedanken etwas abzulenken, teilte er Uwe und Bernd zu bestimmten Tätigkeiten ein; denn die vielen fehlenden Männer, einserseits für die Baustelle, andererseits für die Suche, machten sich nun im täglichen Ablauf doch bemerkbar. Bernd war jedenfalls froh, Ulrike gesund vorzufinden; denn es hätte sie genauso treffen können. Die Entführer hatten sich einfach den Umstand zum Vorteil gemacht, dass die Frauen alleine in einer Hütte waren.

Am späten Abend dann, als Uwe alleine in der verlassenen Hütte war und auch dort selbst noch einmal nach irgendwelchen Hinweisen suchte, entdeckte er einen einfachen Zettel, der scheinbar vom Tisch gefallen war und dem niemand bisher Aufmerksamkeit geschenkt hatte. Es war die Forderung der Entführer. Trotz der späten Stunde rannte Uwe sogleich zu Bernd und mit diesem zusammen zur Hütte des Anführers. Sie mussten ihn wecken und dann sah auch dieser, was die Entführer forderten.

Sie wollten das die neue Siedlung, die am großen See gebaut wurde, in das Eigentum von ihnen überging. Sie forderten, dass sofort nach Fertigstellung, alle Männer dort abzogen und die Häuser an sie übergaben. Das Ganze sollte eine Widergutmachung für die Flutung des Tales darstellen. Würde das so geschehen, würde Anja unversehrt in das Dorf zurück gelangen. Ansonsten würden die Männer sie töten.

Uwe wollte dem sofort zustimmen, aber der Anführer lehnte es strikt ab, sich erpressen zu lassen. Das würde dann niemals aufhören, das wusste er. Uwe versuchte vehemend zu widersprechen, aber der Anführer ließ sich davon nicht beeindrucken. Diesmal setzte er konsequent seine Meinung durch. Uwe war enttäuscht über dieses Vorgehen, wusste aber er konnte es nicht ändern. Jetzt war er zum Nichtstun verdammt und konnte nur auf das Geschick von Halim vertrauen.

Halim war mit seinen Männern inzwischen schon im Dorf angekommen, welches das letzte vor dem Gebiet der Schneemenschen war. Mit jeder Höhle die sie durchsucht hatten, sank ihre Hoffnung. Jetzt aber mussten die Männer mit anderer Kleidung und Fellen ausgestattet werden, sonst würden sie selbst zum Opfer der Kälte. Auch hier hatte niemand etwas von den Entführern gesehen und Halim hoffte nur insgeheim, dass auch diese die richtige Kleidung hatten, sonst könnte es sein, dass sie nur noch erfrorene Entführer und vor allem eine tote Anja, vorfanden.

Diesen Abend und den nächsten Tag wollten sich Halim und seine Männer hier etwas ausruhen. Die Suche war doch sehr anstrengend und wenn sie in die kalte Region kamen, würden sie all ihre Kräfte brauchen. Die Männer waren froh über Halims weise Entscheidung; denn die Motivation war doch inzwischen etwas gesunken. So viele Plätze und Höhlen hatten sie kontrolliert, immer am Wegesrand auf Zeichen geachtet, doch nirgends auch nur eine Kleinigkeit gefunden. Die Entführer, sie waren ja ebenfalls Jäger oder zumindest Viehdiebe, waren geschickt in ihrem Vorgehen. Aber nun bald käme die geschlossene Schneedecke und dann würde es schwer die Spuren zu verwischen.

Mit warmer Kleidung und Fellen ausgestattet, machten sich Halim und seine Männer wieder auf die Suche. Der Tag Ruhe hatte ihnen neue Kraft gegeben. Aber sie wussten auch darum, dass sie Anja bald finden mussten. Zwei Wochen war sie nun schon in den Händen der Entführer. Halim hoffte nur, dass es ihr noch immer gut ging. Gegen Mittag erreichten sie die geschlossene Schneedecke. Anfangs gab es noch eine Menge Fußspuren, die aber von den Bewohnern des nahen Dorfes herrührten. Von denen der Schneemenschen hingegen war noch nichts zu sehen.

Weiterhin untersuchten sie jede Felsenhöhle, jede Spalte und kleine Schlucht. Nichts aber deutete auf die Entführer hin. Waren sie vielleicht doch schon an ihnen vorbei marschiert oder hatten diese gar die Richtung des großen Sees gewählt? Selbst Halim und Mogul stellten sich jetzt diese Fragen. Wenn er falsch entschieden hatte, war der Zeitverlust enorm, das wusste Halim nur zu gut. Dennoch vertraute er auf seinen Instinkt und vor allem darauf, dass es nach Aussage der Dorfbewohner die letzten Tage nicht geschneit hatte und so Spuren doch besser zu finden waren.

Mittags gab es wie gewöhnlich nur eine kurze Rast für die Männer. Sie stellten kurz das Gepäck ab, das durch die zusätzlichen Felle und die extra Bekleidung, nun doch recht schwer geworden war. Einige aßen eine Kleinigkeit und tranken aus ihren Wasserflaschen. Mogul hatte sich etwas von der Gruppe entfernt, um einem menschlichen Bedürfnis nachzugehen. Mit einem fröhlichen Gesicht kam er zurück und ging direkt zu Halim. „Sie waren hier", sagte Mogul. „Komm kurz mit, ich zeige es Dir", führte er fort. Sofort ließ Halim alles liegen und stehen und folgte Mogul. Der zeigte ihm Spuren von Urin im Schnee. „Das soll ein Zeichen dafür sein, dass sie hier waren?" Fragte Halim. „Ja", antwortete Mogul, „Schau Dir die Urinspuren genauer an". Jetzt erkannte auch Halim, was Mogul meinte. Man konnte genau den Unterschied erkennen, wo die Männer uriniert hatten und im Gegensatz dazu die Frau. Diese hatte sich hingehockt und so sahen die Urinspuren im Schnee ganz anders aus. Halim wusste ja schon lange, was für einen schlauen Schüler er mit Mogul hatte, aber diesmal hatte er alle Erwartungen übertroffen. Sein Scharfsinn war es, der diesen kleinen Unterschied erkannt hatte.

Zurück bei den anderen Männern erzählte Halim sofort von Moguls Entdeckung. Jetzt kam wieder Hoffnung auf und die Motivation der Suche sprang sofort wieder an. Nun wussten sie, dass sie auf der richtigen Spur waren. Es wäre nur noch eine Frage der Zeit, bis sie die Entführer finden würden. Aber von nun an mussten sie auch besonders wachsam sein, die Entführer würden Anja sicherlich nicht freiwillig hergeben. Halim wollte von nun an genau den Boden beobachten und in Kürze würden sie auf die Schneemenschen treffen, vielleicht hatten diese ja auch etwas bemerkt.

Die Entführer hatten aber einen weiteren Fehler gemacht. Sie hatten versucht ihre Spuren durch Äste oder Zweige, die sie hinter sich herzogen, zu verbergen. Hätte es inzwischen geschneit, wäre der Plan auch aufgegangen. So aber mussten sie nur noch den Schleifspuren folgen. Gegen Abend schon kamen sie in die Nähe des Lagers der Schneemenschen. Halim wollte diese aber nicht zur Nacht in Unruhe versetzen und schlug deshalb vor, noch einmal zu lagern, bevor sie am nächsten Morgen die Zottelwesen besuchen würden.

In dieser Nacht war es bitter kalt. Ein Feuer hatten sie trotzdem nicht gemacht, sie konnten ja nicht wissen, wie dicht sie auf den Fersen der Entführer waren. Alle hüllten sich in ihre Felle und Decken, aber an Schlaf war durch die Kälte nicht viel zu denken. So waren alle froh, als es gleich früh am nächsten Tag weiterging und die Bewegung sie wieder wärmte. Wie schon damals ging Halim auf dem Weg zu den Schneemenschen ein Stück voraus. Er wollte nicht ihr Vertrauen gefährden; denn er kannte diese sensiblen Wesen ja. Als sie ihn erblickten, freuten sich die zotteligen Riesen. Erst nach der Begrüßung winkte er den Rest der Truppe herbei. Die 3 Männer, die Halim ausgewählt hatte, kannten die Schneemenschen auch nur vom erzählen und waren nun überrascht, dass diese doch so riesig waren. Sie trauten sich kaum ihnen die Hand zu geben, sie hatten Angst, die Schneemenschen mit ihren riesigen Pranken, würden ihnen die Hand zerquetschen. Aber wieder wurden sie überrascht, wie sanft diese Zottelwesen waren.

An der Baustelle waren die Arbeiten abgeschlossen und Ramses mehr als zufrieden mit der geleisteten Arbeit. Die Häuser standen, die Anbauten für die Räucherei und sogar zwei Boote hatten die Männer gebaut. Schade fand Ramses nur, dass Uwe es jetzt noch nicht sehen konnte, er wäre bestimmt sehr glücklich gewesen. Nun aber mussten die Männer wieder die Heimreise antreten und es blieben nur 3 zur Bewachung der Häuser zurück. Diese 3 hatten die Aufgabe freiwillig übernommen; denn sie liebäugelten damit, ebenfalls hier her zu ziehen. Sie mussten nur noch ihre Familien davon überzeugen und natürlich den Anführer um Erlaubnis bitten. Bis dahin wollten sie schon einmal die wunderschöne Gegend geniessen und sich hier von den anstregenden

Arbeiten erholen. Ramses und der Rest der Arbeiter verabschiedete sich von ihnen. Sie waren nur ein kurzes Stück gegangen, da drehte sich Ramses noch einmal um und genoss das Geschaffene. Wunderschön am See gelegen, waren zwei massive Holzhäuser entstanden. Mit Teerasse zum See, etwas Abstand zueinander und zum Ende der Schlucht (falls einmal ein Steinschlag kam). Die Männer, die zu ihren Familien zurück wollten, drängten Ramses förmlich. Es schien, als habe er sich ebenfalls in diesen Ort verliebt und wollte gar keinen Abschied nehmen. Was sie nicht wussten, sie hatten Recht und Ramses überlegte ernsthaft ebenfalls umzusiedeln. Immer wieder kamen in seinen Gedanken die wunderschönen Sonnenuntergänge, wenn der See in ein rotes Licht getaucht wurde. Dazu das leise plätschern der kleinen Wellen und das zwitschern der Vögel, die sich zur Nachtruhe begaben. Dieser Ort hatte schon etwas ganz besonderes, ja magisches an sich. Nun aber gab er dem Drängen nach und auch er freute sich natürlich auf seine Familie und war froh, diese bald wieder bei sich zu haben.

Entgegen dem üblichen Ablauf einer Begrüßung, deuteten die Schneemenschen der Truppe an, ihnen zu folgen. Sie führten sie zu einer ihrer Hütten und öffneten diese. Dort fanden die Männer zu ihrem Erstaunen Anja vor. Sie war in warme Felle gehüllt und es ging ihr offensichtlich gut. Sie war unheimlich erleichtert, die bekannten Gesichter zu sehen und dann prabbelte sie auch gleich los, was passiert war.

Die Männer hatten sie in ihrem Haus entführt und dort eine Forderung hinterlassen. Ewig lange waren sie unterwegs gewesen. Die Männer hatten ihr die Hände gefesselt und sie an einem Seil wie ein Tier mit sich gezerrt. Soweit sie verstanden hatte, wollten sie hier in den hohen Bergen solange ausharren, bis ihre Forderung erfüllt war. Sie hatten sich die letzten Tage dann in einer der Höhlen verborgen. Trotz ihrer Erfahrung als Jäger oder Viehdiebe, schienen die Entführer von der Existenz der Schneemenschen aber nicht zu wissen. Sie wurden von ihnen entdeckt und waren wohl wegen der Größe dieser so überrascht, dass sie nahezu bewegungsunfähig waren. Sie hatten sie wohl für dumme Tiere gehalten und gedacht, dass diese nichts bemerken und einfach weitergehen. Einer der Schneemenschen aber hatte Anja wiedererkannt und wusste, dass irgendetwas nicht in Ordnung war. Wie friedliche Schafe hatten die Entführer sich dann festnehmen lassen, wohl aus Angst sonst gefressen zu werden. Sie konnten ja nicht wissen, dass es Vegetarier waren, die sie hier gestellt hatten. Jetzt saßen sie gefesselt in einer anderen Hütte und warteten darauf, ihre gerechte Strafe zu bekommen.

Die Schneemenschen hatten Anja gut versorgt und irgendwie darauf gehofft, dass sie gesucht wurde. Keiner wollte sie allein den Weg durch die Wildnis zurück gehen lassen. Das hielten sie für zu gefährlich. Aber sie konnten auch nicht einfach selbst losziehen, ohne ihr Dasein allen zu verraten. Sie hatten einfach viel zu viel Angst vor den Menschen und gerade diese Entführung hatte ihnen ja wieder einmal gezeigt, nicht zu Unrecht.

Halim und die Männer waren den Schneemenschen für ihre mutige Tat unendlich dankbar. Dabei war es nicht der Mut gewesen, der ihnen diese einfache Befreiung ermöglicht hatte, sondern einfach schlicht ihre Größe und Erscheinung.

Gleich am nächsten Morgen machten sie sich auf den Rückweg. Die Gefangenen würden sie an den Höhlen wo die Straftäter verwahrt wurden, abgeben, dort könnten sie dann auf ihr Urteil warten. Obwohl sie Anja nichts zuleide getan hatten, wusste Halim, dass die Verbrecher in diesem Leben nicht mehr freikommen würden. So waren nun einmal die Gesetze des Tales. Zwar einerseits sehr hart, aber das Gemeinwohl der Gesellschaft stand nun mal an oberster Stelle. Mit der Gelassenheit, ihre Aufgabe erfüllt zu haben und der Sicherheit, nicht mehr auf jede Spur achten zu müssen, kamen sie deutlich schneller voran als auf dem Hinweg.

Im Dorf wo sie die Felle und die warme Kleidung erhalten hatten, machten sie wieder eine Rast und gaben die Sachen zurück. Auch dort war die Freude groß darüber, dass nun auch die letzten der verdorbenen Orte sich dort befanden, wo sie keinen Unfug mehr treiben konnten. Auch ihnen gab das ein Gefühl der Sicherheit.

Trotz der guten Stimmung in der Truppe und obwohl es zügig voran ging, konnte Anja es nicht erwarten, endlich wieder bei Uwe zu sein. Auch war sie schon neugierig auf ihr neues Zuhause.

Uwe empfand die Wartezeit als die schrecklichste in seinem Leben. Was nur, wenn Halim Anja nicht finden würde, oder sie vielleicht sogar schon tot war? Dann wäre alles vergebens gewesen. Die ganze Suche in der alten Welt, die Umstellung, der Neubau der Häuser. Dann hätte er alles aufgegeben und das für Nichts. Gerade jetzt, wo endlich auch das ersehnte Kind unterwegs war. Er konnte und wollte nicht glauben, das das Schicksal so hart mit ihm ins Gericht gehen wollte. Wäre er jetzt in der alten Heimat gewesen und hätte eine ähnliche Situation erlebt, dann hätte er sich erstmal ordentlich betrunken. Hier aber blieb ihm nur die Hoffnung und das Vertrauen in Halim.

Endlich, nach 8 Tagen kamen die Männer zusammen mit Anja im Dorf an. Die Freude in der Siedlung war übergroß. Uwe war nicht mehr zu halten, er hüpfte förmlich vor Glück und sah aus, als hätte er alle Drogen der Welt auf einmal genommen. Nie wieder wollte er Anja alleine lassen. Seine Vorsicht, wegen ihrer Schwangerschaft, war der größte Fehler gewesen, aber daraus hatte er gelernt und von nun an würde er auf sie aufpassen wie ein Wachhund. Aber auch Ulrike und Bernd waren übermäßig glücklich. Denn wer weiß, wenn Anja nicht zurück gekehrt wäre, was wäre dann aus den ganzen Plänen bezüglich der Räucherei und der Umsiedlung in den neuen Ort gewesen.

Noch am Abend wurde ein großes Fest gefeiert. Alle waren sie dabei und der Anführer hatte wieder einmal sein in ihn gesetztes Vertrauen bestätigt. Viele waren fast traurig, dass auch er nun einmal in seinem Leben für ein Jahr die Gemeinschaft anführen durfte. Aber so waren die Gesetze und hatten sich all die Jahre ja bewährt.

Uwe und Anja waren so glücklich sich wieder zu haben. Den ganzen Abend saßen sie beieinander wie zwei frisch Verliebte. Sie lächelten sich an, streichelten sich, hielten die Hand des anderen und waren sich bewusst, wie sehr sie füreinander gemacht waren. Fast war es gut so, dass ihnen dieser Umstand es ermöglicht hatte, das Gefühl, was schon manchmal im Alltag untergegangen war, wieder zu entdecken. Es wurde ein langer Abend, mit vielen Gesprächen und Erzählungen. Der arme Halim musste immer wieder alles erzählen und wenn die Stelle kam, als Mogul anhand der Urinflecken seine Entdeckung gemacht hatte, wurde laut gelacht.

Der nächste Tag war dann auch schon der Tag des Packens. Sie wollten so schnell wie möglich in ihre neuen Häuser ziehen. Ramses hatte ihnen am Abend noch so viel davon erzählt. Erzählt war eigentlich untertrieben, geschwärmt hatte er von der neuen Heimat und Uwe sogar im Vertrauen erzählt, dass er selbst sich mit dem Gedanken schlug, dahin zu ziehen.

Er wollte einfach auf seine alten Tage die Sonnenuntergänge dort genießen. Uwe hatte noch dabei gedacht, wie einfach wäre es doch in der alten Heimat gewesen. Da hätte man einfach mit dem Handy ein Foto gemacht und zack hätte er schon alles sehen können. Diesen Gedanken aber verwarf er wieder ganz schnell, als Anja erzählte, wie lange er wohl in der alten Heimat für eine Baugenehmigung direkt an einem See gebraucht hätte.

Morgen schon sollte es losgehen und dann hätten sie bald Gewissheit. Sie sprachen noch lange mit dem Anführer des Dorfes, darüber wie sie den Ort mit Fischen beliefern wollten und über die ganzen anderen organisatorischen Dinge. Dieser schlug ihnen vor, wenn sich noch andere hinzu gesellen sollten, eine eigene Dorfgemeinschaft zu gründen. Die Siedlungen standen ja ohnehin im Austausch mit Waren und Arbeiten, da wäre es besser, wenn sie ihre Entscheidungen immer gleich vor Ort treffen könnten. Aber bis dahin war ja noch Zeit und sie wollten erstmal abwarten, wie sich alles entwickeln würde. Sie wollten gerade ihr Gespräch beenden, als Ramses mit dazu kam. Der Anführer dachte, er wollte den Umsiedlern vielleicht noch etwas über die Häuser erzählen, doch hatte er weit gefehlt. Ramses war sich mit seiner Familie schnell einig geworden, ebenfalls umzusiedeln. Er würde zusammen mit den verbliebenen Männern weiter an der Siedlung bauen und dann gleich dort bleiben. Sollte sein Wissen aber hier benötigt werden, stände er jederzeit gerne zur Verfügung. Der Anführer ließ ihn mit einem lachenden und einem weinenden Auge ziehen und wusste, dieser Mann hatte schon so viel für die Gemeinschaft geleistet, da konnte er ihm diesen Wunsch nicht abschlagen. Ganz im Gegenteil. Er bat ihn sogar noch einen jungen Mann mitzunehmen, um ihn bei dem Ausbau der Siedlung die nötigen Kenntnisse zu vermitteln, damit sie auch hier wieder einen eigenen Baumeister hätten. Da willigte Ramses doch nur zu gerne ein. Jede weitere Hilfe war willkommen und es war auch an der Zeit, sein Wissen weiterzugeben.

So machte sich der kleine Treck am nächsten Morgen auf die Reise, in ihre neue Zukunft, in ihr neues Dorf. Unterwegs unterhielten sie sich viel über das was kommen würde und waren guter Dinge. Wie üblich übernachteten sie an den bekannten Stellen. An dem kleinen See, wo die Flussgeister wohnten, wartete Uwe schon darauf, seinen vertrauten Zwerg wieder zu treffen. So geschah es auch. Der kleine Mann erschien und Uwe erzählte ihm ganz stolz, dass es nun endlich losgehen würde. Als sie so am Feuer saßen und sich unterhielten, gesellten sich sogar noch mehrere der kleinen Wichte zu ihnen. Der verlockende Ruf nach Räucherfisch schien sie anzuziehen, wie die Motten das Licht. Als zukünftige Nachbarn versprachen die Zwerge, sie nicht zu bestehlen, wollten aber immer wenn es welchen gab, Räucherfisch von Uwe gegen andere Gegenstände eintauschen. Dies war die beste

Möglichkeit für ein friedliches Miteinander am großen See, fand Uwe und willigte gerne ein. Der vertraute Zwerg bot sich an, gleich mit ihnen zu kommen und Uwe noch beim Räuchern der ersten Fische zu helfen. Erst waren alle etwas zurückhaltend bei dem Gedanken, weil sie dachten, dass er mit seinen kurzen Beinen viel zu lange brauchen würde, um ihnen zu folgen. Aber der Zwerg erkannte ihre Gedanken und würde sie schon ab morgen eines besseren belehren.

Gleich am nächsten Tag zeigte er seine Agilität. Er hatte einen seltsamen, geradezu hüpfenden Gang, der ihm ein schnelles Vorankommen ermöglichte. Wenn er es nicht sehen konnte, lächelte der eine oder andere schon einmal wenn sie ihm dabei zusahen. Am späten Nachmittag dann endlich war es soweit. Schon aus einiger Entfernung konnten sie die drei Häuser sehen. Aber wieso drei, fragten sich alle? Erst als sie näher kamen, erkannten sie, dass die verbliebenen Wachen ein weiteres Haus errichtet hatten. Wie auf Kommando drehten sich alle in Richtung Ramses und sahen dort nur ein breites Grinsen in seinem Gesicht. Er war es gewesen, der die Männer beauftragt hatte, ein weiteres Haus zu errichten. Er wusste schon damals als er weg ging, dass er wiederkommen würde um hier zu leben. Erzählt hatte er niemanden davon, noch nicht einmal seiner Familie. Es war seine Überraschung für die anderen.

„Du Schuft", hörte man seine Frau lachend sagen. „Du hast Dich nur nicht getraut, mich vor vollendete

Tatsachen zu stellen, deswegen hast Du so getan, als ob wir hier noch wochenlang im Freien lagern müssten. Aber sie wusste, was sie an Ramses hatte und gerade diese schelmische Art war es, die sie so an ihm liebte. Die Wachen hatten sie gar nicht kommen hören, sie waren immer noch damit beschäftigt Bäume zu fällen. Was das nun aber auf sich hatte, wusste selbst Ramses nicht.

Erst als sie den Platz der Häuser betraten, hielten auch die Arbeiter inne und begrüssten sie freudig. Anja und Ulrike waren völlig hin und weg von den neuen Häusern. Zwar hatte Ramses ihnen ja davon ausführlich erzählt, doch jetzt wo sie davor standen, konnten sie die wahre Schönheit erkennen. So wie ein Makler in der alten Welt, jedes Haus doppelt so groß und so schön reden konnte, so hatte Ramses in seiner Darstellung untertrieben. Sofort machten sie sich auf, die Häuser zu besichtigen. Ramses hingegen fragte die Männer, warum sie denn noch immer Bäume fällten. Die Antwort darauf, dass sie das Gleiche planten wie er, überraschte ihn nicht wirklich. Sollte es entgegen ihren Gedanken ihren Familien nicht recht sein, so hätten man zumindest ein Haus für Gäste oder gleich eins wenn der nächste umsiedeln wollte. Das sie das mit den Gästen und neuen Siedlern aber nicht so ernst meinten, sondern nur vorschoben, erkannte Ramses sehr schnell und gemeinsam lachten sie darüber.

Die drei Häuser waren in weiser Voraussicht in einem leichten Bogen zueinander angeordnet. Kämen später noch viele weitere hinzu, konnte man in der Mitte einen wunderbaren Dorfplatz anlegen. Auch hier hatte Ramses mal wieder seine Weitsicht gezeigt. Schnell wurden die mitgebrachten Sachen und Gegenstände verstaut; denn am Abend wollten alle gemeinsam den Sonnenuntergang vor den Häusern genießen. So wie sie es in Zukunft noch oft tun würden.

Erst nach einer ganzen Weile fiel ihnen auf, dass der Zwerg gar nicht mehr unter ihnen war. Wo hatte er sich bloß wieder versteckt, er wollte doch helfen und nun war er nicht da. Uwe ließ der Gedanke keine Ruhe und so machte er sich auf die Suche nach dem kleinen Kerl. Er schaute überall im Haus, aber nirgends war der Wicht zu finden. Später dann, als Uwe noch einmal um das Haus herum ging, hörte er ein lautes Fluchen. Der Ton kam aus der Räucherkammer. Uwe lief schnell hin, öffnete die schwere Tür und dann sah er ihn. Der kleine Kerl hatte das Wort Inspektion wohl zu wörtlich genommen. War vor lauter Neugier in den großen Räucherofen geklettert und dann war die Tür hinter ihm zugeschlagen. Da es die Konstruktion nur erlaubte die Tür von aussen zu öffnen, war er förmlich darin gefangen gewesen. Nun aber war er glücklich befreit worden zu sein und fluchte aber immer noch über den hinterhältigen Flussgeistfangmechanismus, wie er ihn nannte.

Als Uwe mit ihm zurück zu den anderen kam, wollte er gerade erzählen, wo er den kleinen Wicht gefunden hatte, als dieser sofort eingriff und auf die Gemeinheit des Erbauers verwies. Er wollte damit sein Ungeschick verbergen. Aber je mehr er darüber fluchte, desto mehr lachten die anderen. Somit wusste jetzt jeder, wie man Flussgeister fangen konnte, man musste nur einen Räucherofen haben und den dazugehörigen Schliessmechanismus.

Erst lange, nachdem die Sonne den See in ihr rotes Licht getaucht hatte, gingen sie zu Bett. Die erste Nacht im neuen Zuhause, sie war immer etwas Besonderes.

Als Anja und Uwe am nächsten Morgen erwachten, war es, als hätten sie geträumt. Sie wussten im ersten Moment gar nicht, wo sie waren. Sofort gingen sie nach draußen und sahen über dem Ostufer die Sonne aufgehen. Langsam erwärmte die Sonne die klare Luft und hüllte den See in ein weiches Licht. Sie standen eine ganze Weile Arm in Arm auf der Teerasse und genossen den Augenblick. In diesem Moment spürten sie ganz deutlich, dass sie alles richtig gemacht hatten und das nun der Teil des Lebens begann, auf den sie sich schon immer gefreut hatten. Sie hatten den Ort des Glücks gefunden und wenn sie dann erst zu dritt wären, dann war ihr großes Glück komplett.

Heute würde sich Uwe mit dem Räucherofen beschäftigen. Ihn anheizen, versuchen welches Holz er für welche Temperaturen benötigte, wie das Rauchverhalten war und die vielen Kleinigkeiten die zu beachten waren. Er wartete nur noch auf den Zwerg und dann sollte es losgehen. Am Abend dann würde er mit Bernd die Köder ausbringen um am nächsten Morgen dann hoffentlich einige Aale zu fangen. Er war vor Freude nervös, ja richtig aufgeregt.

Bernd war der Erste, den er dann traf. Sie plauderten noch einen Moment über das Schlafverhalten in den neuen Häusern und auch Bernd war sehr glücklich, diesen Ort gefunden zu haben. Er hatte sich für die Zukunft vorgenommen, in der ersten Zeit Uwe zu helfen, besonders beim Ausbringen der Köder und später dann in der Auslieferung der Fische. Aber er wollte auch ein großes Boot bauen, denn irgendwann wäre der See bestimmt stärker besidelt und dann müsste es ja jemanden geben, der Warenlieferungen übernahm.

Ramses half den anderen Männern weiter beim Bau der Häuser. John, so hieß der junge Mann, den der Anführer im zugeteilt hatte, war bei jedem Schritt dabei. Er war ein freundlicher und sehr aufmerksamer Schüler. Als besondere Ehre empfand er es, bei Meister Ramses lernen zu dürfen. Nicht nur das Lernen war sein Metier, John konnte auch selbst gut mit anpacken und war sich für keine Arbeit zu schade. Ramses teilte ihn hin und wieder für niedere Arbeiten ein, einfach nur um zu testen, wie er sich verhalten würde. Er wusste, man musste dieses Handwerk von ganz unten lernen, nur dann konnte man später auch die anderen Arbeiter anleiten und führen. Dann wusste man, wie lange welche Arbeiten benötigen und wie sehr sie den einzelnen Mann belasten. Er wollte ja keinen

Theoretiker aus John machen, sondern einen richtigen Baumeister.

Inzwischen war der Flussgeist aufgetaucht und begann sofort damit, Uwe über die einzelnen Holzarten zu erzählen. Er erklärte mit welcher Holzart welcher Geschmack und welche Farbe erreicht werden konnte. Dann schlug er vor, diese nicht immer nur alleine zu verwenden, sondern ruhig auch einmal zu mischen. „Jetzt raucht noch nicht der Ofen, aber mir schon der Kopf", sagte Uwe und bat um eine schöpferische Pause. Der kleine Kerl lachte nur und sprach: „Warte mal ab, bis wir zu den Details kommen."

Bernd hatte im Laufe des Tages die Köder und Köderleinen für den Abend vorbereitet. Er freute sich schon darauf, diese mit Uwe zusammen auszulegen. Es war ihr erster Abend gemeinsam im Boot. Wie schön musste es sein, so den Sonnenuntergang zu genießen. Zusammen mit einem Freund den Tag beenden, das gab ihm ein gutes Gefühl. Endlich war es soweit, Uwe kam zu ihm und dann ließen sie das Boot zu Wasser. Uwe setzte sich in den Bug und Bernd schob das Boot vom Strand langsam in den spiegelglatten See. Als es keine Berührung mehr mit dem Ufer hatte, sprang er ebenfalls schnell hinein und dann ruderten sie gemächlich los.

In der Mitte des Bootes standen die Kisten mit den Ködern, die sie nun für die Aale auslegen wollten. Einige waren an Leinen fixiert, andere wieder für die

Reusen gedacht, die sie Ufernah auslegen wollten. Aber vielmehr war es der magische Moment, der sie ergriff. Alleine so mit dem Boot auf dem See, das war schon etwas ganz Besonderes. Beide dachten an die vielen Boote, Surfer und Schwimmer im Edersee, die eine Enge bereitet hatten, die jegliche Romantik und Stille zerrissen. Wie anders war es doch hier. Vor allem hatten sie die Gewissheit, dass sich hier dieser Zustand niemals einschleichen würde. Wie einfach und leicht doch hier alles war. In der alten Welt wären sie bestimmt schon an der Flut der Genehmigungsverfahren für ihr Vorhaben gescheitert. Dann wäre noch die Überlegung und Prüfung auf Wirtschaftlichkeit dazu gekommen und bestimmt hätte es jeder Banker geschafft, ihnen durch die verschiedensten Modelle, die Sache wieder auszureden. Hier war einfach alles anders, jeder konnte dem nachgehen was er mochte und sah sich nicht irgendwelchen Zwängen ausgesetzt.

Wie nebenbei legten sie ihre Köder aus und kurz bevor die Sonne den See berührte und der Lichtschein vorüber war, paddelten sie wieder zum Ufer zurück. Diese erste Fahrt würden sie bestimmt immer im Gedächtnis behalten. Jetzt wurde es aber Zeit, sich der Familie zuzuwenden und zu hoffen, dass ihre Wahl der Köderplätze, die richtige war. Morgen würden sie es erfahren. Sie wünschten sich noch eine gute Nacht und verabschiedeten sich voneinander.

Im Haus wartete schon Anja auf Uwe. „Ich habe euch auf dem See gesehen, es sah fast malerisch aus", sagte sie. Uwe bejahte das und erzählte von dem fantastischen Gefühl, das er hatte, als sie die Stille genießen durften. Sie setzten sich noch eine Weile auf die Teerasse, schauten den letzten Augenblicken der Sonne zu und wussten, sie hatten ihr Glück gefunden.

Heute nun endlich war es soweit, heute würde der erste richtige Fang vereinnahmt. So hofften zumindest Uwe und Bernd. Schon kurz nach Sonnenaufgang schoben sie ihr Boot in den See. Noch fröstelte es sie etwas, doch je höher die Sonne stieg, um so wärmer würde es werden. Langsam fuhren sie ihre Fangplätze ab und holten die Leinen und Reusen ein. Nach dem die ersten beiden Stellen keinen Fisch gebracht hatten und sich beide schon etwas über ihre Methoden sorgten, zeigten sich die nächsten als deutlich erfolgreicher. Sie würden im Laufe der Zeit schon noch erfahren, wo die Fische sich aufhielten.

Neben Aalen fanden sie auch einige andere Räuber und Kleinfische in ihren Reusen. Die Kleinfische setzten sie zurück, die Aale, die Raubfische und einige Krebse hingegen behielten sie. 27 Aale waren es, die sie mitnahmen. Einige kleinere setzten sie ebenfalls wieder in den See zurück, diese sollten noch wachsen und durften somit ihre Freiheit noch genießen. Bernd hatte Uwe zwar schon erklärt, wie die Aale zu schlachten waren, doch heute war nun der Tag gekommen, wo er es ihm am lebenden Objekt zeigen konnte.

Sie zogen ihr Boot wieder an den Strand, vertäuten es gut und trugen ihren Behälter mit den Fischen zur Räucherei. Als erstes nahmen sie die Krebse heraus und setzten sie in ein kleines Becken, dann waren die Raubfische an der Reihe, diese wurden betäubt und getötet. Zum Schluß dann kam die Königsdisziplin, das Töten und Ausnehmen der Aale. Mehrere Male musste Bernd dies Uwe zeigen. Die Aale waren nicht nur glatt, sondern auch kräftig und wehrten sich so gut sie nur konnten. Uwe war nur froh, dass sie weit genug vom Wasser entfernt waren, sonst wäre ihm bestimmt der eine oder andere verloren gegangen.

Inzwischen war wie aus dem Nichts auch der Flussgeist wieder aufgetaucht. Es schien so, als würde er förmlich den Fisch riechen. Mit ihm zusammen wollte Uwe die Fische in eine Räucherlauge einlegen und sie somit für den eigentlichen Räuchervorgang am nächsten Tag vorbereiten. Heute hatten sie so noch genügend Zeit, ab morgen würde sich der Tagesplan dann straffer gestalten. Der Wichtel machte eine Mischung aus Wasser, Salz und einigen Kräutern. Er bat Uwe genau auf die Mengen zu achten, sonst würden die Aale zu fad oder zu salzig schmecken. Er zeigte ihm auch noch, wie er mit einer rohen Kartoffel den richtigen Salzgehalt notfalls testen konnte.

Irgendwie hatte Uwe sich das alles viel einfacher vorgestellt. Es zeigte sich aber, dass es genau die Details waren, auf die man achten musste. Der Flussgeist war hier auch besonders pedantisch und fragte immer wieder nach, ob Uwe es auch richtig verstanden hatte. Fast ein bisschen anstrengend der kleine Kerl, dachte Uwe. Heute jedenfalls wollten sie den Ofen schon einmal richtig befeuern, um noch mal alle Abläufe zu testen und die wirklich benötigten Holz- und Räuchermehlmengen zu kennen.

Mit all diesen Aufgaben waren sie bis zum Nachmittag beschäftigt. Es blieb nun noch etwas Zeit, bis er und Bernd wieder erneut die Reusen und Köder auslegen mussten. Diesen Ablauf würde es nun jeden Tag geben, mit der Ausnahme, dass dann wirklich geräuchert würde und nicht nur ein Probelauf stattfand.

Den späten Nachmittag besuchten Uwe und Anja dann noch kurz Ramses und seine Frau. Ramses war wie immer auf der Baustelle mit John unterwegs, nahm sich aber auch gerne eine kurze Auszeit. Schnell verteilte er noch ein paar Aufgaben an die Männer und dann setzte er sich mit Anja und Uwe auf seine Teerasse. „Wir werden nun bald einen eigenen Anführer wählen müssen", sagte Ramses. Uwe hielt dies noch für verfrüht und schlug vor, zumindest solange zu warten, bis auch die anderen Männer mit ihren Familien hier eingezogen waren. Darauf einigten sie sich dann auch und erfreuten sich am wunderschönen Blick auf den See.

Bernd hatte inzwischen wieder die Köder vorbereitet, kam nun aber ebenfalls noch mit Ulrike vorbei und zu sechst genossen sie die Zeit bis zum Abend. Manchmal unterhielten sie sich, manchmal aber war es totenstill und alle blickten nur gebannt auf das Wasser. Der See hatte einfach etwas magisches an sich. Immer wieder musste man hinschauen, es war wie ein innerer Zwang. Nach einem gemeinsamen Essen, verabschiedeten sie sich alle und Uwe und Bernd gingen mit den Ködern und Reusen zu ihrem Boot um diese erneut auszulegen. Heute würden sie nur die Plätze aufsuchen, an denen am Morgen auch Fische gefangen wurden. Die meisten Fangplätze befanden sich in Ufernähe, dies war schon mal auffällig gewesen. Vielleicht zogen sich die Aale in der Nacht dorthin. Morgen wüssten sie mehr und Uwe würde sich die Plätze gut merken und jeden Tag die gefangene Zahl der Fische notieren.

Noch bevor sie am nächsten Morgen die Reusen einholen konnten, war der Zwerg schon wieder da. Er wollte zusammen mit Uwe die Fische aus der Lauge nehmen, sie abspülen und zum Trocknen aufhängen. Erst als dies alles erledigt war, durfte Uwe mit Bernd erneut auf den See. Den Vorschlag mitzukommen ignorierte der Wicht, er war zwar ein Flussgeist, aber dennoch hatte er Angst in den See zu fallen. Uwe lachte ihn aus, aber das fand der kleine Mann gar nicht so lustig und brummelte sich etwas in den Bart. Er wollte lieber auf Uwe warten und solange den Fischen beim Trocknen zuschauen.

Der heutige Fang war noch erfolgreicher als der gestrige. Wieder waren zwar auch Kleinfische und Krebse mit in den Reusen, aber die Zahl der Aale belief sich auf 36. Vielleicht waren es ja gerade die Kleinfische, die die Aale anlockten, meinte Uwe. Bernd als erfahrener Angler konnte diese Idee nur bestätigen, auch er wusste aus Erfahrung, dass er immer die meisten Aale ufernah gefangen hatte. Nach der Landung der Fische begann nun schon die Routine des Verarbeitens. Erst als alle sich in der Lauge befanden, wollten der Flussgeist und Uwe mit dem Räuchern beginnen.

Sie heizten dem Ofen mächtig ein, so dass sie eine Temperatur von über 100 Grad hatten. Dies kontrollierten sie mit einer kleinen Wasserschale, in der das Wasser zum kochen gebracht wurde. Dann hängten sie die Aale in die Räucherkammer und ließen sie dort bei der großen Hitze ca. 20 Minuten garen. „Das ist dafür, dass niemand später an den Fischen erkrankt", wieß der Flussgeist Uwe noch einmal darauf hin. Dann kam der Augenblick, als sie das Räuchermehl in die Kammer einbrachten. Die Temperatur war jetzt etwas gesunken, so dass das Räuchermehl nur glimmte und nicht verbrannte. Dieser Zustand musste jetzt für 1 bis 2 Stunden so gehalten werden. Je nachdem wie kräftig die Farbe und der Geschmack gewünscht wurden.

Das Warten auf die fertigen Fische wurde besonders für Uwe zur Qual. Eigentlich hatte er damals am Edersee gedacht, er hätte den letzten Räucheraal seines Lebens gegessen, aber nun lief ihm das Wasser im Munde zusammen und er freute sich auf den ersten selbst geräucherten Fisch. Dem Zwerg ging es kaum anders, er konnte seine Gier nur besser verbergen. Der Duft der Fische wurde immer intensiver und die Minuten des Wartens wurden zu Stunden. Uwe konnte sich gar nicht mehr gegen das Knurren in seinem Bauch wehren. Sein Magen schrie förmlich nach Räucheraal. Als hätten sie es ebenfalls gerochen, versammelten sich nacheinander alle Anwohner um den Ort des Geschehens. Jeder war neugierig auf das, was Uwe und der Flussgeist hier machten. War es nur die Neugier oder trieb auch sie der Hunger nach Aal an?

Jedesmal wenn der Flussgeist die Tür der Kammer öffnete, um zu kontrollieren wie weit die Fische schon waren, wurde die Gier gesteigert. Diesmal endlich ließ er die Tür offen und begann damit die Aale aus dem Rauch zu nehmen. Er hängte sie an ein Gestell wo sie noch etwas abkühlen konnten. Wunderbar sahen sie aus, eine herrliche Farbe und der Duft suchte Seinesgleichen. Anja und Ulrike hatten einen Tisch eingedeckt, Teller aufgestellt und Brot auf diesen verteilt. Heute am ersten Tag sollten alle probieren.

Für alle die Räucheraal kannten, war es der Beste, den sie je gegessen hatten und für alle anderen einfach ein Genuss, der niemals enden sollte. Uwe war stolz auf das Geschaffene und bedankte sich bei Bernd und ganz besonders auch bei dem Flussgeist, dass er so eisern ihn dazu gebracht hatte, sorgfältig auf alles zu achten. Er wusste, der kleine Kerl hatte Recht gehabt. Zum Ende hin hatten sie mit 10 Personen und einem Zwerg, insgesamt 13 der 27 Aale aufgegessen. Was aber nun tun mit den restlichen. Sicher konnte man sie ein paar Tage aufbewahren, aber bis zur nächsten Siedlung war es ja auch ein gutes Stück Weg. Bernd schlug vor, sie 3 Tage zu sammeln (vielleicht nicht jeden Tag soviele davon selbst zu essen), dann würde er sich damit auf den Weg zum Dorf machen und sie dort den Leuten zur Verfügung stellen. Zur Aufbewahrung schlug Ramses vor, sie in einer der kühlen Felsenhöhlen zu lagern, was als gute Idee beklatscht wurde.

An den Tagen, an denen Bernd mit dem Transport beschäftigt war, musste Uwe selbst die Köder vorbereiten und ausbringen. Jetzt merkte er, wieviel Arbeit insgesamt dahinter steckte und er entschuldigte sich in Gedanken bei dem Fischer am Edersee, wo er den Preis für den Aal immer für zu hoch gehalten hatte. Nun wusste er warum das so war. Es war ein Fulltimejob.

60 Aale waren es, die Bernd mit auf seine Tour zur Siedlung nahm. Es gab ein großes Hallo und eine freudige Begrüssung. Der Anführer war der Erste, der probieren durfte und die Begeisterung konnte man ihm ansehen. Schnell war der Rest der Fische unter den anderen Bewohnern verteilt. Bernd, der sich sogleich wieder auf den Rückweg machen wollte, erhielt noch einige andere Lebensmittel im Tausch und dann wollte der Anführer ihn noch kurz sprechen. Wie gewünscht suchte Bernd ihn auf und dann sprach der Mann: „Eure Fische sind eine wahre Köstlichkeit und eine gute Erweiterung für unseren Nahrungsplan. Aber das ist

nicht der Grund, warum Du hier bist. Es gibt noch ein paar Einwohner hier im Dorf, die ebenfalls gerne umsiedeln möchten. Da wir gerne jedem seine Freiheit lassen wollen, spricht von mir aus auch nichts dagegen, aber ich bitte Dich darum, dies mit den anderen zu besprechen um auch Eure Meinung dazu zu hören. Insgesamt handelt es sich um 15 bis 20 Familien. Bernd war über die Menge der Menschen überrascht, die ebenfalls an den See ziehen wollten, aber er sagte es dem Anführer zu und würde ihm beim nächsten Besuch ihre Entscheidung mitteilen. Platz jedenfalls war ja genügend. Er verabschiedete sich und machte sich wieder schleunigst auf den Heimweg.

Gespannt warteten alle auf Bernds Rückkehr. Wie wohl die Fische dort angekommen waren, das war die große Frage. Als sie ihn endlich ankommen sahen, war die Neugier groß. Bernd berichtete vom Erfolg der Fische und dann erzählte er allen von den Umsiedlern. Zuerst schauten sich alle ungläubig an, dann begann die Diskussion. Es gab Meinungen, dass dann die Ruhe gestört wäre, andere aber sagten, es könnte ja nicht ihr Privileg alleine sein, hier zu leben. Dies war auch die Meinung, die sich durchsetzte. Uwe und Bernd gefiel der Gedanke ohnehin, so mussten nicht mehr so viele Fische transportiert werden und Bernds Wunsch, mit einem großen Boot den Warentransport am See zu regeln, kam auch immer näher. Als sie zum Schluss darüber abstimmten, waren dann alle einer Meinung und freuten sich auf die neuen Mitbewohner. Für John stand somit auch gleich eine neue Herausforderung auf dem Plan. Sicher würde Ramses ihn noch unterstützen, aber mit jedem gebautem Haus, etwas weniger.

3 Monaten waren ins Land gegangen und aus den ursprünglich 10 Personen und 3 Häusern, waren inzwischen 55 Personen und 21 Häuser geworden. Anjas Bauch war mächtig gewachsen und schränkte sie bei ihrem Tun doch inzwischen sehr ein. Es war ein richtiges kleines Dorf entstanden und nun war der Zeitpunkt gekommen, an dem der Anführer gewählt werden sollte. Viele schlugen Uwe vor, doch Uwe lehnte es erst einmal ab. Er selbst hielt die Zeit zum einen noch nicht reif dafür, zum anderen hatte er selbst einen viel besseren Vorschlag, nämlich Ramses; denn der war ja der eigentliche Gründer der Siedlung und seine weisen Entscheidungen erst hatten ja hier vieles erst möglich gemacht. Die Bewohner akzeptierten Uwes Zurückhaltung und Ramses wurde bis auf eine Enthaltung einstimmig gewählt. Wie sich später herausstellte, war er selbst es, der sich enthalten hatte. So wusste er die gesamte Bevölkerung hinter sich und das gab ihm auch ein gutes Gefühl.

Nun war es an der Zeit, dass diese Entscheidung auch dem Anführer des alten Dorfes mitgeteilt wurde. Bernd der nur noch selten Aale lieferte, da der Bedarf im eigenen Dorf ja doch stark angestiegen war, nahm Ramses mit auf die Reise und zusammen verkündeten sie im alten Dorf die Entscheidung. Hier war es dann der Anführer, der es allen seinen Anwohnern kund tat und der auch froh war, nur wieder für seine Siedlung zuständig zu sein.

In Uwes Siedlung waren inzwischen viele verschiedene Berufe ansässig. So gab es Schneider, Metzger, Bäcker und alles was so ein Dorf benötigte. Die Rituale, wie das gemeinsame Essen und das verbringen der Zeit miteinander auf dem Dorfplatz wurde genauso wie in der alten Siedlung eingehalten. Diese wichtigen Momente der Kommunikation und des Gedankenaustausches, sollten nicht verloren gehen. Einen Tagesmarsch weiter entfernt am See, hatte sich noch eine zweite Siedlung gebildet. Hierher kamen Menschen aus den anderen Dörfern; denn es hatte sich inzwischen herumgesprochen, wie gut man hier leben konnte. Bernd war mit Ramses Hilfe schon fast fertig mit dem Bau eines großen Bootes, das mit der Kraft von Segeln angetrieben wurde. Gut, dass es einen Schneider im Ort gab. Mit diesem wollte er dann zwischen den einzelnen Orten die Waren transportieren und sogar bis zu den Flussgeistern am anderen Ende des Sees fahren, um diese ebenfalls mit dem begehrten Räucherfisch zu versorgen.

Nicht nur Anjas Bauch war am wachsen, auch Ulrike war in der Zwischenzeit schwanger geworden. Wie überhaupt sich scheinbar ein wahrer Babyboom einstellte. Die guten Bedingungen waren es wohl, die die Menschen dazu animierten, sich zu vermehren. Morgen war dann der Tag des Stapellaufes von Bernds Boot. Alle warteten gespannt darauf. Auf die Frage hin, ob das Boot auch einen Namen bekäme, hatte Bernd sich immer wieder schmunzelnd zurückgehalten. Er machte förmlich ein Geheimnis daraus. Nicht einmal Ulrike oder Uwe, seinem besten Freund, hatte er es verraten. Das steigerte die Neugier nur umso mehr. Uwe hatte schon ein paar mal versucht, einen Blick auf das Boot zu werfen, aber Bernd hatte die Stelle wo der Name stand, abgehängt und auch Ramses war nicht eingeweiht worden.

Aber nun endlich war es soweit, die ganze Gemeinschaft wurde benötigt um das Boot, ja man konnte schon fast Schiff dazu sagen, den Strand entlang bis zum See zu ziehen. Der Name war immer noch verborgen. Erst als es im Wasser lag und noch am extra gebauten Steg vertäut lag, flüsterte Bernd Ulrike den Namen zu; denn sie sollte es sein, die das Boot taufen sollte. „Ich taufe Dich auf den Namen Reep", waren die Worte aus ihrem Munde. Alle wunderten sich, nur Uwe und Anja kannten die Bedeutung. Dies war der Schlüssel zu ihrem neuen Leben gewesen. Bei der anschließenden Feier erzählte Bernd die lange Geschichte und wie sie es geschafft hatten hier her zu kommen. Was er bei seiner Erzählung nicht bedacht hatte, waren das Worte wie Internet, Google, Handy, GPS usw. den meisten hier gar nichts sagten. Bernd wollte sich auch nicht die Mühe machen Dinge zu erklären, die hier niemand brauchte. Er verwies nur kurz darauf, dass ausgerechnet diese Dinge es waren, die die Menschen in der alten Welt voneinander entfernt hatten, obwohl sie der Kommunikation dienten. Dieser Satz stiftete fast noch mehr Verwirrung als die Begriffe an sich. In einer langen Diskussion darüber, konnte Uwe ihnen aber erklären, was trotz Kommunikation mit Entfernung voneinander gemeint war. Auf die Frage eines Anwohners, warum man so etwas bauen würde, wenn es doch niemand brauchte, ja sogar kontraproduktiv war, konnte Uwe keine sinnvolle Antwort finden, da Besitzmehrung und Reichtum hier ebenfalls nicht verstanden worden wären. Es war besser, es blieb alles wie es war; denn so war es gut.

Uwe nahm sich eine kleine Auszeit, um Bernd bei seiner ersten Fahrt zu begleiten. 2 weitere Männer des Dorfes waren ebenfalls behilflich, der Umgang mit dem Boot war doch noch sehr ungewohnt. Im Schlepptau führten sie eines der beiden kleinen Boote von Uwe mit, so hatten sie zum einen ein Rettungsboot und zum anderen die Möglichkeit die Waren direkt bis an den Strand zu bringen, da in den anderen Ortschaften noch keine Stege vorhanden waren. Bei dieser Fahrt war der Räucherfisch das einzige Handelsgut, das sie mit sich führten. Sie wollten erstmal überhaupt die Möglichkeiten erkunden und dann würde sich erst zeigen, wie groß das Interesse des Warenaustausches überhaupt war.

Die ersten Segelmanöver waren eine mittlere Katastrophe. Wenn Uwe daran dachte, wie elegant die Boote auf dem Edersee gefahren war, war er froh, dass niemand sie sehen konnte. Aber je länger sie unterwegs waren, umso besser machten sie sich mit der Sache vertraut. Erst am Abend erreichten sie die Siedlung, die nur einen Tagesmarsch entfernt lag. Schnell entluden sie einen Teil der Fische und setzten mit dem kleinen Boot zum Strand über. Die Menschen dort waren zuerst erschrocken über die Erscheinung des Segelbootes, doch schnell überwog die Freude über die Bereicherung des Speiseplanes. Bernd sagte dem dortigen Anführer, sie könnten sich ja überlegen, ob sie ebenfalls Sachen tauschen wollten, dann würde er auf dem Rückweg erneut hier anhalten und diese mitnehmen.

Der zweite Tag der Reise war eine längere Strecke, sie mussten bis zum Ende des Sees fahren, um die Flussgeister zu erreichen. Diese hatten hier ihre Siedlung gebaut und lebten nicht mehr versteckt hinter einem Wasserfall. Wieder wurde das kleine Boot mit Räucheraal beladen, dann ging es zum Strand. Erst waren die Wichte noch etwas ängstlich gewesen, war ihnen doch dieser Ort als unantastbar zugesichert worden. Als sie aber merkten, was sie da bekamen und da Räucherfisch nun einmal ihr Lieblingsessen war, war auch der Bann schnell gebrochen. Sie tauschten ihn gegen feinste Lederwaren und Messer, dies wiederum war eine Spezialität der Zwerge. Sie hatten eine große Erfahrung in der Herstellung von Lederwaren und in der Metallverarbeitung. Am liebsten hätten sie die Besucher gar nicht mehr wegfahren lassen, aber das eigene Interesse an neuer Belieferung gab dann doch den Ausschlag.

Auf dem Rückweg, der nun Dank des Rückenwindes und der größeren Segelerfahrung, deutlich schneller ging, tauschten sie schon dort die ersten Waren der Zwerge gegen Schuhe und Wolle ein. Einiges davon nahmen sie sogar mehr mit, es war die Anzahlung für die nächste Fischlieferung. Auch einen Passagier bekamen sie, der war schon zu alt, die lange Strecke bis zum nächsten Dorf zu laufen. Als sie wieder am heimatlichen Steg festmachten, waren alle sehr zufrieden mit der Fahrt und auch Bernd hatte nun seine Berufung gefunden. Für ihn war es das Größte, so frei sich auf dem großen See bewegen zu können.

Weitere Monate waren vergangen, die Siedlungen wuchsen und Anja stand inzwischen direkt vor der Entbindung. Ulrike und eine weitere Frau aus dem Dorf kümmerten sich um sie. Uwe war so aufgeregt, als wäre er es, der das Kind bekäme. Wie ein Gockel rannte er den ganzen Tag hin und her. Dann endlich war es soweit, er hörte das Schreien des neuen Menschenkindes. Ulrike bat ihn in den Geburtsraum und dann sah er sie. Es war ein Mädchen von lieblichster Erscheinung. Zärtlich nahm Uwe Anja in den Arm, die noch sehr geschwächt von der Geburt war. Die kleine war so zart, dass Uwe sich zuerst nicht traute sie auf den Arm zu nehmen. Erst auf Ulrikes Drängen hin, wagte er es. Er fasste sie an, als hätte er Angst, sie kaputt zu machen. Jetzt endlich waren sie eine richtigte Familie. Die Kleine wurde auf den Namen Anna getauft. So hieß damals Anjas Oma und an die hatte sie soviele schöne Erinnerungen.

Entdeckt von den Menschen

Ab und zu nutzte Bernd das Boot Sonntags für einen Ausflug über den See. Dann nahm er alle mit, die Lust auf eine kleine Bootstour hatten. Dieses war inzwischen schon zu einem festen Bestandteil des Lebens geworden und die Plätze waren immer begehrt. Heute war es ein wunderschöner, leicht sonniger Tag mit klarem Himmel. Anja, Uwe und zum ersten Mal auch Anna waren mit an Bord. Dazu kam noch Ramses mit seiner Frau und John, dem ebenfalls mal eine Auszeit gegönnt war. Es war eine richtige Runde unter Freunden. Der Wind wehte nur ganz leicht und sie machten langsame Fahrt. Auf dem See herrschte die gewohnte Stille, die nur von dem Singen der Vögel unterbrochen wurde.

Gerade hatten sie gemeinsam Mittag gegessen, als ihre Muse durch ein lautes Geräusch unterbrochen wurde. Ramses und John schauten völlig entgeistert, was sie nun sahen, kannten sie nur vom hörensagen der ganz Alten. Aber Uwe und alle die die andere Welt kannten, wussten sofort was geschehen war. Über ihnen kreise ein kleines Sportflugzeug und setzte nun zum Tiefflug über sie an. Der Flieger war so tief, dass sie sehen konnten, wie die Person neben dem Piloten Fotos machte. Während Ramses, seine Frau und John er ängstlich waren, das sie angegriffen wurden, erkannte der Rest sofort die viel größere Gefahr. Sie waren entdeckt.

Ab jetzt würde nichts mehr sein, wie es mal war. Was würde nun geschehen? Die Bilder würden um die Welt gehen, es war dort bestimmt eine Sensation und es würde sicher nicht lange auf sich warten lassen, bis die ersten Neugierigen aus der anderen Welt sie aufsuchen würden und dann war alles verdorben. Uwe und Anja schauten sich entsetzt an und begannen zu weinen. Bernd machte sofort kehrt und fuhr zurück in Richtung Dorf. Kaum hatten sie angelegt, wurden alle Bewohner zum Dorfplatz gerufen. Uwe erzählte ihnen, was sie gesehen hatten und welche Auswirkungen das haben konnte. Natürlich war die Gefahr der Entdeckung, gerade im Zeitalter der Satelitten immer groß gewesen, aber die spaltenartige Vertiefung des Tales hatte sie wohl bisher davor bewahrt.

Lange und aufgeregt wurde diskutiert. Dann ergriff Ramses das Wort. Er hatte aufmerksam zugehört und einen Entschluss gefasst. Sie mussten alle anderen Bewohner des Tales informieren. Sie müssten ein Treffen organisieren, an dem alle Anführer, selbst die der Schneemenschen und Flussgeister teilnahmen. Dann würden sie gemeinsam einen Beschluss fassen, was zu tun wäre. Noch am selben Tag wurde in alle Richtungen ein Bote gesendet. Uwe selbst ging in ihre ehemalige Siedlung und wollte Halim bitten, mit den Schneemenschen Kontakt aufzunehmen. Die

Flussgeister wurden durch den hiesigen Zwerg informiert. Das Treffen sollte beim nächsten Vollmond am kleinen See stattfinden; denn das war der zentralste Ort im ganzen Tal.

Überall, wo die Nachricht bekannt wurde, schlug sie ein wie eine Bombe. Halim hatte sich zusammen mit Mogul sofort auf den Weg gemacht, um die Schneemenschen um eine Abordnung zu bitten. Der Anführer der alten Siedlung, bat Uwe auf jeden Fall mit dabei zu sein, um die Dinge zu beschreiben, die den Menschen zur Verfügung standen um sie zum einen wiederzufinden, aber auch um das Tal überhaupt zu erreichen.

Die Zeit bis zum Treffen war eine Zeit der Sorgen. Jeder wollte gerne so weiterleben, wie bisher. Es war jetzt die Aufgabe der Anführer, die Menschen bei Laune zu halten und sie nicht aus Angst vor dem was kommen konnte, in eine Art Schockstarre fallen zu lassen. Zwar war Offenheit und Wahrheit das höchste Gebot, doch bevor kein Entschluss gefasst war, waren alle Gedanken und Ängste nur müßig und führten zu nichts.

Uwe der inzwischen zu seinem Dorf zurückgekehrt war, schlug Ramses noch vor, jeden Tag von morgens bis abends eine Wache abzustellen, die den Himmel beobachten sollte; denn sicher würde es nicht lange dauern, bis der nächste Hobbypilot sein Glück versuchen würde. Weitere Fahrten mit dem Versorgungsboot sollten nicht mehr unternommen werden, die Gefahr auf dem großen See entdeckt zu werden, war zu groß. Bernd und Uwe fuhren das Boot an einen Strandteil, wo sie es mit Ästen und Büschen so gut wie möglich gegen Sicht von oben tarnten. Das war im Moment alles, was sie tun konnten.

Der Tag der Zusammenkunft aller Rassen und Dörfer rückte näher. Schon morgen wollten sich Ramses und Uwe aufmachen um an der großen Sitzung der Völker teilzunehmen. Am Morgen des Aufbruchs schaute Uwe noch einmal traurig in das Bettchen von Anna und er versprach ihr, alles dafür zu tun, dass sie in diesem Frieden wie er jetzt hier war, aufwachsen konnte. Dann drückte er Anja fest an sich und sagte: „Ich hoffe sehr, wir finden eine weise Entscheidung."

Unterwegs mit Ramses gab es kein anderes Thema als die Entdeckung. Uwe erzählte Ramses von den vielen technischen Möglichkeiten, die die Menschen inzwischen entwickelt hatten. Ramses als neugieriger Baumeister war von den technischen Entwicklungen einerseits begeistert, dann aber wieder machten sie ihm Angst. Besonders erschreckte es ihn, dass diese Möglichkeiten nicht immer nur zum friedlichen Miteinander genutzt wurden, sondern auch für kriegerische Zwecke und das sie nicht der Entwicklung der Menschheit dienten, sondern eher der Geldvermehrung von einigen wenigen. „Aber Geld kann man doch nicht essen, was will man dann mit soviel davon?" Das war eine der Fragen, die nur jemand stellen konnte, der keinerlei Bezug zu so etwas hatte.

Die Menschen hier, zumindest die jetzt verbliebenen, waren von so reinem Herzen, dass sie das Begehren der Menschen auf der restlichen Welt überhaupt nicht verstehen konnten.

Uwe und Ramses waren fast die Ersten am Treffpunkt. Aber im Laufe dieses und des nächsten Tages kamen immer mehr Gesandte der einzelnen Siedlungen und Rassen. Ja sogar die Schneemenschen und die Flussgeister hatten Abgeordnete geschickt.

Als nach bestem Wissen aller, niemand mehr fehlte, ergriff Uwe einfach das Wort und erzählte zuerst noch einmal was geschehen war. Dann erläuterte er auch hier die technischen Möglichkeiten der Menschen, die sie nutzen konnten, um das Tal jederzeit wiederzufinden. Auch wären die Berge für sie überhaupt kein Hinderniss, da sie einfach mit Hubschraubern in das Tal fliegen und dort landen konnten. Die Erklärung und ganz besonders die Erläuterungen brauchten lange Zeit. Durch das technische Unverständnis und die Güte in ihrem Herzen, konnten die Anwesenden einfach nicht verstehen, warum jemand sie stören sollte. Erst als Uwe ein weiteres Mal auf die Macht der Medien, die Sensationslust der Menschen und ihre Geldgier hinwies, erkannten auch sie die Gefahr.

Die Menschen würden kommen, dass hatten sie nun verstanden und dann wäre alles von Moment an anders. Sie würden die wichtigen Eigenschaften, die sie sich über viele Jahre erworben hatten, mit einem Schlag verlieren; denn genauso war es der Menschheit ja auch gegangen und schließlich war das ja auch der Grund, warum hier die Straftäter für ihr ganzes Leben weggesperrt wurden.

Es wurden alle Möglichkeiten diskutiert. Eine Flucht in ein anderes Tal war abwägig, da niemand es schaffen konnte, die hohen Felswände zu überwinden. Einfach alles hinnehmen, das wollten sie auch nicht, keiner war bereit, dieses Leben und die Gemeinschaft aufzugeben. Blieb also nur noch eins, der Kampf. Sie mussten jeden, der es wagte das Tal zu betreten, sofort töten. Am Besten noch lautlos und ohne Vorankündigung, so dass eine Warnung über die modernen Kommunikationsgeräte nicht möglich war.

Diese brutale Lösung gefiel niemanden, aber es war die einzige, die ihnen ihr Leben hier ungestört ermöglichen würde. Jede Siedlung sollte Wachen aufstellen, die den Himmel, aber auch die Berge beobachteten. Bei Sichtung von Fremden sollten dann sofort Feuer entzündet werden, die mit viel Rauch die anderen Siedlungen warnten. Sollte es dazu kommen, dann mussten die Männer aller Siedlungen sich mit Waffen wie Äxten, Messer und Schaufeln bewaffnen, die Jäger mit ihren Jagdwaffen und zum Ort des Geschehens ausrücken. Uwe schlug noch vor, diese Art des Schutzes für ein halbes Jahr aufrecht zu erhalten; dann war seiner Meinung nach die Gefahr vorüber. Aber die Sache mit dem Notfeuer, die sollte für immer gelten. Zwar ohne Wachen, aber wenn eine Siedlung eine ernsthafte

Bedrohung spürte, hatten sie so die Möglichkeit, dann immer noch relativ schnell zu reagieren. Das war der große Plan und so wurde er einstimmig von allen beschlossen.

Nun aber, wo sie das erste Mal überhaupt alle durch diese Notsituation zusammenkommen mussten, wurde beschlossen, immer an diesem Vollmond im Jahr eine gemeinsame Sitzung abzuhalten, um die anderen über alle wichtigen und für das Tal relevanten Entscheidungen zu informieren. In Frieden und mit viel Respekt voreinander verabschiedeten sich die Gesandten und gingen mit der Vereinbarung in ihre Dörfer um die restliche Bevölkerung darüber zu informieren und die notwendigen Schritte einzuleiten.

Gespannt wurden Uwe und Ramses erwartet. Kaum das sie zurück waren, versammelten sich alle von ganz alleine. Es war nun an Ramses, das Besprochene zu verkünden und die Menschen für den Wachdienst einzuteilen. Diese sollten einerseits auf den Himmel achten, aber auch die Augen offenhalten, ob in der Nachbarsiedlung eventuell ein rauchiges Feuer angezündet wurde.

Anja war erstmal froh darüber, dass Uwe zurück war. Seit diesem Tag der Sichtung war sie ängstlich geworden. Das Leben hier war so schön, jeder war aufgeblüht und von reinem Herzen, es durfte doch nicht sein, dass dies nun alles zerstört werden sollte. Sie hielt Uwe fest im Arm und weinte schrecklich.

In einer kleinen Lokalzeitung irgendwo in Südamerika gab es einen Eintrag auf der Seite 7. Kleinflugzeug abgestürzt und völlig ausgebrannt. Pilot und Copilot waren sofort tot.

ENDE

Schlusswort:

Falls ihr Euch auf die Suche nach diesem Tal macht, sucht nicht in der Ferne. Dieses Tal liegt in jedem von uns selbst.

Es ist das Tal in uns, dass wir für uns entdecken müssen und nach dessen Regeln wir leben sollten.

Legt einfach mal wieder das Handy weg, schaltet den Fernseher ab, geht nach draußen und sprecht mit den Menschen.

Dieses Tal, was man zuerst für sich im Kleinen findet, kann man auf diese Art und Weise mit anderen immer weiter ausdehnen und vergrößern.

Lasst es Euch nicht wegnehmen, verteidigt es ebenso tapfer, wie unsere Helden es im Buch bereit waren zu tun.

Impressum

Bibliografische Information der Deutschen Nationalbibliothek: Die Deutsche Nationalbibliothek verzeichnet diese Publikation in der Deutschen Nationalbibligrafie; detaillierte bibliografische Daten sind im Internet über dnb.dnb.de abrufbar.

© 2017 Thomas Wenig

Herstellung und Verlag

BoD – Books on Demand , Norderstedt

ISBN: 9783744823142